地の群れ

Mitsuharu InOue

井上光晴

P+D BOOKS
小学館

目次

ガダルカナル戦詩集 ―――――― 5
手の家 ―――――― 69
地の群れ ―――――― 105
鬼池心中 ―――――― 271

ガダルカナル戦詩集

英一さーんこれなんとよむの、英一さーんこれなんとよむの、といつもどこかの壁をみつめているような眼をしたクニ子が「さーん」という言葉に長い尻上りの抑揚をつけていった。凄烈な任《じん》少佐の気魄《きはく》に、ドレズドフ参謀は目くらむような意外な動揺を感じた。――中国人にも、このような決死の意気があるのだ！　拳銃をもってする脅迫も、この中国人の決意を動かし得ない！　むしろ感動して拳銃を引こうとした時、ドレズドフ参謀は、砲塔の上に重く鋭い響きを聞いた。撥《は》ねかえる敵弾の命中ではない。ガンガンと上から砕くような打撃的な響きだ。と声をだして読んできて、そのあとをきいているのである。クニ子は野沢英一に何か話しかけてもらいたい時、必ずきまって自分がよんでいる小説本のつづきの部分をきくのであった。いまにも色のついた唾液がこぼれおちるのではないかと思われるような、だらりと半分ほどひらいた唇を、拭きなさいと手まねでいってから、英一は読んでやった。「ドレズドフ！」任少佐が喘《あえ》ぎこんで喚《わめ》いた。「日本兵だッ、砲塔に登って来とる！」「オオッ?!」ドレズドフ参謀は愕然《がくぜん》として立ちすくんだ。ガンガンと殴りつづけて砲塔を砕こうとする。何とした日本兵の勇敢さだ！　ドレズドフ参謀は、今まで任少佐を脅迫していた拳銃を、いきなり引いた。……ルビがふってあるのでクニ子には全部よめるはずだ、という思いがいまいましく英一の頭をかすめたが、彼は黙っていた。クニ子がにやりと唇を横にひっぱったような笑いを浮かべて、いまからしばらく英一さんのこの部屋にいて小説をよんでいいかというそぶりをしめした。「だめだよ、いまおれは仕事があるからね」と英一はいった。

眼と鼻筋の形だけが並はずれて整った下ぶくれの顔を、いやいやというふうにゆっくり横に振りながら、英一の立机の前にぺたんと腰をおろすと、声をたててまた小説のつづきを読みはじめた。敵は射撃せず肉薄する！　これを知ったドレズドフ参謀は拳銃を右手につかみしめたきり、左手で天蓋《てんがい》を開けた。足もとの弾薬庫を踏み台に、サッと外へ躍り出るや否や上半身を天蓋の上に現した。目の前の砲塔に日本兵が一人、しがみついてまさに一撃を振りおろした、と見た瞬間に、ドレズドフ参謀は拳銃をさし向けるなり引金を引いた。八連発の自動拳銃が、八発とも日本兵の肩と胸に命中した。戦車は驀進《ばくしん》する。動かなくなった日本兵が、しがみついていた砲塔の上に揺れてドサリと下へ振り落された……。小学生の朗読のような、たどたどしい十七歳の女の声であった。クニ子はもう二週間も前から北満洲とソヴェート連邦の国境呼倫貝爾《ホロンバイル》平原において、昭和十四年五月から八月に至るまで戦われた凄惨な日ソの激闘を主題にした山中峯太郎の小説『鉄か肉か』をよんでいるのである。

どこからひっぱりだしたのか、たぶん出征した父（英一にとっては義兄）の書棚からもちだしたのかもしれぬと考えながら、彼は急に椅子をずらしてクニ子の手から小説本を奪った。なぜ今頃ノモンハン戦なのかという思いと、皇軍の将兵がモスコー戦車士官学校出身の中国人将校とソ連参謀に拳銃で射殺される場面が鋭く彼の内部を圧迫したからである。すでにこういう描写は自由思想ではないのか、むろんその小説は圧倒的なソ連戦車群に身を挺して砲塔をハンマーで打砕く日本軍将兵の血闘と勝利を結末としているのだが、その根底に強く流れている物量には物量という思想が、何かひどく絶対的でないもの、「反万葉的な」思想に結びつくという気がしたのであった。英一はすでにその『鉄か肉か』を四年半前、その本が刊行された直後、昭和十五年の夏休みに読んでいたが、当時中学二年の級友の間でこの小説はエロ本代用の意味と価値で流行し、彼もまたそのように利用したのである。ベルリン・オリンピックを記録した、映画『民族の祭典』の試写会をみてかえった夜、彼は、「あたし、そうね、今夜の列車でない方がいいわ。どこかへ行って泊らない?!」とささやく女子共産党員のことを考えながら眠られぬままに自慰行為をした。

いまそれらのことが生々しく耐えがたく錯綜して英一の胸を嚙んだ。クニ子は本を持っていた両手をそのまま、あたかも奪われた時の姿勢を保つような恰好にさしだし、しくしく泣きはじめていた。彼女は自分の気にいらぬ動作なり言葉を相手から受けたとき、しばらくキョトンとした後、咽喉《のど》半分で音を発するような笑い方をするか、或《あるい》は低い声でいつまでも泣きつづけるか、きまってどちらかを選ぶのであったが、最近目にみえて病状のすすんだと思われるクニ子のたよりない表情をみながら、英一は「ちえっ、敵性思想」と、自分に対してか奪った小説の描写に対してか意味の不明な舌打ちをした。

ぶらぶらに下った唇が最後のバランスを失うまいとして顔にへばりついているといった表情で、ふーふ、ふーふというような音をたててクニ子は泣きじゃくっていた。昭和十五年といえば、年全体が反万葉的なんだ、皇紀二千六百年のくせにな、と頭の中で呟きながら彼は国家社会学の教科書の奥にかくしてあるヤナギ紐を取りだした。紙と紙とをより合せた包装用のヤナギ紐の先端は小さい輪になっていて、彼はその輪を椅子の上からのび上って天井の桟に打込んである釘にひっかけ、垂れ下ったもう一方の紐の先端をぼんやり眺めた。ヤナギ紐の先端は風もないのに急に滑稽な揺れ方をして机の上にはね上り、そこに四五日前からおいてある『長崎医科大学附属看護婦養成所事件』と刷込まれたガリ版のパンフレットの上にぐるぐるとぐろを巻いて落ちた。

ガリ版のパンフレット綴りは野沢英一が最近所属した長崎経済専門学校内の万葉研究会の指導的な一員である、上級生藤田昌弘《まさひろ》から借受けたものであった。昭和十九年十二月、突如として、厭戦《えんせん》思想を伝達したという理由で検挙された医大看護婦養成所内の俳句会があり、その事件を中心に「地元における反万葉的精神を摘発し撃滅する運動」を藤田昌弘等は万葉研究会の実践課題として近く強力に展開しようとしていたのである。

パンフレットはほとんど検察調書の引写しであり、それがどのようなルートで上級生藤田昌弘の手に入り、また如何なる用途のためにガリ版に切られたのか、そこのところを野沢英一はまるで考えることはできなかったが、書かれてある内容自体は慄然《りつぜん》とするほど明瞭であった。

検「何の目的をもって甃会《いしだたみかい》（俳句会）を開いたのか」

村瀬祐三「前回申述べましたように、看護婦有志の情操教育を目的にしたのであります」

検「情操教育というが真実は厭戦思想を植えつけるためになされたのではないか」

村「そのようなことはありません」

検「お前はそういうが、否定しても証拠があるではないか。俳句会は今年の五月四回目の会合を開いているが、その席上、阪口涯子《がいし》という俳人の『駅にて』という句を素材にして、次の句を討議しているではないか。——苦力《クーリー》の子母の肩なる荷をなぐさめ　巻ぶとん並べ税吏の指をおそれ　巻ぶとんの古きからくさ目にしみる　満洲紙幣あつし一枚の切符を買われ　苦力群れ曠原《こうげん》北に乾燥せり　芦原《あしはら》はつらなり農夫水にも飢ゆ——等が研究句として出されているが、これは明らかに大陸の苦力たちの状態を通じて、日本の戦争目的を批判したものではないのか」

村「私はそう解釈いたしません。単なる大陸風景をうたったものだと思いました」

検「落日頬に唖《おし》の看護婦唖の医師　という句もそう解釈するか。昭和十六年に作句されたものだぞ。同じく今年（昭和十九年）の、ちよろずのかなしみの雪ふる島あり　というのはどうか」

村「戦争を批判したというのではなく、何か人間的なものを訴えようとしたのだと思います」

検「人間的なものとは何か」

村「…………」

検「七月に開かれた俳句会の席上、〝白衣〟という題に対して上島良子看護婦が作った——夷《えみし》らを討つこころにて白衣を着る——を批判し、こういう句をよんではいかんといったのは事実か」

村「それはその句が技術的にあまりに下手だったからであります」——

検察官の問いに対する回答の一こま一こまがユダヤの悪にまみれていて、彼はその事件がつい数カ月前南太平洋に展開されている皇兵の激烈な死闘の刻々に、同じ日本人の手によっておこされたとはどうしても信じられぬ気がしていた。と同時に何か自分の身中にある不気味なものが大きくゆれ動くような、言葉をかえていえば、「黒い勤皇」といった感じが執拗に胸にまといつくのをどうすることもできなかったのである。

「黒い勤皇」といえば、彼がいまから実行しようとする「あの行為」にも関係していた。クニ子はすでに泣きやみ、それでもまた時々ひきずるような、病んだ蛙の鳴くような声をだしていたが、英一はかまわず本箱の下の把手《とって》のない抽出《ひきだし》から金槌をとりだし、鉄槌の部分がちょうど垂れ下る紐と直角になるように、ヤナギ紐の先端を結んだ。結局垂れ下った紐と金槌の柄は同一平行になり、鉄槌の部分が振子のオモリの役目をすべく結びつけられたのである。過日（二十年二月）行なわれた一年短縮の徴兵検査で彼は「胸部疾患による」丙種と宣告されており、いわばそのことを目的にして実行してきた「あの行為」はその後もほとんど三日おき位につづけられ、むろん絶対秘密を信条としていたが、その時はどうしてかクニ子ならかまわぬ、クニ子の目の前でやって、それからおこる反応をたしかめてみようという強い誘惑に似た思いが急激に彼の内部をつらぬいたからであった。置時計は午後三時六分前を指していた。よし、三時零分（ジャストという英語を廃止するため、彼の学校では零分という言葉が使用されていた）になったら実行しよう、と彼は固く心にきめ、ふたたびパンフレットをぱらぱらとぬきよみした。「にんげんの死蔓草《つるくさ》のごときものをのこし」なぜこういう句を大東亜戦争の勃発した年につくるのか、彼にはどうしても納得がいかなかった。はっきりした証拠はないが、それだけに敵性の度合はより悪質のような気がしたのである。三時一分前になり彼はその時はじめて今夜六時から行なわれる久保宏《ひろし》の壮行会のことを思った。久保宏は出征する、久保宏は召集されたという感覚が前後の時間に連関なく、コツコツと独立して動いていった。久保宏の鈍いいつも誰からかたたきつけられたような表情。三時零分になり、彼は制服である国民服乙号の上衣を脱ぎ、メリヤスシャツを下からまくり上げて裸の胸をあらわにした。そして金槌を振子にして一回大きくゆさぶり振ったのである。それを掌でうけた。少し掌に赤いカタがついた。彼は前回よりやや弱い力で振子をふり、再び掌でそれをうけとめた。三度目、彼は反転してくる振子に眼をつぶって自分の胸をそらした。カチリともボキリともいう音がして肉体にはあまりひびかなかったが、それは紐が長すぎて、バンドのバックルをかすめたにすぎなかったためである。その時急にクニ子が面白そうにくっくっと笑いだしそれがひどく屈辱的なものにきこえた。彼は激しく指を部屋の扉の方につきさして「いきなさい」といったが、すぐどうでもよいと思いかえした。何か自虐めいたものが働いて、クニ子にぜひ見せようという気持がふたたびその時強く背中の方で働いたからである。小説本をただ声をたててよむ以外はほとんど自らの意志による発言能力が彼女にないということが、むろん大きくその気持を支えてはいたのだが。

英一は再度椅子に上り、重量のかちすぎたような振子の金槌を下から抱え二十糎《センチ》ほど短くした。紐の真中を輪にしたのである。彼は修正した金槌の振子を振り、それを裸の胸部にあてた掌でうけとめた。二回目、彼はその掌をとる。ゴボッという背骨にまでとどくようなひびきがあって、英一はウッと呻《うめ》いた。少し振子が強すぎたかも知れぬという思いが瞬間、久保宏の泣き笑いのような表情に重なり、彼は三回目の振子の心を決めようとした。久保宏は一昨日の夜「おいきたぞ、早かったなあ。こげん早いとは思わんかった。入隊が迫っとるから家にも戻れん」と召集令状をひらひらさせながら、英一のところにやってきたのである。「そうか、きたか。早い召集だなあ、そうか」とたたみ返すようにききながら英一は別のことを考えていた。「普通なら検査から入隊までは四カ月から六カ月の期間がある。しかし現在は諸子も知っての通り、戦局は苛烈《かれつ》だ。いつなん時、明日にでも召集が発せられるかも知れんから、その決意で準備しておけ」と検査官がいったのは嘘ではなかったのだ。「そうかきたのか。いつ入隊するのか、お前の家は五島だったな、二日しかないと船もまにあわんなあ」と言葉だけがべらべらと滑るように英一の口から出た。胸部疾患でよかったという安堵感と、丙種でもすぐ召集がくるかもしれんという衝撃が言葉の下から次々に浮いてきて、英一の声はまるではしゃいだような声になった。「船がないから帰れん。電報は打ったが、むこうからも間に合わんだろう。四日おきにしか船はでんからね」と久保宏は無理にどの部分かをおしころしたような声でいった。「そうか、いくか。早かったなあ、……おれたちもすぐかもしれんな」「お前は大丈夫だよ、丙種だけんね。丙種は現役召集にならん、第二乙と丙種はちがうよ」その声がひどく冷たく突放したものにきこえて、ひょっとしたら久保宏はおれの「あの行為」を知っているのかも知れんと、瞬間思ったほどであった。しかし誰も知るはずがない。「そりゃ、ひとつ盛大に壮行会をやらなあならんね」と英一はいった。「うん、外食券がまだ大分残っとるけんね」と久保宏はいった。

野沢英一は三度目の金槌を振る心をきめた。彼ははだかの胸部をひらく。肋骨《ろっこつ》のつきでた瘦せた胸。徴兵検査の二カ月前から六十日間毎夜自分の手で打撃を加えたいつも生白い汗の匂いのする胸がそこにあった。彼はその手を「黒い勤皇」と自覚していたが、その「黒い勤皇」の手が密閉した思想の上をずるずると匍《は》いまわる。彼はその行為を決意してから、固く自分の心のある部分を密閉してしまったのである。密閉した部分とそうでない部分——そうでない部分が密閉した思想を「黒い勤皇」とよび、その手が動くとき、彼は魂の内部の片一方の眼をつぶった。振子の打撃は毎夜三回ずつ、徴兵検査の一週間前は実に六回もくりかえされたのだが、その行為をはじめてから十日目位、左胸部に大きな紫の痣《あざ》のようなものができ、彼はそれを消すため歯磨粉でゴシゴシこすったのである。クニ子がその時何を感じたのか、濁った泡のような声をたてて泣きだした。長崎医大看護婦養成所事件のガリ版のパンフレットがめくれ上り、英一は密閉しない片方の思想で激しく「黒い勤皇」と叱咤しながら親指に力を入れて、金槌を正面に投げた。振子は反転する。病んだ胸がそれをうけとめる。ガボッという何ともいえぬ肉の音をたてて、金槌がくるくるとヤナギ紐を軸にしてコマのように舞う。丙種でもすぐ召集されるかもしれんのだ、肋膜位では駄目かもしれんのだ、という密閉した恐怖を軸にして傷ついたコマのように舞う。「クニねえちゃん、どこいるの、英一兄ちゃんのとこぉ……」という声がして、野沢英一にとっては姪にあたる圭子《けいこ》が部屋にとびこんできた。「何しているん英一兄ちゃん」金槌を背中に廻しながら「クニ子をつれていけ」と英一はいった。「ほら姉ちゃん、お芋たべなさいって。山ん中の病院にいくと、何もたべられんてよ。今のうちだから、うんとたべときなさいよね。セイシン病院は山の中にあるから、鰯《いわし》も何もたべられんてよ。ほら姉ちゃんおいで」と小学二年生の圭子は、英一の姉である道子の口調をそっくり真似たような声でいった。「お母ちゃんは」と英一はきいた。「笈田《おいだ》先生とさっきから診療室で話しとるよ。今夜は久保さんが兵隊にいくんでみんな集るんね、英一兄ちゃん。戸田のお姉ちゃんもきなさるやろ……」と圭子はいった。笈田講師と道子、背中の金槌が何かに接触してギイギイと鳴る。笈田講師と姉道子との関係も、英一にとっては病むことに成功した胸部と同じく、すでに密閉した部分であった。

暗いなあ、これでは暗かねえ、なんとなく暗かねえ、という声があちこちでして、それではもう一つ明るい電球と変えるわ、防護団も壮行会だから文句はいわないでしょう、とコールタールを流しこむような調子で道子はいった。コールタールを流しこむとは、実はさっきから倉地杉夫が考えていたことであった。

彼はさっきから笈田講師と野沢英一の姉渡部道子との、どこかある部分がぺったりくっついたような、からみあうような姿態と言葉のやりとりにむかむかしていた。倉地は定刻の一時間位前に、買出してきた薩摩芋三貫目と蓮根一束、濁酒《どぶろく》一升を渡部家に運んだのだが、玄関をあけても誰も返事がなく、しばらく経って笈田講師が顔の半分を掌で意味もなくこすりながら現れたのである。「やあ、これみんな買出してきたんですか。御苦労だったですねえ」と笈田講師はぺたぺたとした声を出したが、倉地はその言葉に対して直接返事をせず、「奥さんは？」ときいた。「奥さん、あ、おられたようですよ。僕はさっきから渡部さんの書斎で本を読ませて頂いていたものだから」と笈田講師は問わず語りのことまで喋った。「奥さんがおられたら奥さんに云って下さい。僕はまたちょっと出てきますが、あと蒟蒻《こんにゃく》が少し手に入るかもしれませんから」といって、その時はすでに蒟蒻を入れた箱を玄関口においていたのだが、笈田講師に見せるのがなんとなく癪《しゃく》でそのままとび出したのである。

野沢英一の姉道子の夫、渡部健人が軍医として二年前召集される以前は患者待合室として使用されていた玄関脇の六畳が、壮行会の席として準備されていた。

「二階のお座敷でもいいんですけどね。二階は明りがうるさいでしょ。防空カーテンもこの部屋の方が厚いから」と道子は異常なほどくりかえし弁明した。「二階は姦通の巣か」と自身思いもかけなかった考えがその時倉地の体に鉋《かんな》をかけるように走った。

「大石君はおそいなあ」倉地の横に坐っていた今宵の主人公である久保宏はいった。

「日曜も造機部は残業させるんかねえ」川南《かわなみ》高等造船学校学生の西本晋吉《しんきち》はいった。

「浦川さんもおそいわねえ」活水《かっすい》女子専門学校学生の戸田みゆきがいい、すぐまた「浦川さん、今夜は手術がないから早くいくからって、昨日電話したとき……」と自分で自分の言葉をひきとった。

「あと誰かくるの」笈田講師はいった。

「あと、大石さんと浦川さんだけでしょう」野沢の姉道子がこたえた。

「野沢は？」と久保宏が落着かぬ声でたずねた時、「明りが洩れていますよ。強すぎるよ」というメガホンの声がした。

「何ばしよっとや。気ちがいのごたる電気ばつけて」とその背後でぼとぼとと声がした。「壮行会ですけどね」と野沢の姉道子が玄関の方にまわって釈明し、「壮行会じゃろうが何じゃろうが、規則ですけんなあ、十六燭光《しょっこう》以上はカーテンをつけても絶対駄目になっとります」と、メガホンの声からメガホンを取った声がきこえた。

「野沢は自分の部屋にいるよ。さっき、なんかお前にやるものを探してくる、といっとった」

倉地杉夫は久保宏の中途半端になった問いにこたえた。

「何か、何もいらんのになあ、何も持って行けんのに、何もおれはいらんよ」久保宏はぶつぶつといった。

「お父さんたちどうされたの。とうとう間にあわなかったのね、久保さん」戸田みゆきが声をかけた。

「ええ船がないとです、明後日の朝、久留米入隊ですからね、もう一日あれば、明後日着く船があるんだけど」久保宏は答えた。

「間に合えばよかったとにねえ、親父さん、魚を一ぱい持ってきたかもしれんぞ」西本晋吉はいった。

「いや、この頃は漁区が制限されていて、魚はあまりとれんらしい。家も芋ばかり作っとるとこの前手紙がきたばかりだった。おれもこんなに早く召集がくるとは思わんかったけんなあ」

久保宏は五島列島の北方にある村の小さい魚問屋の一人息子で、佐世保商業から去年、長崎経専に進学してきたのであった。いつも誰からか被害を受けているといった口調で話をし、勤労動員作業場では、徴用工員たちからもっとも好かれていた。

「防護団の人、まだ何かいってるの」「大石の奴、おそいなあ」戸田みゆきと西本晋吉が同時にいった。西本晋吉は、まだ姿を見せぬ大石克彦や野沢英一と同じ長崎中学の出身で小学教師の次男。戸田みゆきは平戸高女出身、回船業を経営している家の長女であった。

「なかなかうるさくてねえ。電球やっぱりもとのに替えますよ」といいながら道子が入ってきた。

「外には全然見えんのだから、これでいいはずだがなあ。不合理な規則だなあ」と笈田講師が教室では使わないきんきんした声でいった。笈田講師は学生たちの間ではあまり人気のない教師であった。昭和十七年春前ぶれもなく赴任すると同時に南方貿易史を担当していたが、授業には熱意がなく、いつも学生たちを軽蔑したような目つきをしていた。日支事変が勃発する前年か前々年、東京商大を出る前後に左翼運動に関係したという噂があり、その噂と三十五歳になってまだ独身だということが、ある暗い魅力のようなものとしてかろうじて学生たちの興味をつないではいたが、すすんで笈田講師と接触しようとするものはほとんどいなかったのである。野沢英一だけがどうしたきっかけからか笈田講師を高く評価し、「笈田さんはわかりにくいけれど何かあるよ」といっていた。笈田講師が野沢英一の寄宿している渡部医院で開かれている読書会に出席するようになったのは、むろん野沢英一に招請されたからであった。はじめそのことを久保宏は口を極めて拒否したが、「まあ一回位いいじゃないか」といった倉地杉夫の言葉によってしぶしぶ認めたのである。「今どき読書会なんて意味があるんですかねえ。何を読んでいるんですか」と煮えきらぬ言葉を投げていた笈田講師は、その後、読書会より野沢英一の姉道子の持っている「レコードを聴くため」に渡部医院を訪れることが多くなっていた。

「不合理っていう言葉は、使わない方がいいんじゃありませんか」と、その場の空気とひどくかけはなれた声が突然、笈田講師の背後でおこった。

「えっ、ああ、野沢君か。君は部屋にいると思っていたが」笈田講師はふりかえった。

「また英ちゃんの〝神経〟がはじまった。今日は駄目よ英ちゃん〝反万葉的〟は……」野沢の姉道子はつとめて冗談にするような口調でいった。

「ああこれは野沢君の得意の論法にひっかかったなあ」はっきりせぬ言葉を口の中で呟いて、笈田講師は野沢英一に媚びるような空笑いをした。

「野沢、しばらくやったな、お前んとこ、また作業場が変ったってね。今日は休みだったのか」

西本晋吉がいうと、「うん」と曖昧な返事を野沢英一はした。

「不合理っていう言葉を使ったらどうしていけないんですか、先生」倉地杉夫は笈田講師の空笑いをぴたりと打砕くような声でいった。

「いや、野沢君のいっている意味はよくわかるんだ。合理的なものと不合理的なものとを対決させるだけでは何の発展もないといってるんだね。野沢君は」笈田講師は倉地杉夫の言葉を半分くぐり抜けるような調子で野沢英一の方を見た。

「合理的なものがそのまま正しいとは……」「しかし……」野沢英一と倉地杉夫が同時にいいかけた時、「さあ、議論はやめにして。電気を暗くしますよ」といって、道子が電球を替えるためにスイッチを切った。一瞬、黒い流れの中で、「しかし言葉だけ摘発してみても何にもならんじゃないか」という次の言葉をぐっとのみこんで、倉地杉夫は「野沢は大分変ったな」と考えていた。

電灯がともり、「やっぱり暗いですねえ」といいながら道子はスイッチの手をしばらくそのままにしていた。

「大石はなぜこんのかなあ」と久保宏がいい、「倉地さん、今日浦川さんから何か」と戸田みゆきが答えはわかっているのに聞くといった調子で倉地を見た。

「いいえ何も。今日、日曜だったけど僕は朝のうちちょっと学校に出たんですが、浦川さんにはあわなかった」と倉地はこたえた。

ていることをきいた。

「浦川さん、今日のことはっきり知っているんですか」西本晋吉は、これもまた答えのわかっていることをきいた。

「ええ、昨日電話したとき、今日は少し早くいって手伝うからっていってた位だから」戸田みゆきはこたえた。

「うちの人たちは間に合わなかったんか」さっき戸田みゆきがきいたことと同じことを野沢英一が久保宏にきき、「うん、明後日着く船があるんだけど……間にあわん。もう一日あればその船を待って入隊できるんだが」と、やはりさっきと同じことを、しかしさっきより低い声で久保宏がこたえた。何か、皮の一枚めくれたような暗い沈黙がしばらくつづき、誰かがまた「暗かねえ」と呟いた。両手を後につっぱり上半身を支えるような姿勢で、倉地杉夫は久保宏の白っぽいぬらぬらする唇をみていた。

いつか、「お前の唇は魚の腹子《はらご》のような感じがするね」と彼は久保宏にいったことがある。たしか映画『怒りの海』を一緒に観ての帰りで、どちらからともなく港のみえる岸壁に足を向けたときであった。その時倉地杉夫は、それまで読書会以外はあまりつきあいのなかった久保宏と一挙に親しい関係に入ろうとしてそういう表現をしたのだが、久保宏はその言葉にひどい衝撃をうけたように、「何や、魚の腹ごお、やっぱりそうみえるかねえ……」といったまま、急に黙りこんでしまったのである。防空被《おお》いをつけた赤いランプが海の上を音もなく滑るように走っていき、「少しでいいですよ。田中さんおねがいしますよ」といううずくまった女の声が待合室の中からとぎれとぎれにきこえてきた。「親父が酔っぱらった時ね、お袋によく酔狂してそういうんだ。お前の唇は腐れとる、お前の口は魚のジゴ（内臓）のごたるぞって……おれはお袋にそっくりだからなあ……」倉地杉夫は慌てて「そうじゃない、そういうつもりじゃなかったんだ」といおうとしたが、どうしたのか久保宏はその声が耳に入らぬように半分泣きべそをかいた顔で、自分の育った家のことを語りはじめた。それによると、彼の母親は若い頃、呼子《よぶこ》港《みなと》の女郎屋にでていてそこで彼の父親と知り合ったというのである。彼は小さい頃よく「おい女郎の子」とからかわれたが、ものごころつくまではっきりその意味がわからなかった。佐世保商業に行くようになって、はじめて「女郎」といわれる海軍さん相手の女たちをみた。そのため一年の夏休みには彼はまるで両親と口をきかなかった。「お袋はね、化粧おすみといわれているんだ。化粧をおとすと魚のジゴ（内臓）のような顔色になるからそれでいつも化粧しとる。おれの村はお祭の時でもなけりぁ誰も化粧するものはおらん」と、足下の岸壁を叩く波に訴えるようにいう久保宏に「すまんやったね、悪かことというて」と倉地杉夫は詫びた。「いや、面白うない話をきかせたねえ」と久保宏はいった。その夜以後、倉地杉夫と久保宏は急速に親しくなったのだが、「魚のジゴ」という言葉はそれっきり二人の間には禁句となったのである。

「ドイツはよう戦うねえ」という西本晋吉の声がして、久保宏の唇をみていた倉地杉夫の視線が断ち切られた。

「もう戦う以外に仕方がないからねえ」久保宏の声がし、「ベルリンは陥落するやろうかねえ」

と西本晋吉の根元の太い声が彼の丸い顔に矛盾するようなひびきでつづいた。

一度畳の表面にまるく輪をえがいて落ちた暗い電灯の光が、道路に面して垂れ下った窓の防空カーテンに反射し、その弱い光と影が、皆のざらざらした表情をそれぞれ隈取《くまど》って、ぼんやりうつしだしていた。まだそれほど時間は経っていなかったが、疲れきったような気分が少しずつ部屋の中を支配しはじめていたのである。野沢英一は黙っていた。戸田みゆきも黙っていた。笈田講師は野沢の姉道子の方にいったん向けた顔をすぐもとに戻し、野沢英一の濁った視線がまるで自分にまといついているかのようにぴちゃぴちゃと右手で顎から頸筋《くびすじ》をたたいたり撫でたりしていた。倉地杉夫も黙っていたが、彼は「おれの魚のジゴを久保宏はききたかったのかもしれんなあ」と、さっきの続きを懸命になって考えていたのである。そしてまた「おれのジゴを話したら久保宏は楽になっていたかもしれんなあ」というふうに考えてきたとき、「お母ちゃーん、クニ子姉ちゃんがねえ」という圭子の声がして、野沢の姉道子は立上った。「本当によくされるわねえ」と言外に「先妻の子で、しかも病人を抱えて」という意味を含めながら戸田みゆきはいった。

「浦川君くるのかな、大石君どうしたとやろかねえ」標準語と地方弁をちゃんぽんにして西本晋吉はいった。

「久保君、兵種はわかっているんですか」笈田講師はしきりに頸を動かしていった。

「船舶兵です」久保宏は、彼がいつも笈田講師に対していう棒よみの口調でこたえた。その調子がいつもより上ずっていて、その上ずった部分を消すように、「上陸用舟艇なんかを扱うらしいです」とおさえた声でいい足した。

「へえ、船舶兵で久留米に入隊するのか」と西本晋吉がいい、「どこかにやられるんだろう」と久保宏がこたえ、「浦川君たち、本当におそいなあ」と倉地杉夫はいった。

鈍い電球のまわりをさっきから胴体だけいやにふくれ上った茶褐色の虫が、ズーズーという老人の寝息のような羽音をたててまわっている。誰も気づいているのだが何もいわない。その時、野沢の姉道子が戻ってきて「あまりおそくなってもなんだからやりましょうか。御馳走はこんできますよ。今日の御馳走は倉地さんの大活躍、戸田さんの卵、久保さんのするめと米、配給がなかったのでうちでは何にもできなかったんですよ」と一気にいった。

「倉地すまんかったなあ」久保宏が頸をまげるようにしていい、「倉地は買出しの天才だからなあ」と西本晋吉がいった。野沢英一はその声から眼をそらすようにして、胴体の肥った電球の虫を眺めていた。

「茂木にいってきた」と短く答えながら「自分も食べるくせに、買出しは不忠だと考えているんだから野沢はやりきれんなあ」と倉地杉夫は思った。

「運びますからね、戸田さん手伝って下さい」と道子がくりかえし、「さあやるぞ」と久保宏はわざとらしくはしゃいだ。「それにしても暗かねえ」と西本晋吉がいい、それが倉地杉夫には「暗い壮行会だねえ」というふうにきこえた。

「じゃ、簡単にお祝いを……」と笈田講師がいって、皆は姿勢を正した。倉地杉夫はちらと、暗い電球にまといついている胴体の太い羽の小さい虫を見上げたが、すぐまた眼を伏せて笈田講師の次の言葉を待った。「久保君はきっといい兵隊になると思う。月並なことはいいたくないのですが、祖国を守るために直接銃をとることほど今日幸福なことはないと思います。なぜなら、祖国を守る行為がすべての生活、学問、芸術体系の基礎になるべきであり、今日から久保君はその最も先頭にたたれるわけですから……」「笈田講師はもってまわったいい方をするな」と思いながら倉地杉夫は、視線をじいっと久保宏の胸から上にあげていった。久保宏のとがった頬が少し紅くなり、眼だけがひどく疲れているようにみえる。そして倉地杉夫は「もっと前から君と知っておればよかったなあ……それでも俺は佐世保商業だし、君は長崎中学だから、こうして知りあったのも運がよかったのかもしれんねえ」と久保宏がいったことを考えていた。それはつい先日、勤労動員先である三菱造船所第三ドックの休日に、倉地杉夫の下宿をたずねたときであった。「今日は一日中しゃべっていたいから、しゃべらせてくれ」と彼はいい、「医専はいいな、勉強ができるから。おれたちはもう一週間に授業八時間になったけんねえ」と羨《うら》やんで畳の上をごろごろ寝ころんだのである。

「……久保君、どうか立派にたたかって下さい」と笈田講師は言葉を結び、と同時に西本晋吉と戸田みゆきが「久保、しっかりやれよ」「久保さんがんばってね」と予科練を送るような声で激励した。

「ありがとう」久保宏は皆の言葉に一つ一つうなずきながら、ふっとその眼を倉地杉夫の前に止め、慌ててその視線をもとに戻した。

「何もないが、これもっていってくれ。いつか君がよみたいといっていたから」といって、野沢英一は一冊の本をさしだした。

「なにもいらんよ、心配せんでいいのに」といって久保宏はその本を受取り、「お、佐久良東《さくらあずま》雄《お》か。お前の秘蔵の本じゃなかったんか」と声をあげた。

「もっていってくれ」野沢英一は少し気負った声でいった。

「野沢はこの頃変ったなあ、まるで自分だけが戦争に協力しているようなことをいうからねえ。万葉研究会に入ったら勤皇が一〇〇点で、入らんから四〇点というわけじゃなかろうになあ」と休みの日、久保宏がいったことをちらと思いうかべながら、倉地杉夫はじっと久保宏の手の中にある『佐久良東雄』をみつめた。彼はそのとき久保宏の言葉にこたえて「勤皇四〇点とはよかったなあ」といって笑ったのである。

「本当に貰っていいのか、大切にするよ、一生懸命よむけんねえ」久保宏はいった。

「ほう、佐久良東雄ですか」笈田講師は久保宏の手の中をのぞくようにしていった。

「笈田講師に佐久良東雄の精神がわかってたまるもんか」と倉地杉夫は思い、「足利《あしかが》の、醜《しこ》の奴《やっこ》を真二つに、切りて屠《ほふ》らば、うれしくありけむ、佐久良東雄」と低い声で朗詠した。

「まあ、倉地さんすごいじゃないの」と戸田みゆきがいい「倉地の佐久良東雄と高山彦九郎は有名かもんね」と西本晋吉がいった。

「厭世思想から皇道思想に移るときが重要だからな」倉地杉夫の歌よみと西本晋吉の言葉に明らかに気分を害したらしく野沢英一はいった。そしてまた「天保六年、二十五歳、そこんところが大事だからな」といい足した。

「ふん、自分だけが勤皇だと思ってやがる」とさっき考えていた久保宏の野沢英一に対する批判と同じことを思い、「野沢英一の方が勤皇だよ」といういい方が皮肉になるかどうか考えているとき、「野沢君は勉強していますねえ、皇道理念というものをもう一度哲学化してみるといいな」とまるで筋の通らぬようなことを笈田講師はいった。

「…………」

倉地杉夫は、ふたたび電球にへばりついた胴体の太い虫をみようとして顔をあげたが、どこにかくれたのか茶褐色の虫の姿はなく、ただ黄色い花粉のようなものが暗い電灯の光の中に暗い虹のようにちらちらと乱れていた。彼はいまもし自分が暗誦《あんしょう》している、弘化《こうか》元年正月、佐久良東雄が親友色川三中《いろかわみなか》に宛てた手紙「さてさて、とにもかくにも生甲斐なき世の中に御座候。世間の人は何をあてにたのしみ居候ものやとあやしくのみ存じられ候、今日何を見候ても、羨しいと存じ申さず候。もしや狂気いたされたかと相考候えども、左様にもなき事のように存じられ候」をこの場ですらすら読上げたら、野沢はどんな顔をするだろうかと考え、しばらくその誘惑とたたかっていたのである。

「さあ、みなさんどんどん食べて下さい……先生はこの方がよろしいんでしょう、この酒はお燗をしない方がいいんですって……」と野沢の姉道子が、倉地の買ってきた濁酒の瓶を持って、笈田講師の顔に自分の顔を近づけるようにしていった。顔の片面が別の片面に黒く埋没していくような、そういう表情をして彼女は笈田講師をみていた。野沢英一とちょうど十年齢《とおとし》のちがう二十九歳の彼女は、いつもある熟れた部分がそうでない部分と必死になって格闘しているような、中途半端ではあるがひどく性的な顔だちをしている。彼女は美貌であった。彼女は女学校専攻科を卒えると間もなく、断れば断れた話に自らすすんで現在の良人《おっと》医師渡部健人の話を承諾したのである。渡部医師は数年前妻を失い、精神薄弱児の一人娘クニ子を抱えていたが、道子はためらわなかった。彼女に最も近かった親友だけがその真相を知っており、「あの時道子さんは普通の体じゃなかったんだけど相手が行方不明になったんよ」とこっそり呟いていた。

「僕にも注いで下さい」と倉地杉夫はいった。「はいはい」といって道子は倉地のコップになみなみと濁酒を注いだ。

「今日は倉地さんに大いに飲んでもらわなくちゃ、笈田先生と二人しか飲める人はいないんですからね」

「おい久保、飲んでみないか。一杯ぐらいよかろう」一気に飲み干したコップをさし出して倉地杉夫はいった。

「うん、飲んでみろかね」と久保宏がいい、「飲め飲め、おれも飲むぞ」と西本晋吉が倉地のコップをとった。

「野沢さんあなたも飲んでみたら」さっきからむっつりしている野沢英一に戸田みゆきが声をかけ、「いつかずっと前に一度飲んだことがあるね、ほら、倉地さんが買ってきて、倉地さんだけ大きな声だして歌って、面白かったわね」といった。

「いまの学生は酒の味を知らないんだね、僕等のときは予科時代から随分飲んだものですよ」笈田講師は、さっきからの言葉のうちで一番真実の響きを含んでいるような言葉をはいた。「コンパなんかするといつも酒がでてね、ものすごい酒豪がいましたよ、一升位一人で飲んでケロリとしていたからねえ」

「昔の学生は随分飲んだらしいですね」笈田講師の言葉の調子に少し好意を感じて倉地杉夫はいった。

「ええ、僕等日支事変になってから、あまり飲まなくなったけど……」笈田講師はそこで無理に言葉を切ったとわかるように口をつぐんだ。そして「なんといったって昔はねえ」という曖昧な言葉をそれにつけ加えることで、よけい前に切った言葉を無理な響きにしてしまったのである。笈田講師は明らかに「僕等日支事変になってから」という言葉に抵抗を感じたのであった。

「日支事変の時、先生は商大ですか」ふたたび理由なく笈田講師を許さぬ気持になった倉地杉夫が、冷然として質問の言葉を準備したとき、「今晩は、おそくなりました」という浦川節子の声が小さく玄関の方でした。飲酒に馴れぬものがよくやる、水道の水を飲むような飲み方で一気にコップの濁酒を久保宏が傾け、「久保さん、うまい、うまい」とちょうど戸田みゆきが喚声をあげかけたときであった。彼女はその喚声をひっこめ、かわりに、「あら、浦川さんね」といって立上った。

「それがねえ、大変だったとよ。今まで警察に置かれて。ああ何からしゃべってよいかわからん」と部屋に入るなり浦川節子はいった。

「それがねえ、昨日第二外科の沖さんが警察に呼ばれて、帰ってこなかったんよ、それで私、心配だったから、今日はどうせ日曜で半日休暇だし六時からここに来ればよいと思って、お昼すぎ警察に行ってみた、そしたら……」浦川節子は出身地である離島の炭鉱のなまりがぬけきれぬ言葉で語りはじめた。彼女が警察署の受付で沖富枝に面会を求めると、「待っておれ」といい残し、薄笑いを顔じゅうに浮かべて巡査が奥の部屋に入っていった。浦川節子は一時間余りも受付の前の固い木椅子に腰かけて待っていた。「待っておれ」といって奥に引込んだ巡査はなかなかあらわれず、一時間ほどして、代りにまるい顔をした巡査がでてきた。「君かね、沖富枝に逢いたいというのは」とその巡査は顔の形と全く同じ調子の声でいった。浦川節子は「はい」といった。それから彼女はそのまるい顔の巡査に連れられて奥の廊下を通り、その廊下のつき当りにある硝子戸に反古紙《ほごがみ》のべたべた貼られた部屋に行った。部屋には一人の金筋の汚れた男が坐っていて、浦川節子が入るとすぐつれの巡査に「日曜だというのに御苦労なことだな」と吐きすてるようにいった。その言葉はまるい巡査への労《ねぎら》いとしていわれたものではなく、自分自身に対する愚痴であることは明瞭であった。浦川節子はそう感じた。顔のまるい巡査が去るとすぐ、「君は沖富枝とどういう関係にあるのかね」と金筋の汚れた男はいった。「どういう関係って、友達ですから」と彼女はいった。「養成所が同期かね」と男。「ええ」「村瀬と沖の関係は知っているね」「関係?」「白ばっくれるなッ」汚れた金筋の男は、あっけにとられる程の大声をあげた。

「去年ほら、京城《けいじょう》帝大から来られた若い先生で、村瀬という方がおられたでしょう。アカだとか何とかいわれて大邱《たいきゅう》医専に転任になった、あの先生がまだここの警察にいられるんよ。富枝さん何にもいわなかったけど、どうもあの先生と連絡があったらしいんよ……」

浦川節子の言葉は当然、長崎医大医専学生倉地杉夫に向けられていた。倉地杉夫は浦川節子のいう村瀬医師を知っていた。特別の接触はなかったが、近く助教授を予定されているという京城帝大医学部出身の、まだ三十歳代の、しかしお世辞にも秀麗とはいえない顔をした朴訥《ぼくとつ》な感じのする研究助手であった。

「で、どうして」倉地杉夫は浦川節子に警察の様子を促がした。

「それからいろいろ調べられてね、なにをきかれているのかさっぱりわからなかったけど、私たちのやっている読書会のことなんかをきかれた」浦川節子はいった。

「読書会のこと」笈田講師がその時びっくりするような咽喉につまった声をあげ、「読書会のことをきかれたんだって」と慌てていいなおした。

「読書会のことどうして知っているのかなあ」間のびした大声で西本晋吉はいった。

「そんなことより、どんなふうにきかれたんですか」笈田講師は浦川節子に迫るようにいった。

「どんなふうにって、名前だとか、何をやっているかとか」と浦川節子はこたえた。彼女は読書会のことよりもっと別のこと、沖富枝と村瀬医師の事件についてしゃべりたかったのである。

「沖富枝はね、村瀬から手紙を受取って、部屋とか何かを始末してくれるように依頼されているんだ。それだのに君は沖と村瀬との関係を何も知らないというんだな」と汚れた金筋をつけた男はいったのである。汚れた金筋が汚れた顔をなでているといった表情をしてその男はたたみかけた。「え、沖富枝は村瀬の何かね、情人《いろ》かね」「そんなことはありません」と彼女はこたえた、「そんなことはないってどうしてわかるんだ」「沖さんとはいつもつきあっていましたし、沖さんは養成所の係りをしていましたから、そんなことで村瀬先生知っておられたんじゃないでしょうか」と浦川節子はいった。

「しかしおかしいなあ。そういうと村瀬先生は警察から手紙を沖さんに出されたわけだろう。警察から認められている手紙で、沖さんに部屋の整理を依頼されたからといって、それがどうして沖さんの罪になるんかなあ」倉地杉夫はいった。

「それよりね、読書会のこと君は何といったんですか」笈田講師はさっきと同じことを繰返した。

「何といったって、あたり前のことをいいました。島崎藤村、夏目漱石、中河与一、浅野晃、長塚節《たかし》などを読んだことなど……」

「えっ、長塚節もいったんですか、出席者の名前なんかは」

笈田講師が狼狽していることは誰の眼にも明らかになった。笈田講師の声は顫《ふる》えていた。倉地杉夫は笈田講師がなぜそんなに動顚《どうてん》するのか不思議な気がした。

「出席者の名前は全部いいました。先生の名前もいいましたけど悪かったんですか」浦川節子はちょっと心配そうにいった。

「え、僕の名前もですか、それはいかんなあ」笈田講師は顫える手で濁酒のコップを二三度置いたり持ったりした。

「それよりね、沖さんのことが心配なんよ。別に沖さんに悪いことはないから大丈夫だと思うけど……村瀬先生はどうしてまた、大邱医専にいかれなかったんでしょうかね」浦川節子はいった。

「大邱医専も何も、村瀬という人は反戦運動でひっぱられたんだ」さっきから黙っていた野沢英一はいった。

「反戦運動！」と笈田講師はまた声をつまらせ、道子が、何をまたいいだすかというふうに「英ちゃん」といった。

「村瀬という人はね、俳句会を通じて反戦運動を指導していたんですよ。浦川さん知っているはずだがなあ」野沢は頬をぴくりと動かして浦川節子をみた。

野沢の頬はブリキのように動くなあ。別にブリキに意味があるわけではないが倉地杉夫はそう思った。

「俳句会って、沖さんのでていた養成所の俳句会のことですか」浦川節子は野沢英一の顔をみた。

「警察では何もきかれなかったですか」野沢英一はいった。

「野沢はよく知っとるね」倉地杉夫は詰問するようにいった。

「村瀬という人のことなら知っとるさ。万葉研究会は反戦運動を徹底的に摘発しているんだ。ちょっと待っとれ、その俳句というのを持ってきてやるから」野沢英一は、まるでさっきから圧迫をうけていた勤皇を取戻すように勢よく立上った。

「なんか、ようわからんね」西本晋吉はいった。

「読書会がなぜ、悪いというのかね」久保宏はいった。

「村瀬っていう人、ほんとに赤だったの」戸田みゆきはいった。

「読書会はもう解散した方がいいでしょうね。別に読書会を僕たちは何も別の目的でやっていたわけじゃないが、僕たちには何も関係のないことだが、久保君も出征するし、野沢君も万葉研究会にいっているし、この際、もし何かあるとみられても嫌だから、はっきりしといた方がよいでしょうね」笈田講師はいった。

「何かあるとみられるんですか、読書会をやると」皮肉でなく倉地杉夫は本気になってきいた。

「いや、別にどうみられるかということではなくて、いまの状態では読書会をやること自体に問題がある、そういうふうになってきたんですねえ」笈田講師はこたえた。

「どうしても分らんなあ、おれたち勤労動員をサボっているわけではないし、作業の合間に勉強するのがどうして悪いのかなあ」西本晋吉は意外そうな顔をした。

「おれが兵隊に行ってからも読書会は続けた方がいいなあ、そうでないとみんなバラバラになってしまうからね」久保宏はいった。

「いや、そのバラバラになるという考え方が、僕は危険なんだと思うね。そう警察はみているんだね。やっぱり解散した方がいいでしょう。個人的な交際はまた各自の自由にして」笈田講師はいった。

「私が悪かったんですか」浦川節子はいった。笈田講師は黙っていた。

「君は悪くないよ」倉地杉夫はいった。

「バラバラになるという考えがどうしていけないんかなあ、世界観からいえば、僕ら戦争遂行に完全に協力していると思うんですが」久保宏は珍らしく執拗にいった。「僕ら」という改まったいい方に、その強い調子がでていた。

「世界観と別に組織というものが動いていくんですよ。組織というものはそういう働きをするんです、だから……」笈田講師はいった。

「読書会は組織じゃないでしょう。僕は組織だとは思わんなあ」組織という単語に敵という概念を含めるように久保宏はいった。珍らしく或は恐らく始めて、組織という単語を使用した笈田講師の口もとの辺りを、倉地杉夫はじっとみつめていた。笈田講師の舌が二つに割れている。

である。


「こいつは偽物だ、勤皇でも佐幕でもない」という感じがつっと倉地杉夫の横っ腹のあたりをとんだが、彼はその感じをすぐ打消した。自分でも曖昧にしかその理論が摑めなかったからで
「組織ねえ」倉地はどっちともつかぬことを口にした。

「読書会は組織じゃないわね」あたかもそうみられたことが心外というように戸田みゆきはいった。

「読書会は世界観を戦争遂行に向って再編成する実践行為ですよ」西本晋吉は、自分の理屈によろめくような声でいった。

「やっぱりバラバラという考え方が悪いのかなあ」久保宏はいった。「しかしおかしいなあ」と彼はまた前の言葉を否定するような呟きを洩らした。

野沢英一が何か写し取った紙片を手にして二階から下りてきた。倉地杉夫の目の前を、鈍い羽音をたてて季節はずれの虫がジグザグに飛んでいった。グラマンのような虫だな、と彼は思う。胴体の太い、さっきの電球にへばりついていた虫であった。

「俳句会っていうのはこれなんだ。村瀬という男はこういう俳句を紹介しているんだからなあ」

野沢英一は今から読むぞという動作をして、立ったままでいった。村瀬という人から村瀬という男にいい方を変えた野沢英一の顔を、倉地杉夫は「細い顎をしているなあ」と思って見た。

「ずっと反戦句がでているんだけどね……」野沢英一はちょっとそこで言葉を切った。

「ちよろずのかなしみの雪ふる島あり、という去年の句があるんだけどね、大連《たいれん》にいる阪口という医者の作った句だ」

「医者？」と倉地杉夫はきいた。

「うん医者だ、そうかいてある……読むよ。大東亜戦争以後の分をよんでみるよ。……黒潮くらし魯迅《ろじん》選集を手にしたる　高校生よごれ大陸の駅にいる　これは勤労隊のことをうたったものだ。勤労隊原色の土産買いかえる　というものもある。夜の壁には交響曲を廃墟と聴く苦力《クーリー》みんな咳して流れる街あり　苦力昇天くらい鉛の街である　神々は死し一隻の船くだる葬列がゆく困憊の天のもと　海も河もしんしんと凍りわが喪章　ひと葬《はふ》りぬ氷片浮ける蒼海《そうかい》のほとり　黄沙《こうさ》のもと流離の人らくちづけあう……まだいくらでもある……」野沢英一はまるでそういう厭戦句を嬉しがっているのではないかと錯覚するような、自分が作ったような調子でよんだ。

「死人のような句だな」西本晋吉はいった。

「葬列がゆくっていうのが戦争に反対しているのかしら」戸田みゆきはいった。

「暗い句だね」と久保宏がいった。

「その句を作った人は医者なのか」倉地杉夫はまたいった。

笈田講師と浦川節子と野沢の姉、道子は黙っていた。

「村瀬という男がこの句を素材にして長崎医大で秘密組織を作ろうとしていたらしい」野沢英

一はそういって坐った。さっき笈田講師のいった「組織」といまの「秘密組織」という言葉がはからずも重なって皆の胸を衝《つ》いた。

「沖さんはそんな、秘密組織なんかに入るような人じゃないと思うけど」浦川節子は心細い声でいった。

「ふーん反戦俳句ていうのをはじめてきいたなあ」と西本晋吉がいい、「野沢さん、どうしてそんなこと調べたの。野沢さんたち、そんなこと調べているんですか」と戸田みゆきがそんなことをして心配だという顔つきをした。戸田みゆきは野沢英一の繊細な顔と、いつも苛《いら》だつような声の響きを好きだと思っているのである。

「読書会はやっぱり解散した方がいいね。そんな俳句会と同一にみられる恐れがないともいえないからねえ」笈田講師はいった。

「俺たちの世界観をよっぽど錬成しておかなければ、こういう文学にひっかかる恐れがあるんだよ」野沢英一は勝誇った顔つきになった。

浦川節子はふっと島の炭鉱の坑底で働いている年とった父のことを思った。さっき野沢英一がよんだ句の感じがなんとなくそうだったからである。西本晋吉はただ珍らしいものをきいたというように小さい眼をぱちぱち動かしていた。久保宏は、どうしても船がなかったんだなあ、それで……と、北五島の家と母親のことを考えていた。

グラマンのような茶褐色の胴体の太い虫がひるひるという、ちょうどいま野沢英一がよんだ反戦句のような羽音をたてて、電球から滑り落ちる体を懸命にたてなおしていた。
倉地杉夫はおかしな句だなと思った。勤皇からずっと離れている句だが、それを弾劾する権利が野沢英一と笈田講師に果たしてあるかと思った。野沢の姉道子にもない。そして、それから彼は兄と父と嫂《あによめ》のことを猛烈に考えはじめたのである。

倉地杉夫は北満洲孫呉《そんご》県の駐屯部隊にいる兄と、嫂と父について考えはじめた。野沢英一が勤皇の声で摘発した反戦句が重苦しく兄と、父と、嫂の頽廃した関係に重なって、倉地杉夫のみつめる濁った電球の中で、黒い蛾のような光を放ったのである。今年の正月、福岡県の田舎の家に帰った時、兄は「息が凍るというが、本当だ。大陸にきてもう三年になるが、こんな厳寒の土地ははじめてです。父さんをくれぐれも大事にしてくれ」と末尾に書いた手紙を彼に送ってきていたが、その手紙をよむ彼の頭上で、不潔なほど若やいだ父の声とその父の給仕をする嫂の声がした。書棚に大正末期の世界文学全集を並べ、貧しい患家への請求も容易にできぬ父を彼はずっと誇りにしていた。母はすでに彼が小学校に上らぬ前に死亡し、父は男手一つで彼と彼の兄を育ててきたのである。彼の父はよく彼と兄に向って、人間的なものを摑む読書をせよといい、ヒューマニズムという言葉を口ぐせのように使用した。長男にもあえて医科を強制せず、兄の希望する私立大学の文科を認め、卒業するかしないうちに愛人との結婚を許したのである。だが大東亜戦争が勃発すると同時に、それらすべての「人間的なもの」とヒューマニズムは一挙にあえなく倉地杉夫の目の前で崩壊し去った。兄が召集されて約八カ月後、第一次ソロモン海戦の戦果を伝えるラジオのボリュームを大きくするために通り抜けようとした、診療室につづく部屋の中で、嫂純子の肩を抱いている父親の姿をみたのである。

「なにか病気とか死ぬとかいう句が多いわねえ。何も、希望のないようなうた……」野沢の姉、道子はいった。

「詩みたいな俳句ねえ……でも沖さんは関係ないと思うよ」浦川節子はいった。

「沖さんという人に結局面会できたの」戸田みゆきはきいた。

「面会できるもんですか。どんなふうになっているかさっぱりわからんとよ。本当は今日警察で調べられたことを誰にもしゃべるなっていわれていたんだけどね」浦川節子はこたえた。

「事件はかなり大きなものに発展するらしいから、浦川さんも気をつけとった方がよいと思うね」野沢英一はさっきとはまるで変った乾いた声でいった。

「そうだ、その沖さんとかいう人とはなるべく接触しない方がいいな」笈田講師はいった。

「そんな……」浦川節子は後の言葉につまった。彼女は「そんなことをいっても、富枝さんと私は友達だから」といいたかったのである。

「面会位行ったってかまわないじゃないですか」倉地杉夫はいった。彼はその自分の言葉にあまり責任をもたないでいったのだが、笈田講師に対してなんとなくいつも反対したくなるのを感じるのであった。

「やっぱり警戒した方がいいんじゃないですか、何にもないといえばいえるが、奴らはどんなとこからでも、どんなことでもひっぱりだしてくるからね」笈田講師はいった。その声がふだんと少しちがった、ひどく執拗なものに倉地杉夫にはきこえた。それにいま笈田講師は不用意に警察のことを「奴ら」といったのだが、その「奴ら」といういい方が倉地杉夫には何か異常な、笈田講師らしからぬものに感じられたのである。警察を「奴ら」と呼ぶいい方は明らかに危険思想であり、何かしら笈田講師の身にそぐわぬものに思えたが、奇妙なことに倉地杉夫はその「奴ら」という言葉をきいてふたたび笈田講師を許すという気分が襲ってきた。「俺は矛盾しているな」と倉地杉夫は思った。彼の脳髄の中にはいつも何かだらりとしたもの、黒々としたもの、赤々としたものが混合して一塊になったという部分があり、そこのところがどうしても彼にはよくわからぬのだが、いま、そのわからぬ部分が鋭い牙のように頭をもちあげてくる。……佐久良東雄の手紙とヒューマニズムと、ヒューマニズムは願い下げだな、と彼が笈田講師の愕然とした表情をみながら考えはじめたとき、その腐ったヒューマニズムのような野沢英一の声がきこえた。いや野沢英一の声ではなく、「腐ったヒューマニズム」とは倉地杉夫がかねて自分の父親のことを考えるとき使用する言葉であったのだが。

「先生、奴らというのは反戦思想の連中じゃないですか。先生のいい方をきいていると……」

「英ちゃん、先生に対してそんな」と道子が遮《さえぎ》り、「いや、いいです」と笈田講師はいった。

「いいですよ、野沢君、いって下さい」笈田講師が改めていいかけた時、暗い電灯の明りが段々としぼんでいくように消えた。

「停電ね」戸田みゆきはいった。「停電か」西本晋吉はいった。「もうそんな時間かしら、すぐローソクもってきますから」といって野沢の姉道子が立った。「大石もうこないのかな」と久保宏が暗闇の中で呟き、「まだそんなおそくないよ、大石くるかもしれんよ」と野沢英一がいい、それで皆救われたような気分になった。「奴らの追及はとりやめか」と少し笈田講師に味方するように倉地杉夫は思った。暗闇の黒さが急に皆を一挙によりそうような気持にさせ、その時、ごくかすかにゴトゴトという市電の車輛の響きが伝わってきた。

「電車の音がきこえるんだねえ、電車の音は何か時々淋しくなるねえ」久保宏はいった。

「貨物列車の音も何かひきずり込まれるようなものがあるねえ」西本晋吉はいった。

「炭鉱のゲージの音も悲しかよ」と思ったが浦川節子は黙っていた。

「西本の入隊延期はいつまで?」と野沢英一が中学生のような声できいた。

「ああおれか、この前の徴兵検査の時は一応来年の春までということにしてあるんだけどねえ、しかしこうなったらどうなるかわからんよ」川南高等造船学校学生の西本晋吉はいった。

「野沢さんは?」と戸田みゆきがきき、「うん、僕は丙種だけどすぐくるかもしれんね」と意外に素直に野沢英一はこたえた。

「倉地は」とは誰もきかなかったが、しかし誰もが「医専がいちばんいいさ、入営延期で勤労動員もないから」と考えているに相違なかったのである。その何か固まりかけたような空気に倉地杉夫が激しく抵抗しはじめた時、「倉地、おれの分まで勉強しとけよ」とあたたかく、どこか倉地杉夫の生《なま》の部分までとどくような声で久保宏がいった。

「うん、勉強するよ」倉地杉夫はいった。「久保宏は深い人間だなあ」とふっと眼の底から何かが滲みだしてくるような気持でそう思い、「うん、勉強するよ、おれもお前に負けんようにたたかうよ」と倉地はもう一度いった。

「久保さん、体を大事にしてね、あたしも手紙をかくからね」浦川節子はいった。そのいい方があまり切なくきこえたので、皆がふふふと笑った。

「あらあ、どうして笑うん」浦川節子は暗闇の中でいい、それでまた笑い声が悲しいように高くなった。

「何か面白いことがあったんですの」といいながら道子がローソクの明りをもってきたとき、電気がついた。そのことで誰もが再び笑いだし、その必要以上に調子を高めた笑いがしばらく波のように暗い電球のまわりを揺れ動いて、人々の口を軽くした。

「このお芋のてんぷらたべますよう」戸田みゆきははしゃいだ。

「ズルチンがよくないから、あまり甘くないのよ」道子はいった。

「何か今日は胸がいっぱいになって、あまりたべられんねえ」西本晋吉はいった。

「嘘つけ、お前は皮膚まで胃袋のように口をぱくぱくあけとるってこの前いっとったじゃないか」久保宏はいった。

「皮膚までぱくぱくはよかったね、はっはっはっ」と浦川節子が笑った。

「おいしいですよ、こんな甘いのは久しぶりにたべますよ」笈田講師はいった。

「久保さんとはたった一年にしかならんのに、ずうっと昔からのお友達みたいだったわね、戦争がひどうなったからかしらん」戸田みゆきはちょっとためらうようにいった。ズボン風に断切ったモンペの上においた、そのナットだこのできた白い手が「戦争がひどうなったからかしらん」というとき、心もち顫えるように動いた。

「そうだ、久保宏とはたった一年にしかならんのだ」と倉地杉夫も思った。久保宏が大波止の岸壁で、化粧おすみとよばれる自分の母親のことを彼に告げたのは何カ月前だったのか。戸田みゆきがいうように確かにそれは「戦争がひどうなった」からかもしれぬ。戦争がひどうなったからか、そうか、倉地杉夫はその時二杯目の濁酒を飲み終っていたが、彼はふいに自分の思考が宙ぶらりんになったような気がした。

久保宏のジゴをきいたまま、自分のジゴをまだいっていないということと、「戦争がひどうなった」といういまの戸田みゆきの言葉とが蝶番《ちょうつがい》のような形にぱたぱたして腐った父親のヒューマニズムの尻尾になったという連想が、急に苛だたしく彼の中につきあげてきたのである。

「戦争がひどうなったからか」倉地杉夫のとっぴな蝶番の連想を同じ波動で揺さぶるように久保宏はいった。

「久保さん、さっきは笑ったけど本当に手紙おくれよ。千人針作って送るよ」浦川節子は染め直した赤いセーターを腰の方にしきりにひっぱりながらいった。

「おれたちはみんな寅年だからね、千人針は早いぞ」西本晋吉はいった。

「ああそうですね、寅年は年の数だけ縫えるんですねえ」笈田講師はいった。

「寒うなってきたね」野沢英一はいった。

「春まだ浅き野の香りだけんねえ」西本晋吉は文章をよむようにいった。

「さあ倉地さん飲みなさいよ、まだたくさんあるわ」野沢の姉道子はいった。

「ええ、飲みます」倉地杉夫は道子のさしだした一升瓶をコップにうけた。

「あの虫、なにか縁起が悪いみたいな気がするからとるよ」といいながら浦川節子が立上り、鈍い電球に不恰好に止っている胴体の太い虫をつまんでしばらく眺めていたが、「でも殺すのは可哀想ね、死んだらつまらんからね」と呟いた。

「窓の外に逃がしたらいいよ」と久保宏が声をかけ、珍らしく野沢英一が「そうだ殺さない方がいい」と相槌を打った。胴体の短い羽の小さいアメリカのグラマン戦闘機のような虫は黒い防空カーテンの幕をくぐって浦川節子の手から放たれた。

「倉地何かうたえよ」と西本晋吉が呼びかけ、「うむ」と倉地杉夫は半分返事をした。彼はついさっき野沢の姉道子から濁酒をすすめられた時から、ふたたび「何か追いつめられたような気がするなあ……」と考えはじめていたのである。

「野沢、さっきお前がよんだ反戦句は、何か追いつめられたようになって作ったんじゃないかなあ」倉地杉夫はふっといった。

「え、どういう意味」野沢はびっくりしたような顔をあげた。

「いやよくおぼえていないが、何か、葬列とか喪章とかあったろう。黄沙のもと何とかっていう、やりきれんような感じのものが……」自分でも意外に思える言葉が後から後からでて、どうしてそうなったのか、何かひどく収拾のつかない気分のまま、倉地杉夫の口だけがぺらぺらと動いた。

「なんか、さっき捨てたろう、あの虫のことを考えていたんだ……おれは何か変なことをいっているな」とつづけていいながら、「野沢何というかな、何というかな」と倉地杉夫は思った。だが野沢英一は黙っていた。そして細く呟くような声で、「倉地、酔ったな少し」といった。その「倉地、酔ったな少し」といういい方が、ひどくいたわるようにきこえて、倉地はまた「野沢、中学んときは面白かったなあ」といった。倉地杉夫と野沢英一は長崎中学時代、いまよりも親友であったのである。「やっぱりおれは酔ったのかな」と倉地杉夫は野沢英一に詫びるようにいった。

「倉地、うたえよ、〝海原にありて〟をやれ」と西本晋吉はいった。

「何かやってよ、倉地さん」戸田みゆきはいった。

「よし、石川啄木をやろか、その次〝海原にありて〟をやる」倉地杉夫は立上り、野沢英一が真先になってぱちぱち拍手した。浦川節子と野沢の姉道子がつづいてぱちぱちと拍手をし、西本晋吉がとてつもない大きな声で「うまいぞ」と叫んだ。彼は濁酒一二杯で倉地杉夫よりも早く酔いが廻っていたのである。しかしその酔いは倉地杉夫の酔いと同じく何か暗い追いつめられたような感じのする酔いであった。彼はその暗い追いつめられたような感じの酔いを早急に明るい酔いに転化しようと努力していたのである。笈田講師は立上った倉地杉夫の方をみて微笑し、久保宏はふふふと恥ずかしそうに笑った。彼は西本晋吉と同じ回数だけ濁酒を傾けていたがまだ酔ってはいなかった。「石川啄木」と倉地杉夫はまたいった。「拍手を催促されているようね」といって戸田みゆきがぱちぱちと拍手をし、「あら誰かきたようよ、大石さんかしら」と玄関の方に顔を向けた。

「大石がきたか」と誰もが玄関に顔を向けたが、相手をしている道子の声で、すぐそれは大石ではないことがわかった。声がききとれないほど低く、不気味な沈黙が六畳の待合室の壁を流れ、倉地杉夫は所在ないように片一方の足を投出して坐った。

「大石さんの使いの方がみえられてね、あがっていって下さいといったんだけど、どうしてもといって」といいながら道子が部屋に戻ってきた。

「大石さんは、何か急な作業でね、残業でどうしても今晩脱けられないんですって。明日の朝も駅までいけないかもしれないから、久保さんにくれぐれもよろしくって、……あ、それからこれ、いまの使いの方が持ってこられたもの」

「何だろうな」久保宏は道子のさし出した薄い新聞包みを取った。

「大石のところ忙しいのだなあ、いま船が入っとるけんね」と西本晋吉がいい、誰も黙っていたのでまた「経専より工業専門学校のごとあるって、この前あったとき、いっとったぞ」とつづけた。

「本物の工業専門学校生はお前のようにサボっとるとにね」といって久保宏はその薄い新聞紙を開いた。

「あ、ガダルカナル戦詩集だ、よう手に入ったなあ」倉地杉夫は声をあげた。

「何や、倉地、知っとるのか」西本晋吉はいった。

「うん、買おうと思うとったが、仲々手に入らんでね、長崎では手に入らん」倉地杉夫はいった。

「毎日新聞社からでているんだね……」久保宏はいった。その時詩集というよりも薄いパンフレットといった三十二頁の小冊子の中から、鉛筆で走り書した紙片がぽとりと彼の膝もとに落ち、「ああ大石からだ」と彼はその紙片を拾った。

「元気で征《ゆ》け、久保君。この詩集は東京から最近こられた技術中尉の方から譲っていただいたもので、俺がいちばん大切にしているものだ。これをよむと勇気がでる。今日は直接君に渡そうと思ったが、行けないのでことづける。こんど逢う時はどこになるかな。読書会万歳、久保宏君万歳、大石克彦」と、その油で汚れたような紙片には書いてあった。

「大石か、逢いたかったなあ」その走り書を読みながら久保宏はいい、「ガダルカナル戦詩集か」

と倉地杉夫はまた呟いた。倉地杉夫はつい一ヵ月程前、新聞紙上で「兵隊の書いた詩集」としてこの詩集についての小さい紹介をよみ、直ちに本屋と新聞社に申込んでいたのだが、配給がどういうルートになっているのかついに購《か》うことができなかったのである。彼はまた別の雑誌で『ガダルカナル戦詩集』の兵隊の作ったという「霊前に供う花なし、今はわがいのち捧げて、誦《ず》しまつる序文は只、聖寿万歳。聖寿万歳。《通夜》」という短詩をよんで深い感銘を受けていた。倉地杉夫はなんとかしてその『ガダルカナル戦詩集』を手に入れたいと思っていたのである。

「あら、読書会万歳と書いてあるね」浦川節子はいった。彼女は別に意味なくその言葉を吐いたのだが、笈田講師は「む」と唇を噛むようにして「読書会のことは、よく考えましょう」といった。

「薄い詩集ね、でもぎっしりつまっているわ」戸田みゆきはいった。

「ガダルカナルみたいなところで詩をかいて、よう送れたね」浦川節子は笈田講師の言葉を全然気にとめずにいった。

「大木惇夫《あつお》が序詩をかいているね」野沢英一はいった。

「新聞活字だから、随分載っているよ」また戸田みゆきがいい「みかえれば肌寒きまで、椰子《やし》折れて、裂けて、砕けて、かかる夜に年を送ると、われ生きてこの丘に立つ」と自分がめくった頁の中の詩の一節を声をたててよんだ。南太平洋のニューギニヤとソロモン群島を大きく前方に浮かべた地球の表面を濃淡緑色の表紙にし、「前線にて一勇士の詠《うた》える」と傍題を付したそのザラ紙の小詩集は、久保宏から倉地杉夫、倉地杉夫から西本晋吉の手に移り、西本晋吉から受取った戸田みゆきの手の中にしばらく止っていたのである。

「しかし誰がかいたとやろうかね、大木惇夫編とはかいてあるが、この作者の名前は書いてないじゃないか」西本晋吉は戸田みゆきの持っている詩集を覗《のぞ》き込むようにしていった。

「ちょっと」といって倉地杉夫はその詩集を戸田みゆきの手から取り「たしか、吉田という人だったと思うけど」と、後方の頁を調べた。

「うん、やっぱりそうだ。ここんところちょっとよんでみるよ」と倉地杉夫は、編者大木惇夫のかいた「あとがき」をさし示した。「吉田嘉七という軍曹だ……作者が大木惇夫に送った手紙をよんでみるよ……雨と降る鉄量の中で、詩を書き綴りおりましたるもの、恐らく自分一人では無いかと思っております。敵があれほど呼号した彼等の優勢なる戦いの中に置いても、ただ一人にもせよ詩を書きながら戦っていた者があるという事を自ら些《いささ》か誇り負うところもございます。……私はそこに皇国のいのちにつながる精神をおもい、武の行動そのものを見るからである。そうして、詩剣一如の境地をまたとなく尊いものにおもうのである。……あとのところは大木惇夫が書いたものだ」

よみ終るとすぐ「いまは、その吉田という人は、戦死されたのかしらん」と浦川節子がきき、

「待って、もう少しよんでみるから……あ、いまはビルマの最前線で戦っているって書いてある」

と倉地杉夫はいった。

「珍らしい詩集ですね」笈田講師は何か自分でも感想をいわねばならぬようにいった。その「珍らしい」というういい方に倉地は衝動的に叫びだしたい怒りを感じた。恐らく今宵の久保宏の壮行会をめぐってたえずふっきれぬ暗さはこれだと確信するほどの憤りであった。

「読むぞ、ガダルカナル島の戦火の中で兵隊が作った詩だぞ」倉地杉夫は笈田講師に叩きつけるようにいって立上った。

《追想》

既に一年、
追想は常に怒りだ。
涙は頬で沸《たぎ》り、
戦火は燃えさかっている。
はるかな海原のはてで、
君達の墓標の上で、
焔《ほのお》は狂い立っている。
君達の長い通夜は
まだ終らない。
君達の激しい憤りは

われわれの胸の中で
戦火のごとく
燃えさかっている。

《破れたる鉄兜《てつかぶと》》

――松本上等兵を悼む歌――

その瞳《まみ》の明るき色も、
その逞《たくま》しき肉ある肩も、
ありありと眉にしるきに、
破れたる鉄兜、今手にとりて
呼ばえども君は帰らず、
想い出は煙の如く、
君と経し幾山河、
苦しき日、楽しかりし夜、
いずれをか、夢と定めん。
よべばこれ、うつつなりしか。
弾丸一つ、鉄兜深く貫き、

轟《とどろ》きて君神去りぬ。
凄じき戦なりしに、
われ生きて君を想えば
胸ふさぎ、溢るる涙。
破れたる鉄兜手にとりもてば
その重み、苦しきまでに
限りなし、湧きくる怒り。
ここにして何を語らん。
この想い天に通わば、
君はよく国を護りてわれら勝たしめよ。

《粥《かゆ》》

ここにして、これあり。
これぞこの米の粥。
はるばると数千里
とよあし原みずほの国のみたからが
一と年《とせ》を汗にまみれて、

磨き上げたる真珠、宝石。
わたつ海の逆まく潮をのりきりて、
いのちに代えて海軍さんの
護り来し神のたまもの。
敵機の下をころびつつ、
雨なす弾丸の中這《は》いつ、
汲みたる水を飯盒《はんごう》に入れ、
爆撃ごとに火を消して、
去りては又焚《た》きつけ、
つとめて煙出さぬ如く、
ねじり鉢巻して炊《た》き上げたる
この味は二つなし。
いささか塩っぱいは
海水にとぎしためぞも。
（わが涙まじりしならじ。）

いざ食らえ、

わが戦友《とも》よ。
食らわで死にしわが戦友よ、
これぞこの米の粥ぞ。

倉地杉夫は一気に読んでいった。彼の叩きつけるような一節一節が出征前夜の久保宏と、久保宏を囲み眼をつぶってじいっとききいっている十九歳の少年少女——西本晋吉、戸田みゆき、浦川節子、野沢英一の魂に触れて、その触れ合ったものがふたたび倉地杉夫の胸にかえって言葉になる、そのような声で読みすすめる。

いまは笈田講師も野沢の姉道子も彼らの触れ合う魂の中に半ば身をよせるように黙って耳を傾けていた。いまは笈田講師のことも倉地杉夫には念頭になかった。「眠れる頬に馬鹿といい、砕けし額《ぬか》に馬鹿と呼ぶ。涙は燃えて胸熱く、外に言うべき言葉なし。さなり、馬鹿なり、アメリカのへらへら弾にあたる汝《な》は、苦しき日々を耐えながら苦しきままに斃《たお》れたり、否とよ、馬鹿は我ならめ。散りて帰らぬ身を知りて、名を呼び、又も馬鹿と呼び、叫びつ、泣きつ、怒りつつ。山にむかいて馬鹿と呼び、雲にむかいて馬鹿と言う。はげしき怒りなげつけて、必ず仇《あだ》は討ち滅ぼさん」とややかすれた声でよむ倉地杉夫の声の先端が少し顫え、彼等はその顫えの中に、等しく南太平洋で死闘する同胞、兄弟のことを感じていた。彼らが祖国とよび、その祖国を汚す敵とたたかおうとする純粋な血が一滴一滴ずつ倉地杉夫のたどる詩の中からしたたり落ちる。倉地杉夫は『ガダルカナル戦詩集』をよみながら「これが本当の勤皇だ、これが本当のヒューマニズムだ」と思い、西本晋吉は「もう明日からサボらんぞ」と決意した。焼けただれた椰子の下、跳梁《ちょうりょう》するアメリカ爆撃機の下で、飢えた日本の兵隊が馬鹿と叫びながら斃れた戦友の鉄兜を抱く、そのたたかいの壮絶さと真実がほとんど泣きたいように皆の心を搏《う》ち、読み終えた倉地杉夫は詩集に眼をつけたまま自分の感動を極度に抑えるような声で「よかねえ」といった。

「よかねえ、倉地、もっとつづけてよんでくれ」久保宏はいった。彼は海水で炊いた粥をすするガダルカナル島の兵隊を思いながら、同時に娼婦のように化粧した年老いた母親のことを考えていた。彼が倉地杉夫にいつか岸壁で自分のジゴのことを語ったのはある程度本当であり、またある程度嘘であった。いやある程度などということではなく、彼の内部にはもっと大きい「真実の嘘」が隠されていたのである。彼はあの時、その「真実の嘘」に耐えきれずいわばその表面の一枚上の皮、その重苦しい「調子」だけを倉地杉夫に告白したのである。彼の母親が肥前呼子の女郎屋に勤めていたことは真実であった。「玄海灘《げんかいなだ》に鯨がちょいと顔だしていうた」という漁師の歌声で名高い呼子は、また、女郎が舟を漕いで海を渡ってくるという意味の、北原白秋の詩によっても知られていたが、彼は北原白秋ときいただけで胸が疼《うず》いた。だがもっと奥深いところ、もっと深くつきささる胸の底の底で、彼自身は傷ついていたのである。彼の母親は福岡市近郊の人々からひそかに「部落」とよばれている郷の出身であった。彼の父親は彼を小学校に入れるため入籍の手続きをとる時、母親からそのことを告白され、気ちがいのように荒れ狂った。幸いにして近在にその秘密を知るものは誰もいなかったが、その後はまるで隠れキリシタンのような生活を母親に強《し》いたのである。彼の母親は荒れはてた皮膚を隠すためも勿論あったが、時折その町をおとずれる外来者から身を守るため、全く容貌を変じた化粧を父親から強制されていたのである。彼はそのことを商業学校に入るとき知った。「部落」出身の秘密は完全に保たれていたが、彼はその痣から逃れることはできなかった。島崎藤村の『破戒』をすすんで読書会でとりあげたのも彼であったし、出身を隠さねばならない理由はないと理屈でははっきりわかっていたが、母親の化粧はいつまでも彼を深く傷つけて放さなかったのである。彼はその傷に耐えかねて、ついに短い期間ではあったがいままで最も心を触れあった友、倉地杉夫に告白した。だが、それは飽くまで女郎として、化粧おすみとしてであった。彼にはまだ女郎の方が「部落」出身としてよりも、告白しやすかったのである。彼はいま『ガダルカナル戦詩集』をよむ倉地杉夫の熱っぽい声を聞きながら、岸壁で彼に告白したジゴの嘘を恥じた。俺は明日兵隊にいく。ガ島の粥、ガダルカナル島の破れた鉄兜が久保宏のジゴのもう一枚内側のジゴまでつきぬけ、それを隠していることを卑怯、卑怯だと叫ぶのである。

《埋葬》

――熱病にて仆《たお》れし戦友に――

太陽は青ざめ
焼け残ったジャングルの
ただれたボサからは
まだ煙がよろめいている。

この荒涼たる黄昏《たそがれ》に
紙のように皮膚をかわかして、
病葉《わくらば》の散ると共に
死を選んで行った君の生命。
すべてを捧げ切って、
肉ことごとく枯れたる腕よ。
かっきと見ひらいて、
暮色をうけとめている眼差《まなざし》よ。

ああ、その飢えた手に摑んだ

激しいものは何だ。
その瞳に確信して
叫んでいるものは何だ。

熱病というべくあまりに熱い
悲願の中に身を埋めた友よ。
この憤りに満ちた風景の中で、
君の血こそは静かに赤かったのだが。

倉地杉夫が最初よみはじめた時、その声の中には多少昂《たか》ぶりに似たものがあったが、すでにそれは消えていた。言葉の一語一語を自分の持っている最高の精神で支えようとしてよみながら、彼の声は時に低くなにかに耐えるようにとぎれた。彼がよみ終えると急に深い沈黙が部屋を流れその厚い沈黙を縫うようにして浦川節子はいった。
「何かしらん、こんなにいっては悪いような気がするけど、その、倉地さんがいまよんだ詩ね、さっき野沢さんが持ってきた、養成所の事件の葬式の俳句によく似とるようね……こんなにいって悪いのかしらんけど……」思い通りのことを時と場所を選ばずいうのが看護婦という職業に似つかわしくない彼女の性格であったが、いまも彼女はいってしまってから、ひどく何か場ちがいな雰囲気を感じるように口をつぐみ、もう一度「さっきの俳句といまの詩を一緒にして悪かったかしらんけど、なにかしらそんな感じがしたからね」と繰返した。彼女は倉地が朗読した詩をききながら、はじめ去年の盆休みに二日帰郷した時に行われた、故郷の炭鉱での戦死者慰霊祭のことを、ちらと思い浮かべ（その慰霊祭には海軍に志願していた彼女の従兄《いとこ》も含まれていた）それからずっと、今日沖富枝に面会に行って取調べられたことを考えていたのである。汚れた金筋の男は彼女に向って「太平洋で死ぬか生きるかの決戦をしている時にお前の友達のように、戦争反対の男に忠義だてする女もいる」と怒鳴った。「沖さんはそんな人じゃない」とその時彼女は懸命に思っていたのだが……。ガダルカナル島の血戦と沖富枝のことをどうして結びつけたのか自分でもよく分らないままに、彼女はなんとなくそう思ったのである。「反戦句とはまるっきり意味がちがうよ。浦川さん、まるっきり僕は反対だと思うね……」野沢英一は意外に自信のない声でいった。鈍い電灯の光で彼の細い顎が赤ちゃけてみえ、彼はその自分の弱い声を後から励ますようにポケットに入れていた紙片を取り出した。「海も河もしんしんと凍りわが喪章、とか、ひと葬りぬ氷片浮ける蒼海のほとり、っていうのはまるでガダルカナル島の埋葬とは感じがちがうよ、立場がちがう……」と、野沢英一はふたたびいったが、自分でも説得力がないと感じたのか、「アカの医者が作った反戦句とガダルカナルで戦った兵隊の詩とでは問題にならんよ」と強調した。「でも、その俳句は村瀬先生が作ったのではないでしょう」浦川節子はしんのある声でいった。

「そうじゃないけど、村瀬という男はそれを意識的に利用したんだからもっと悪質だな」野沢英一はいった。彼の声はまた少し「勤皇」の響きを含んできたようであった。

「でも……」浦川節子はいった。彼女はいまなお警察に留置されている沖富枝のことを思っていたのであった。沖富枝も、彼女と同じ島ではないが炭鉱の高等小学校をでており、彼女とは養成所以来の親友である。それこそ便所にいく時も一緒のように生活してきた沖富枝が、なぜそんな暗い俳句に巻込まれてしまったのだろう。なぜ赤の村瀬先生から荷物の整理を依頼される関係にまで落込んでしまったのか。はっきりいって彼女にはいま野沢英一がよんだ「氷片浮ける蒼海のほとり」という句がガダルカナルの詩と反対の立場に立つことがどうしてもよく摑めなかったのである。『ガダルカナル戦詩集』に皆は感激した、だが、それならば、と彼女は思った。

「野沢、もうそんな紙片《かみき》れ引込めろ。せっかくのガダルカナル戦詩集の感動が消えていってしまうぞ」西本晋吉はやや荒っぽい声で、野沢英一と浦川節子の間に起った対立を握りつぶした。

「いい詩集ですね。こんな詩をよむと、近代詩の形式とか手法とかまるで力のないものを感じますね」笈田講師はいった。

「何か揺すぶられるみたいね」野沢の姉道子はいった。

「大石はよか詩集をくれたね」と西本晋吉がいい、「そうね、本当にそうね」と戸田みゆきが嚙みしめるような相槌を打った。

「コカンボナ糧秣《りょうまつ》交附所にありて、という詩もあるよ」倉地杉夫から受取った詩集を目読しながら久保宏はいった。そして「人間はぎりぎりいっぱいのところで生きるんだねえ」と、ちょっと前の言葉と関係がないようなことをつけ足した。ふたたび暗い電灯と暗い待合室の顔が――さっき倉地杉夫の朗読した『ガダルカナル戦詩集』の感動を吸収してどこかにずるずるとたぐりよせられていくというような時間が流れはじめ、その沈んでいく時間を引戻すように「倉地、もう一つ何かよめよ」と西本晋吉はいった。

「うん、大木惇夫の序詩があるが、なんかこの序詩はひとり合点みたいで、ぴんとこんね、前線で戦っている兵隊とはやっぱりどこかちがうね」久保宏から渡された詩集の第一頁を開いて倉地杉夫はいった。

「序詩なんかじゃなく、本物をよめよ。なんでもいいがなんかじいーんとするものがよかね」西本晋吉はいった。

「やれよ、読めよ」久保宏は頭をふるようにしていった。明日兵隊に行く、という実感がつい十分程前、舟を漕いで渡る呼子、殿《とん》ノ浦《うら》の女郎のことを考えた頃から、少しずつ彼の胸のまわりに密着し溢れていって、戦うぞ、戦うぞ、と思いながら、何かしら暗い、近頃兵隊の着ているぺらぺらのスフの軍服と牛蒡剣《ごぼうけん》のような感じにしきりに襲われ続けていたのである。さきに倉地杉夫が読んだ『ガダルカナル戦詩集』の感動はそのまま残っていたが、感動とは別の個所で牛蒡剣のような感じがつきささってくる、そんな時間をまた彼ももち扱いかねていた。

市街電車の車輌の響きとちょうど間を等しくしてピュッピュッという港の向側にある工場の

白く吹きだすような蒸気音がきこえてきて、「倉地さん」と戸田みゆきはよびかけた。「じゃもう一度読むか」と倉地杉夫はいった。「今度は坐ったまま読むよ、〝妹に告ぐ〟という詩だ」

「汝が兄はここを墓とし定むれば、はろばろと離れたる国なれど、妹よ、遠しとは汝は思うまじ。……」と読みだしながら倉地杉夫は、これをいま久保宏におくるのだと思った。女郎の息子だと告白した久保宏に、おれのジゴもおくらねばならない。そうしなければガダルカナルで斃れた兵隊に済まぬと思ったのである。ガ島の詩と父親の腐ったヒューマニズム、腐った嫂とはむろん何の連関もなかったが、彼は読んでいく声の裏側でしきりにそれを思った。

「さらば告げん、この島は海のはて極《きわま》れば燃ゆべき花も無し。山青くよみの色、海青くよみのいろ。火を噴《ふ》けど、しかすがに青褪《あおざ》めし、ここにして秘められし憤り。……」久保宏は明日、野沢英一から贈られた『佐久良東雄』とこの『ガダルカナル戦詩集』をもって兵隊にいく。久保宏とはもう永遠に逢えぬかもしれないのだ。……久保宏よ、元気で戦え、死ぬな、という熱い血液がかっと彼の全身を馳けめぐったが、すぐまた「死ぬな」という思いはこの『ガダルカナル戦詩集』に対しても不忠なのだ、不忠なのだと頭をふった。「のちの世に掘り出なば、汝は知らん、あざやかに紅の血のいろを。妹よ、汝が兄の胸の血のいろを」……。

倉地杉夫は詩集をおいた。浦川節子のやや青ざめた額を暗い電灯の影がよぎり、「妹というのは恋人のことかね、本当の妹かね」と西本晋吉はいった。

「汝が兄っていうんだから、妹じゃない」戸田みゆきはいった。

「どっちでもいいじゃないか」倉地杉夫はいった。

「いや、なんか恋人のような気がしたもんでね」西本晋吉が真剣な顔をして繰返したので皆は笑いだした。

「西本さんの恋人論が始ったわね」野沢の姉道子はいった。

「恋愛してるんですか、西本君は」笈田講師はいった。

「いや、恋人なんかいませんよ」西本晋吉は赭《あか》い顔をして頭をかき「恋人がいないから、恋人のことばかりいうのよね」と戸田みゆきがいった。

「戸田さんも、恋人おらんくせに」西本晋吉はやり返した。

「あら」戸田みゆきは不思議なほど初心《うぶ》な風情《ふぜい》をしてうつむいた。

「はは……ガダルカナルの詩がとんだ恋愛論になりましたね」笈田講師は心のこもる笑いを浮かべた。

「野沢、何をさっきから考えているんだ」久保宏は、壁に背をもたせて一座から離れたように眼を伏せている野沢英一の方をみた。

「うん」野沢英一はちょっと笑った。「何も考えとらんよ、ちょっと疲れたから……ガダルカナルの詩をきいていて疲れたんだ」

「野沢、体の具合少しはいいのか」倉地杉夫はいった。

「いや、疲れたといったのは、感動したといったんだ……」野沢英一はいった。

「わかってるよ、……それより本当に体の具合いいのか、横になっとってもいいぞ」倉地杉夫は野沢英一の言葉をひきとり、いたわるようにいった。

「横になれよ、野沢」久保宏はいった。

「いいよ、調子いいんだ。大丈夫」野沢英一は何か溢れ出るものを喉のところで抑えているといった声をだした。彼は『ガダルカナル戦詩集』から受けた抉《えぐ》るような感動と重なって、自分の身体のことに触れられたのが、耐え難くなったのである。野沢英一は自分自身で傷つけた胸部を抱くようにした。平べったい彼の胸部がヤナギ紐の先端にぶらさげられて黒い呻きをたてながら廻る。軍靴の痕《あと》のついた彼の青い胸が国賊国賊といいながら血に染まったガダルカナルの島をさまよっていく。彼はまだあの「行為」をする以前、ずっと前に誰からか聞いていた、軍靴で胸を蹴って貰う兵隊の話、その軍靴の痕のために自殺せねばならなかった兵隊の話を思い浮かべていたのである。彼の黒い密閉した部分が金槌の形になって、その金槌がぼきっぼきっと軍靴の痕を叩く。ヤナギ紐のぶら下った振子の金槌が彼の平べったい胸部を叩く。青く見えない痣のついた彼の胸の中に、「黒い勤皇」とかいた旗が一本ゴボッゴボッと音をたてて舞っている。ヤナギ紐の振子をうけとめる彼の掌が思い切って離れると、平べったい国賊の胸がそのような音をたてるのである。鬼畜の爆撃に裂けたガダルカナル島の椰子の下を彼の飢えた純忠、彼の青い痣のついた平べったい胸が……。

「どうした、野沢、どうしたんだ」久保宏は肩を顫わしている野沢英一にいった。

「久保、すまんなあ」野沢英一はうつむいたままいった。

「すまんことないよ、すまんことあるもんか。体にあまり無理せずにお前もしっかり働けよ」

久保宏はいった。

「野沢、元気だせ。体なんかすぐよくなるよ。ほら、この茹で卵食えよ、うまいぞ」西本晋吉はいった。

ズルチン湯にからめた揚芋と、一人二個ずつの茹で卵と、蓮根と蒟蒻の煮しめを菜《さい》にした暗く貧しい久保宏の壮行会はまさに終ろうとしていた。濁酒はまだ一升瓶の底に一寸ほど残っていたが、誰もがもうそれをすすめなかった。

笈田講師はベルリン攻防戦についてしきりに戸田みゆきとしゃべっていたが、「電灯に注意して下さいよお」と叫びながら通り過ぎた自転車の男の声がすると、それをうち切った。久保宏は『ガダルカナル戦詩集』にはさまれた大石克彦の手紙にもう一度眼を通して「読書会万歳とかいてあるね、おれが兵隊に行っても、この集りは続けてくれた方がいいなあ」と前にいったことを繰返すように呟いた。が誰も返事をせず、笈田講師もちらと野沢英一の顔をみただけであった。

「大丈夫よ久保さん、沖さんのこと、どうなったかわからんけど、読書会はやるよ」と、しばらく経って誰もが先の久保宏の言葉を意識しなくなった頃、浦川節子はいった。

「そんならいいけどね、淋しいからね」久保宏はいった。

「淋しいことなんかないよ、久保。おれたち、後をしっかりやるよ」倉地杉夫はいった。

「活水でも天皇陛下を一番に祈るようになったわ」戸田みゆきはいった。

「ミッションもガダルカナル島だけんね」と意味不明だが、なんとなく皆にわかることを西本晋吉はいった。

「久保、おれも頑張るぞ」野沢英一はいった。

「お母さんたち、やっぱり間に合わなかったわね」野沢の姉道子はいった。

「ええ、間にあうとよかったんですが」久保宏はこたえた。彼は瞬間、何か母親のことについてしゃべりたい衝動にかられたが、それを抑えた。そして「倉地にもついにいわなかったな」と思い、その代りに、「倉地、このガダルカナル戦詩集、よかったらお前が持っとけよ。大石も怒らんだろう。今日のこと、よう大石に説明してやってね、お前が持っとけよ」といった。

「いや、いいよ、お前持っていけよ」倉地杉夫はとっさにこたえたが、その時「今日のこと、よう大石に説明してやってね」という久保の言葉が激しく怒濤《どとう》のように襲ってきて彼の脳髄をしめつけた。

「うん、今日のこと、よう大石にいっとくよ。彼もよろこぶよ、……彼は本当によろこぶよ」倉地杉夫はいった。

「そんならこの詩集、持っといてくれ、皆にやるよ、読書会で時々読んで俺のこと思いだしてくれ」久保宏は詩集をさし出した。

「もらっとけよ。いいさ、久保にはその中から一つずつ手紙にかいて送るさ」どうしようかとためらっている倉地杉夫の眼をみながら西本晋吉はいった。

「そうか、大石にはよういっとくからね」といって倉地杉夫は詩集を受取った。彼はもっと何か別のことを久保宏にいいたかったが、どれも言葉にならなかったのである。

「元気に行ってくるよ、心配せんでいいよ」久保宏はまた倉地杉夫の方をみていった。

「いってこいよ、皆がんばるよ」倉地杉夫はいった。いうたびにだんだん言葉が短くなるような感じであった。

「いってくるよ」と久保宏がいい、「いってきなさいよ、大丈夫よ」と、浦川節子が、強い、何かを握りしめるような声でいった。

〔初出：「新日本文学」1958（昭和33）年5月号〕

手の家

「長崎のピカドンでやられた家の娘は年頃になっても嫁にいかれんよ。長崎から移ってきた孤児や、人々のことをみんなとまらん部落のもん、とまらん部落のもんとよんどるけんねえ。とまらんとは血のとまらんことたい。あそこの部落のものはエタと同じじゃというて、みんな嫁にもいけん」（長崎県西彼杵《にしそのぎ》郡××村の女の話）

有家整子《ありいえせいこ》の血がとまらないという噂が重く流れはじめたのは、長崎からきた仲買人が切丸窯《きりまるがま》の皿を買い叩いていってからすぐのことであった。妊娠三カ月目に流産した整子の血が十日経ってもとまらないという話がかわされはじめたのは、長崎の教会から近く手の家の再建を調査するために、平良《たいら》神父がたずねていくという手紙が役場に届いたのと前後してのことである。手の家はもうぼろぼろだから建てるといっても難儀だぞ、という話と一緒に、船着場で薪《まき》の荷上げをする女たちがその話を心配そうにささやいた。手の家は戦前のように孤児たちを集めるんじゃなく、こんどはきれいにして肺病の病院をつくるというが本当かと女たちの中の一人がきき、それは嘘じゃろう、肺病にやきものをつくらせることはできんからねえ、やきものをつくらせんならもう手の家とはいわれんよと別の女がこたえ、その後で、親雄《ちかお》さんも心配ねえ、と友部国定《ともべくにさだ》の娘の咲枝《さきえ》がいいだしたのである。

「重乃《しげの》さんの嬰児《やや》もとうとう育たんやったけど、整子は腹のうちからねえ」市村伸男の娘のしのぶはいった。

「重乃さんのはじめの嬰児は四つまで生きとったけど、二番目は生れてから十一日しかもたんやったけんねえ」最後の薪を肩にうけて切丸寛之《ひろゆき》の娘の里子はいった。

「手の家が開かれると、子供たちもまたやってくるとじゃろうか」空になった発動機船からとびおりた吉津又吉がいった。

「根性のよかとのくればよかけどねえ、戦争前は大変だったとよ」年かさの後家の石垣みね子がいい、それからまた「そいでも可愛かったけんねえ、戦争がひどうなって大きうなった子供たちが炭鉱にいく時、みんな窯の人はここまで二里も見送ってきたとよ」とつづけた。

「あん時はかなしかったなあ、大きい子からはいつもいじめられとったが、いってしまう時はさびしかったよ」又吉は木の繋柱《けいちゅう》に腰をおろした。

「あれ、又吉さんも手の家の子じゃったとね、しらんかった。あまりよか男になっとるもんだけん」といってみね子が皆を笑わせた。

「重乃さんの嬰児も育たんし、整子の子も駄目なら、順子もりえも駄目かもしれんね」里子はいった。

「戦争が終ってから十年も十五年もたっとるとに、本当に因業《いんごう》ねえ」仕事着のモンペにつけたポケットからとりだした煙草に火をつけて、みね子は息を吸いこんだ。

「重乃さんたちが手の家にきてからもうそんなになるん」咲枝はいった。

「りえの体は大きいから大丈夫かもしれんよ」しのぶがいい、その言葉につづけるように「ほら戦争が終ってからすぐじゃったろう、りえたちが船できたのは」とみね子が咲枝の質問をうけた。

「すぐといっても一年位はたっとったろう、終戦から」又吉はいった。それから「そろそろでかけようか、日のあるうちに戻らんならんけんね」と言葉の調子を変えて立上った。

その時少し霧のかかったどんよりした沖合から、ボウボウという汽笛が続けざまにきこえ、

「あ、大生丸よ、誰かおりてくるやろか」としのぶが声をかけた。

「珍らしかね、誰かおりてくるとやろ、汽笛が三つ鳴ったもん」里子がいった。

「誰やろか」咲枝がいった。

「神父さんやろか」しのぶはちょっと沖合を眺める眼つきをした。

「神父さんじゃなかろ、一昨日村長さんがうちにこらしたときは、まだ十日ばかりしてからということやったから」里子はいった。

汽笛がまた催促するように鳴り、船着場の入口にある雑貨屋からとびだしてきた㋣のおやじが、伝馬船《てんません》のモヤイ綱を外しながら「おーい、すぐいくよお」と叫び、「珍らしか」と小声で呟いた。

「あの船で長崎にいきたかね」咲枝はいった。

「あれは佐世保にいくとよ」しのぶはいった。

「佐世保でもよかよ」咲枝は眼を細めた。

「うちはどこでもよかけん、いきたかねえ」里子はいった。

「少し波の重うなってきたねえ」みね子はいった。

「うん重うなってきた」と又吉が相槌をうち、それから間をおいて、「もう冬の波だけん」とつづけた。

「あ、二人よ、二人おりてくる」しのぶが高い声をだした。

「ほんと、二人」咲枝と里子が同時にいった。

「珍らしかね、二人も」とみね子がいい、「やっぱり神父さまじゃなかよ」としのぶはいった。

「窯にくる人やろか」里子はいった。

「さあ、どうかね、何も荷物は持っとらんから行商人じゃなかごたる」みね子はいった。伝馬と離れた大生丸は方向を沖合にとって少しずつ速度をまし、もう一度汽笛を長く残しながら去った。

「誰やろか、窯にくる人やろか」里子はまたさっきと同じことをくり返した。

「あ、お医者さんかもしれん」名案を思いだしたという声をしのぶがあげ、「ほら、整子のからだをみによ」といい足した。

「長崎までわざわざ手紙をだしたとやろか、うちが整子の体のことをきいたのは一昨日頃だったけど」咲枝はいった。

「お医者さんがきてもどうにもならんよ、あれは体が変ってしまっているとだからね」里子はいった。

「お医者さんじゃなかよ、ほら」みね子は次第に大きくなってくる伝馬船の方をみていった。

「おーい、たにえ、たにえー」櫓《ろ》を漕ぎながら叫ぶ伝馬船の声がきこえてきた。

「なんねえー、父ちゃん」雑貨屋からでた㊦の女房がゆっくり船着場の突端まで歩いてきて口を両方の掌でかこった。

「林の正男さんのことでみえられたと、早ういって旦那にしらせろお」㊦のおやじの声がはっきりとどいた。

「正男さんのことでみえられたと、今頃、本葬式から初七日もすぎとるとに……ひょっとすると手の家の人かもしれん」㊦の女房は口の中でぶつぶつといってひき返した。

「やっぱり窯じゃなかったんね」里子はいった。

「もう一人の人は」とみね子がいいかけたとき、つい間近になった伝馬船から㊦のおやじがそれに答えるように叫んだ。

「窯にいかれるぞ、一緒にいってくれやあ」

黒っぽい背広の上にジャンパーを重ねた五十年輩の固い表情の男と、それより少し年とった大きな風呂敷包を下げた男がよつんばいになって船着場におりた。

「あんたたち切丸部落の方ですか」風呂敷包を下げた眼尻にひどくしわのある男はきいた。

「そうですよ、窯においでになるっとですか」みね子が答えた。

「ええ、切丸村にいくんですが、もし戻られるなら一緒につれだっていって下さい」男はぐるりとみまわすような顔をして頭を下げた。

「一緒にいくのは簡単だけど、私たちは薪をひいていかんならんけん」又吉がちょっと車に積込んだ薪の方に眼を移し、それで少しおくれるけどというふうにいった。

「一緒にどうぞ、別に急ぐ用事じゃなかけん」男は笑いかけるようにして表情を柔らげた。

「じゃいこか、その風呂敷包は車に乗せたらよかですよ、どうせ同じことだから」荷車の柄の中に入って又吉はいった。

「おおきに、大分遠かとでしょう、手紙でしらせてきたので覚悟はしとるけど」男は薪の上に風呂敷包をのせて、車を押した。

「ちょうど二里です、慣れるとそう遠くもないけれど、山の中だから、はじめての人には難儀かもしれん」しのぶはいった。

「おじさんは窯のどこにいかれるん」里子がきいた。

「ごぞんじでしょうけど、切丸の小学校に勤めとる輪島というんだが……」

「ああ、輪島先生」男がいい終らぬうちにしのぶは声をだした。

「しっとられますか」男はしのぶの方をむいた。

「ええ、輪島先生なら」しのぶは少しうつむいてこたえた。里子と咲枝は車の横で目くばせして互にうなずきあうようなしぐさをした。

その気配を察したのか、しばらく車の後から考えこむようにして歩いていた男は顔をあげた。

「失礼ですが、あんたは南部りえさんといわれるのとちがいますか」

「え、いえ私じゃありません……りえさんならしっとるけど」明らかに自分にむかっていわれた男の言葉にどぎまぎしてしのぶはこたえた。

「そうですか、私はまたあんたがりえさんといわれるのかと、ちょっとそんな気がしたもんだから」男は少しゆるんだ声でいった。

「おじさんは、輪島先生の親戚かなんかの方ですか」里子は「父親か」ときくのを中途で変更したという調子でいった。

「親戚……そうです、伯父・甥です。輝秀の父親は早く死にましたもんですから」男はこたえた。

「お客さん、車は押さないで楽にして歩いとって下さい。これから坂道ばかりですから下をようむいて歩かんと石がいっぱいあるから」又吉がふりむいて声をかけた。

「おじさんは長崎からこられたとですか」少し馴れたような口調でしのぶはいった。

「島原ですよ。農協につとめとります。ああ、申しおくれましたが私も輪島というんです。輪島初馬といいます」

女たちはめいめい自分の名前を男につげた。それからしばらく車の音だけがごろごろと鳴るような時間が経ち、曲り角から森の中に分けいる道のところで、こんどは男の方から「わっ、天気なら見晴らしのよかでしょうなあ」といった。

「風の強いところでね、東支那海から吹く風がみんなここに当るというぐらいだけん……そいでも天気のよい日は五島列島までみえるんよ」しのぶはいった。

「あんたたちはいつもこうして働いているんですか」少し平たくなった道で男はきいた。

「いつもというわけじゃないけど、いつもはこの里子さんのところの細工場《さいくば》で働いとるんよ、窯の薪を運ぶときはみんなしてくるんだけど今日は少いから男衆《おとこし》はこなかったんよ」しのぶはこたえた。

「ほう、これはやきものの窯でたくんですか、私はまた……」男は感心したような声をあげた。

「今日は少い方よ、いつもはこの車ともう一台で、二度も運ぶんよ」しのぶはまたいった。

「ほう」男はいって、そんならあんたが窯元の娘さんですかというふうに里子をみた。

「りえさんはうちの細工場で働いとるんよ」その目にこたえて、さっきからいいたくてしかたがなかったという声で里子はいった。

「里子さん、あんた、先ばしりして、しらんよ」みね子はいった。

「いや、こりあどうも」男は頭に手をやった。ふふふとしのぶが笑いだし、それからまた里子とみね子が声をたてて笑った。

「いやあ」男は口を大きく開いて笑った。

「りえはきれいだけんね」里子がその笑いに乗った。

「親御さんたちがなくなられてからずうっと切丸窯で……あなたのところで育てられたそうですね」笑い顔をくずさずに男はいった。

「手の家にきてから」といいかけて里子ははっと口をつくんだ。急に整子の血がとまらないという声がよみがえってきたからである。

「え」男はききかえした。

「りえさんをいっぺんみればわかりますよ」みね子は里子をたすけようとして妙に派手にきこえる言葉をその間にはさんだ。

「体格がいいそうですね」男はいった。

「ええ、大きくて丈夫だけんね、りえさんは」みね子はいった。「重乃さんの嬰児も育たんし、整子の子も駄目なら、順子もりえも駄目かもしれんね」とさっき船着場で里子がいったことをしのぶは考えていた。

「天気の重うなってきたね」咲枝はいった。左手に低い山脈のつづく野道を、鈍い単調な音をたてて荷車はすすみ、「あんたたちは若くてよかねえ」と男は急に何か場ちがいのようにきこえる上機嫌な声をだした。

輪島初馬が分校の輪島先生と南部りえとのことで切丸部落にきたという噂は、「まとまるとよいけどなあ、たずねてきたお客さんはよか人らしいが誰も手の家のことなんかいうてはいかんぞ」というだめをおされながらひろがっていき、翌日の昼食時《ひるげどき》の窯場に誰一人しらぬものはなかったが、濡《しめ》った土の匂いのする奥の六畳間にふせったまま有家整子はその話を松浦重乃からきいた。良人の有家親雄が細工場に働きにでてからまもなく、生きた鮒を魚籠《ふなびく》に入れて重乃は見舞にきたのである。「気をおとさん方がいいよ、整子はまだ若いから嬰児はいくらでも生れるからね」整子の透き通ったような顔に眼をあてたまま重乃はいった。

「顔色の悪かろう」

「すぐよくなるさ、鮒を持ってきとるけんね、背切りにしてたべたらよかよ、洗い場の水にいれとるけど……今日はいねさんは」

「母さまはでとんなさるけど」といってから「重乃さんの二番目の嬰児の時も、大分血がひどかったとね」と整子は別のことを考えるような調子でつづけた。

「ひどかったけどね、山牛蒡とザクロの根と鮒の血でようなったんよ、子供が死んだのは神さまのおぼしめしだから、仕方がないと思うとるけどね」そういって重乃は厚い唇をむすんだ。

「そいで、十郎さんは何もいわっさんとね」整子は重乃の顔をみた。

「うちの人、うちの人はもうあきらめとるんよ、この前も、もうお前の体じゃしょうがないからこんど神父さまがきたら相談してもええなあというとった」

「何を……」

「何をって、子供を育てる話よ、手の家がまたはじまるなら子供たちが何人かくるわけやろう、そのうちからひとりひきとって育ててもいいと思うとるんよ、女の子ならいいけどね」

「うちたちの体じゃやっぱり駄目かもしれんね」

「あんたのことじゃないよ、うちのことをいうとるんよ、あんたはまだ若いから、これからいくらでも生める、血さえとまったらすぐ元気になるんだから」同じことを重乃はいった。「すまんけど、お茶をいれてのんでね」囲炉裏《いろり》の方をむいて整子はうながし、それから「そいでもみんないうとるからね、あん時、手の家に四人一緒にきたものは体の血が白くなっとるから……」とつづけて言葉を切った。

「誰がそんなことをいうとるんよ、うちのことは別だけど、りえも順子もみな達者でくらしとろうが。整子の流産だって何が原因かまだわかりはせんとに……」相手を励ますように重乃はいった。「本当よ、流産なんか誰でもしょっちゅうあることじゃなかとね。整子なんか、あんまり旦那さんから可愛がられとるから流産したんだと、この前も話しとったぐらいよ」

「母さまがね、そういわれたんよ」重乃の冗談を払いのけることもできぬという重い口調で整子はこたえた。

「いねさんが、何といわるっとね」

「重乃さんもああして育たんかった。お前も駄目なら、りえも順子も嫁にもらい手のなかごとなるぞ、って……」

「そりゃあ冗談にいわれたんよ、そんなことといって、整子、りえはちゃんと嫁にいくんよ、親類の人が昨日もらいにきとるとに、いねさんにそういってやりなさい」

「りえが嫁にいくん？　輪島先生のとこ……」まばたきしながら整子はきいた。

「そうよ、りえがお嫁にいくんよ、そうなると、あとは順子ばかりだけんねえ、順子だってあんなにぱちぱちしとるけんねえ」重乃はこたえた。

「そう、りえがいくんね」呟くように整子はくり返した。

「若い人はよかねえ、どんどん好きな人と一緒になれて」

「あら、重乃さんもそうじゃなかった」

「ううん、うちはちがうよ、うちは別の人に目をつけとったんだけどね、うちの人とは、復員してから、一カ月もたたんうちに、あっという間に一緒にさせられたんだから、考える暇もなかった」といって重乃は笑った。

「そいでも、りえは大丈夫やろうか」整子はいった。

「何が」重乃はきいた。

「結婚しても、嬰児が生れんと困るからね、そんなことがしれたら……」整子は口ごもった。

「大丈夫よ、輪島先生はちゃんと手の家のことはしっとるんだから、それで好き合うようになったんだもんね」

「そのたずねてきたという男衆にうちのこんどの流産のことなんか、わからんといいけどね」

「男衆にはなにもわからんよ、窯の人は何もしゃべらんからね」整子の言葉を肯定した口調で重乃はいった。

「輪島先生が話したら……」

「輪島先生は何も男衆には話さんよ、輪島先生はりえを一生懸命好いとるとだけんね」重乃はきっぱりした声でいった。

「あん時、手の家にきたものは、全部血が白うなっとるというのは本当やろうか」自分の不安をおもてにひきだして、さっきと同じことを整子はいった。

「そんなことはないよ、血が白うなるかどうなるかしらんけど、現にこうして十何年も、四人とも達者でくらしとるんじゃなかね」その整子の不安をおしもどすように重乃はいった。

「そんな心配なんかやめて、早う血をふやして起上らんと駄目よ」

「うちはこの頃、よう考える」整子はいった。

「どんなこと」重乃はきいた。遠くで共同風呂の鐘が間をおいて鳴りはじめ、それがだんだん切丸部落の坂を上ってくるようにきこえてきた。

「ああ今日は風呂の沸く日ね」と重乃が呟き、それで、というふうに整子の方をみてうながした。

「四人一緒にはじめてこの切丸部落の手の家にきたときのことよ、田川神父さまにつれられて、うちとりえは重乃さんに手をひかれて浦から二里の道をのぼってきたときのことよ、戦争は終っとったけどなんにも食物のなかったね、晩になるといつも四人かたまって長崎の方をむいて泣いとった……」整子はどこか遠いところをみているような眼をした。

「うちはすぐ切丸窯に働きにでたからまぎれたけど、整子たちは五つか六つ位だったけんね、そいでもうちもやっぱりあの頃は精一杯だったとよ。お前たちはこの部落をなんと思うとるかしらんけど、本当は隠れぞ、手の家とは宗旨がちがうんぞ、と細工場でこずきまわされたりして、何のことか寛之さまにきくまではさっぱりわからんかった」重乃はいった。

「うちたちはいまでもようわからんからね」と整子はいい、蒲団から起上ろうとした。

「何するん、ねときなさい」重乃はいった。

「お手洗にいくから」整子は自分の体を自分で支えるようにして立上った。

「ほらつかまんなさい」重乃が手をだした。

「大丈夫、ひとりでいくから」

枕元の箱から綿をとって整子が土間におりたあと、うちはあきらめとるが親雄のとこはどうするつもりじゃろうかね、親一人子一人の親雄に子供が生れんとこりあ困ることになるぞと、いつか良人の十郎がいったことを重乃は考えはじめた。子が育たんのは淋しいがおれは兄弟も多いし、あきらめればそれでことがすむ、しかし親雄のところはそうはいかんぞ、今日も窯取りするときにあのモーロク七の奴がいうとったぞ、流産はわかるがあとの血のとまらん病気なんてきいたことがない、やっぱりあん時神父につれられて手の家にきた女はみんな業をもっとるかもしれん、お前は重乃の亭主だけんそこのところはようわかるやろとぬかしさった、とその時、十郎は舌打ちして彼女にいったのである。

「またいっぱい倒れるごとでた」といって、力のない足どりで整子が土間から畳に上ってきた。

「おかしかね」重乃はいった。

「役場の西条さんに毎日わざわざきてもろうて注射をしてもろうとるとだけどね、じっとしとればよくなるというとらしたけど」横になりながら整子はいった。

「甘根《かんね》かずらを煎じてのむとよかかもしれんよ」整子の背中に手をあてて重乃はいった。整子は返事の代りに重い息を吐いた。

「きつかと」重乃がいった。

「きつうなってきた」整子はいった。

「少しねなさい、うちはまたくるから」

「さっきちょっと重乃さんがいうたことね」

「なにを」重乃は整子の顔をのぞくようにした。

「切丸部落と手の家と本当は宗旨がちがうということよ、前にうちは神父さまにきいたことがあるんよ、そのときはそんなことはありませんと答えなさったけどようわからんごとなるときがあるから……。うちの人はまだよかけど、母さまは時々気になることをいわれるから、一度重乃さんにゆっくりきいてみたいと思うとったんよ」一言一言、言葉を切って整子はいった。

「うん、いつかゆっくりしたときね、うちもあまり話したことはないし、寛之さまにきいたことだけしかしらんけど」とこたえて、重乃は立上った。「整子そいじゃ大事にね、またくるよ」

　この間一度、道具屋の政常さんのところでお宅の先代がお焼きになった隠れ窯を拝見しましたが、いやあもうこれはガアンとやられた気持がいたしましたなあ、昔といまとじゃまるっきりすべてがちがいますから、そのままああはいかんでしょうが、お宅なんかはもっと隠れ窯なら隠れ窯に徹底なさったらよろしいのに、とべらべらした声でしゃべりまくり、結局足もとをみすかしたように値切るだけ値切ってかえった長崎の仲買人のことをちらと思いうかべながら、切丸寛之は細工場のみえる部屋で難儀なことになったなと呟いた。

「何か、父さまいうた？」洗い場で昼食の後片附をしている娘の里子がきいた。

「何もいうとらんよ」寛之はこたえた。

「男衆がみえなすったとは、やっぱりそのことやったろ」里子はいった。

「ああ、りえのことやった……」寛之は生返事をした。彼はさっき昼食を終えてから一服する時間をみはからったようにしてたずねてきた輪島輝秀の伯父だと名乗る客の申し出より、今朝方他の細工人たちより半時間も早くきた友部国定の「相談事」のことを考えていたのである。

「そいで男衆は、りえを輪島先生と一緒にしてくれというとったろう」里子はたたみかけるようにいった。

「うん、まあ」寛之は曖昧に言葉を濁した。旦那さま相談事があります、と国定がいったのだ。ああ何かしらんがきこう、上らんかい、と寛之はこたえた。

「手の家をつくりに長崎からおみえになるという話ですが、噂はずっと前からきいておりましたとですが、やっぱり本当に長崎からおみえになるということをききましたものですから……」わざと「神父」という言葉を使わないようにして、くどくどと国定は話をきりだした。

「つくるということじゃなかよ、平良神父が調査しにおみえになると役場から話があった」寛之はいった。

「そのことで前から私たちは寄合をもっていましたとですが、照光寺の和尚がもしそういうことになるなら、騒ぎをおこしとうないから、といいますので……」国定はいった。

「それで」

「それで、困ることになるから旦那さまのお考えを一度たしかめておいた方がいいと思いましておねがいにきたとです」

「何を」

「いえ、隠れはやっぱり隠れのままでいった方がよいと照光寺の和尚などがいうものですから……」

何をいおうとしているのか国定の言葉はさっぱり要領をえなかったが、寛之は何か自分の坐っている根もとを掘り返されるような思いできいたのである。

「りえはいつ輪島先生と夫婦になるん」里子がいった。

「ああ」寛之はいった。

「父さま、生返事ばかりして」と呟き、里子はひとりで笑った。

「手の家がまたできるとこんどは教会ができるようになる。教会ができるともう隠れとはいわれんごとなる、そう照光寺の和尚さんはいわれよったとです。戦争前は手の家はできたが、戦争のおかげで、おかげといってはなんですが、その手の家もやめたのと同じになってしもうて、折角また元の通りになったと思うとりましたのに、また手の家ができたら、こんどは必ず教会までできるようになる、と寄合の衆もいっとられて……」そこで言葉を切り、それからまた曲りくねった筋道をたどるように「戦争に負けて、長崎が吹きとんで、親の死んでしもうた子供たちを長崎からつれてこられたときは、そりあ戦争に負けたとやから手の家をまたおこすのも仕方がないと思うとりましたとですが……」と国定はつづけた。

「そいでも手の家のことはずっと前に、先代のときに隠れではいかんということになって長崎の教会の申し出を承知したんだからね」寛之はいった。

「いえ、だんだん年が経ってみるとピカドンを投げた方が悪いということがわかってきましたし、いまさら新しく手の家をつくることはなかろうと寄合の衆はいうとるんです」

「それがね、ここんところはよう考えんといかんとじゃが、隠れはもう一応、先代のときに戻したことになっとるからね、手の家は長崎の教会のもんだし、同じところにたてるといわれたら断る権利はないから」国定のねばっこい言葉に少しおされながら寛之はいい、「それに若いもんはもう隠れのことは、深くしらんものも多いからね」とつけたした。

「若い者が隠れの宗旨をないがしろにしておることはしっとります。だけんど、先代の時に長崎の説教をうけて隠れを戻したのは、あれは方便だったと寄合の年よりたちはいっとります。

窯がつぶれかかってどうにもならんやったときに、戦争前に長崎の教会から助けてもろうたからそうなったので、本当の宗旨はやっぱり隠れじゃった、その証拠が、あれからもう三十年もなるのに教会はとうとうたたんやったといっとります」

「それはそうだけどね、方便でも何でも一応、隠れは戻して名前だけは教会に返ったんだから、神父さまがくるというのをとめることはできんよ」寛之はいった。

「何百年も隠れはつづいとるとですから、島原の乱から隠れはつづいとるのだから、祖先に対しても申し訳がたたんと照光寺の和尚さんもいうとります」国定はいった。

「よくわかるけど、どうにもならん」というふうに大きく腹で息をして、寛之は沈黙した。

「それに手の家は呪われとりますけん」国定は急にきっぱりとした声になった。

「どうして」寛之はいった。

「手の家で育った女は血を流すととまらんといいよりますけん」

「そんな」

「いえ、年よりたちはいうとります。ありあピカドンにかかったせいばかりじゃない、隠れにそむいた罰だと……」

「父さま、整子のところに見舞には何持っていこうか」里子が寛之の考えを断ち切るように声をかけた。

「整子はまだ血がとまらんとか」寛之はいった。

「まだとまらんらしいよ、今朝りえがいったときはものもいえんというとった、うちは今晩いってみるけど」

「ふーん」細工場の奥でまた急にねばっこい音をたてはじめた国定のロクロのひびきをふり払うように寛之は息を吐いた。

「父さま、りえのことはどうなったんね、男衆はなんというとってね」後片附を終えた里子が手を拭きながら寛之の部屋に上ってきた。

「ああ、りえをよんでこい」寛之は思いついたようにいった。

「りえ、父さまがよんどるよ、早うおいで」細工場の硝子戸をあけて里子が土場にいるりえをまるで祝いごとのようなはずんだ声でよんだ。


旦那さまは、お前はずーっとうちで育ったことになっとるからといわれたけど、手の家のことはどうして輝秀さんの伯父さんにいうたらいかんとやろかね、うちはちっともはずかしうはなかとに、と、分校の坂を上ってすぐ運動場いっぱいにゆれるようにひびく南部りえの声を、輪島輝秀はしーっといっておしとどめた。

「高い声をだすな」輝秀はぼんやり明りのついた宿直室をかねた自分の部屋を指さした。

「うちをみておじさんはなんというてやろか」りえはさっきから何べんもいっていることをくり返した。

「もう少し経ってからいこう」低鉄棒の方に歩いて輝秀はいった。

「闇夜ね、墨を流したごたる」りえは低鉄棒によりかかった。

「手の家のことは本当にいうたらいかんぞ、おれだけしっとればそれでよいからね」輝秀は念をおした。

「そこのところがうちにはわからん、けど輝秀さんがいうなというならいわんよ」明るい声でりえはこたえた。

「ほんとにここは不思議な部落だなあ、隠れキリシタンのくせに真宗の信者がたくさんいて、本当のキリスト教には反撥をもっているんだからなあ、長い間隠れて仏教信者だ仏教信者だといっているうちに、いつのまにか混乱してしまったのかもしれん」言葉の調子を標準語のように変えて輝秀はいった。

「うちたちは隠れとはちがうんよ」

「それでも、隠れキリシタンの中で育ったんだからな」輝秀がからかった。

「手の家は隠れとはちがうんよ、手の家はきちんとした長崎の教会がたてたものだからね、物資なんかもいろいろ送ってきたし、ちゃんと手に職をもって奉仕するためにきたとだから」

「カトリックはカトリックとしか結婚できんちゅうぞ」輝秀の調子がまた切丸部落の言葉にもどった。

「うちたち、手の家のもんはよかとよ」

「いや手の家のもんでも駄目かもしれんぞ、一緒になれんかもしれんぞ、もうすぐ長崎の教会から神父さんがくるというからな」

「神父さまがきたら何かいわれるかしらん、そいでも重乃さんも整子も隠れの男と夫婦になっとるけんね」少しむきになった声でりえはいった。

「重乃さんも整子さんもまだ神父さんがこないうちだからよかったが、りえはちがうかもしれんぞ」

「いじのわるかね」りえが輝秀の手を打ち、はははと輝秀は笑った。

「手の家とはおかしな名前をつけたもんだな」しばらくして低鉄棒によりかかったりえの手に自分の手を重ねて輝秀はいった。

「手の家とはね、イタリアの北のなんとかいう山脈の中にあるんよ、そこでも窯があって、神父さんと信者たちが壺とか皿とか焼いていなさるんよ、それと同じ心でそういう名前を長崎の神父さまがつけなさってね、ここの部落が隠れから戻ったとき、大野神父さまがそう命名されたんよ」

「ほう、りえはものしりだ、はじめてきいた」輝秀はいった。ふふふと笑って「おじさん、うちのこと大丈夫やろかね」とりえは話を変えた。

「大丈夫さ」輝秀はいった。

「どうして手の家のことはいっていいかんの、はじめ嘘をつくと、ずっと嘘を重ねるようになるからね」

「手の家のことをいうと、四人一緒にきたときのことがわかるからさ」

「四人一緒にきたときのことがわかったらどうして？」

「どうしてって、重乃さんのことがわかっても、伯父は古いからいろいろいうにきまっとる」

「整子のこともね」少し声をしぼるようにしてりえはいった。

「おれはしっとるよ、おれはしっとるからいいけど、しかし伯父はそういうわけにはいかん」

強い調子で輝秀はいった。

「いこう、おじさんからなんといわれるかしらんけど、会うんなら早く会いたい」りえはいった。

「だから手の家のことはいうなよ」

「うちも血がとまらんかもしれんよ、子供は育たんかもしれんよ」輝秀からつかまれた体をくねらせてりえはいった。

「うちのへんはね、長崎の町のものというだけで嫁にはとらんのだ。それだから手の家のことはいうなというとるんだ」りえの肩をつかんで輝秀はいった。

「長崎のことはどうせわかるんよ、手の家のことだってすぐわかる」りえはいった。

「誰もいわんよ、長崎は長崎でも、伯父には戦争中からりえはここに疎開してきとるといっとるから」りえの体を前におすようにして輝秀はいった。

「嘘つくといまに罰がおりるのに」りえはあきらめたような声をだし、それからまたしばらくして「整子のこと、心配ね」と別のことを呟いた。

「伯父さん、りえさんをつれてきたよ」宿直室というより下宿という感じの部屋の外から輝秀は声をかけた。

「おおそうか、さっき加藤先生の奥さんがみえられて、こんなものをおいていかれたが」輝秀の伯父はりえの方をみないでいった。

「こんなことせんでもいいのに」輝秀はお膳の上におかれた恐らく手造りの酒が入っているにちがいない五合徳利と煮込みをいれた深皿をみた。

「ああ、あんたがりえさんですか」輝秀の伯父は坐り直した。

「りえといいます、はじめてです」りえは膝をそろえて挨拶した。

「まあ楽にして」輝秀の伯父はいった。

「はい」りえは返事をした。

「まあ、話はゆっくりすることにして、伯父さん一杯のんだらよか」輝秀は湯のみを三つお膳の上に並べた。「りえ、お前ものむか」

「いや、うちは」しりごみするようにりえはこたえた。

「輝秀から手紙がきて、こんどの正月に一緒につれてかえるというてきたから、一緒にかえってきたらもうきまったようなもんだけど、猫の子を貰うとじゃないから一度ぜひみたいと思って急に思いたってきたとですよ」湯のみにつがれた酒を、段をつけるようにしてのみながら輝秀の伯父はいった。

「はい」りえは返事をした。

「りえ、楽にせんか」輝秀はいった。

「こいつの父親は早う死んでね。私が親代りになっとるもんだから」一度言葉を切り、それからまた「輝秀からたいがいのことはきいとるが、十九になるとね」と輝秀の伯父はつづけた。

「はい、もうすぐ満でちょうど十九になります」りえはこたえた。

「八つちがいか、ちょうどよかとこたい」輝秀の伯父は二杯目の酒をうけながらいった。

「働きもんだけんね」輝秀はいった。

「輝秀も学芸大学をでとるとだから、いつまでもこの分校にもおられんし、そのうち島原に戻ってくるわけじゃが、あんたはこの部落をでられるね」輝秀の伯父はいった。

「そりあ結婚したら」輝秀はいった。

「夫婦になったらどこでも一緒にいきます」りえはいった。

「いや別にきいとるわけじゃないが、隠れの中にはちょっとそういう部落があるけんね、念のためにきいたと」

「うちは隠れじゃないですから」りえはいった。

「ああ、そのことも今日、切丸さんからきいた。長崎から疎開してこられているうちに御両親が原爆でやられなさったと輝秀からきいたが……」輝秀の伯父はいった。

「切丸さんは何といわれた、りえを細工場から離すことを……」ちょっと返事をためらいかけたりえを横からひきとって輝秀はいった。

「切丸さんはよろこんどられた。お前が切丸村の学校に勤めとるうちはなるべく窯で働かせるようにしてほしいが、それも無理にとはいわんというとられた」

「切丸さんは人格者だけんねえ」輝秀はいった。

「それで、あんたはほかに親戚も何もないとですか、切丸さんだけでほかに誰にも相談しなくて……」輝秀の伯父は言葉をやや改めてきいた。

「はい」りえはこたえた。

「小さいときから、ずっと切丸さんのところで育てられたんだから」輝秀はいった。

「この酒はまわるなあ」といって輝秀の伯父は湯のみをおいた。

「りえ、のまんか」輝秀はいった。

「よか」りえは低い声でことわった。

「はははは」輝秀の伯父は笑った。その時、「輪島先生、輪島先生」と慌《あわただ》しくよぶ女の声が部屋の外できこえた。

「だれ?」といいながら輝秀は板戸をあけた。

「あ、切丸の里子さんか」

「里子」といってりえは立上った。

「ああきとったね。整子が大事《おおごと》になったとよ、すぐきて」里子はいった。

「大事に」りえは高い声をだした。

「ええ、すぐきて、誰でももう集っとる」

「医者は」輝秀はいった。

「お医者は又吉がよびにいきました。外の男衆も二番手がいまいったところです。うちはりえが間に合わんといかんと思うて」里子はいった。

「そいじゃまた」りえは輝秀の伯父に頭を下げた。

「病人か」輝秀の伯父はいった。それから里子とりえが去った後でまた「何の病気やろか」と呟いた。

「医者が遠かけんね」輝秀はいった。

「なんでまた急に悪うなったとやろかね」ふせっている整子のまわりに集っている男や女たちの方をうかがうようにして次の部屋でみね子はいった。

「血が少うなってしもうたんやろ」その隣に坐っている咲枝はいった。

「あんまり急だから」とみね子がいいかけたとき、はあはあ肩で息をつきながら里子とりえが入ってきた。

「重乃さんも順子もきとるよ、早ういきなさい」みね子がりえにいった。

里子がみね子たちのいる部屋に坐り、りえが整子の寝ている六畳にいくと、後をふりむいて親雄が「ようきていただきました」と頭をさげた。

「どうしたん」りえは眼をつぶっている整子に問いかけるようにいった。

「晩方おれが風呂からかえったら、便所にいったまま倒れとった」親雄がこたえた。

「うちが昼すぎきた時は、まだそんなじゃなかったんよ」重乃はいった。

「お医者はまだ?」深田順子がいった。

「早うみせとけばよかったな、噂はきいとったけどおれが気がつかんかった」寛之は後悔するような声をだした。

「いえ、旦那さまは」親雄はいった。

「流産じゃけん」流産だから医者にみせた方がよいのか或はみせるまでもないというのかわからぬ口調で親雄の母のいねはいった。

「血どめの注射はずっとつづけとったし、こんなにひどうなるとは思わなかった」親雄は語尾を小さく濁した。

「水」整子が顔を動かした。

「水ね」といって重乃は親雄の顔をみた。のませてやって下さいというふうに親雄は眼でうなずいた。

「りえはきとる?」水差の水を一口のんで整子は目をあけた。

「きとるよ、元気だして」りえはいった。

「お客のきとってやろ」整子は唇だけでいった。

「え」りえはききかえした。

「輪島先生のところにきとるお客さんのことよ」重乃が横から口をだした。

「あまり話をさせん方がよかぞ」寛之はいった。

「重乃さんのことも……」整子はいった。

「え、何ね、整子」重乃が顔を寄せた。

「重乃さんのこともうちのこともいうてならんよ」殆《ほと》んどききとれぬように整子は唇を動かした。

「りえにいうとるんよ」順子はいった。

「おい整子」親雄がはげますように強い声をだした。

「おい、注射」次の間に坐っている元衛生兵の西条を寛之がよんだ。

「手の家のことも……」整子の唇の動きがとまると同時に、重乃が「あっ」と声をあげた。

「あ、整子が」といって里子が次の間から立上ってきた。

「整子、整子、こら返事をせんか」親雄は狂ったように整子の胸をゆさぶった。

「死んだ」空の注射器を持ったまま西条が人ごとのように呟き、「馬鹿っ」と寛之が怒鳴った。

「整子、嬰児なんか生まんでもよかぞ、こら整子、何とかいわんか」親雄は喚いた。

次の間の女たちが寄ってきてわっと泣きだし、寛之が「お召しだから」といった。

「お召しだから」「お召しだから」「お召しだから」女たちは泣き声で次々に叫んで合掌した。

重乃と順子が頭を垂れて十字を切り、それをみた寛之はちょっとためらうようにして曖昧な動作で合掌した。

「お召し」と親雄が合掌し、「なむあみだぶつ」といねが念仏を唱えながら、十字を切る重乃と順子をにらみつけるようにしてみた。

「整子は天に召された、土と根をこやすために」と寛之がいうと、また「お召し」という声が上り、りえと順子が「アーメン」といった。

突然「手の家のもんはもう嫁にはなれんぞ」と、いねがびっくりするような声をだした。

「なんちゅうこと」親雄はいねをとめた。

「なんちゅうこともなか、手の家のもんは罰が当っとる」いねは喚いた。

「いねさん、罰はなかぞ、手の家も隠れも一緒じゃけん」寛之はいった。

「アーメン」順子が低い声でとなえた。

「手の家の女がきてから不幸なことばかりじゃった、親雄が可哀想じゃ」いねはいった。

「りえ、整子が召されるときにいうたことを忘れてはいかんぞ、うちのことも整子のことも手の家のこともいうてはならん……」りえの耳に口をつけるようにして重乃はささやいた。

「葬式は明日の昼一時、みんなにしらせろ、残るもんは重乃、順子とりえ……」寛之は手配を命じた。

「いやぞ、手の家のもんはうちで通夜はさせん」いねはまた喚いた。

「やめんか」親雄はいった。

「手配はかえられんよ」いねをなぐさめるようにみね子はいった。

「りえたちがおらんと整子は淋しがる」いねの言葉に反抗する口調で里子はいった。

「輪島先生のところにきとるお客さんが整子の葬式のことをしるとまずかぞ」咲枝はいった。

「誰も手の家のことはいわん」しのぶはいった。

「しられてもよかとよ、うちは何も悪かことしとらん」りえは泣いた。

「手の家も隠れもないぞ、わかっとるか」寛之はいった。

「手の家のもんが残るなら、おれは家にはおらん、ああ、親雄が可哀想じゃ」いねは声をあげて泣きだした。

そのとき、「整子が大事になっとるそうで」と頭をかがめて細工人の国定と絵付師の伸男が入ってきた。

「たったいま召された」親雄がいった。

「召された」伸男は反唱した。

「しらぬもんで」国定はまた頭を下げた。

「手の家のもんを残すちゅう手配があったぞ」いねは告げ口をするように国定にいった。

「整子は最後までりえのことを心配しとった。ずっと一緒に育ってきたんじゃから重乃と順子とりえを残すことにしたとぞ」寛之は少し弁解がましい声で説明した。

「召された整子は手の家のもんじゃったが、親雄の方も残らねば」国定は寛之の言葉を一度はおしかえし、それからすぐ「手配がきまったんならその通りにせんといかんが」と声の調子をおとした。

「土と根をこやすために整子は召された」寛之は唱えた。ふたたび「お召し」「お召し」という声が女たちの口から上り、「アーメン」という順子の祈りを消してしまうように、いねはまた高くすすり泣いた。


重乃さんのこともうちのこともいうてならんよといって整子は召された、ほかのことは何にもいわずに、うちと輪島先生が夫婦になれるように最後まで心にかけながら整子は召された、といまにも叫びだしたいような気持で考えながら、りえはぼうぼうと音をたてて燃え上る整子の棺の炎をみていた。

ぼうぼうと小さい土の窯の中で整子は燃え上り、葬式が始まる前に訪ねてきた輝秀のいった言葉を炎にした。伯父さんに誰がいうたのかしらんが手の家のことはしれたぞ、困ったことになった、だましたことはあやまってしまえばまあそれでいいが、うちのへんでは長崎の町からというだけで嫁には貰わんとだからねえ、と輝秀はいったのである。

ぼうぼうと整子は炎となり、りえはその時輝秀にこたえた言葉をその熱い火の中に投げ入れた。それで何といわれるん、手の家の女は嫁にもらわんといわれたんね。そうはっきりはいわれんさ、しかし困ったことになるんだ、本当に誰が告げ口したんやろか。告げ口なんかじゃなくて自然にわかるもんよ。

小さい土の窯の中で整子ははね上る。そして手の家のことは絶対いうたらいかんよ、重乃さんの嬰児が育たんやったことも、うちの血がとまらんことも、いうたらお嫁にいけんよというのだ。

ぼうぼうと整子は火となっている。長崎から手の家を再建しにみえられることはなんとかきつくやめにしてもらうようにすることはできませんやろか、旦那さま。そうしないと子供がまた大勢つれてこられて、たった四人でもあんな子供が育たんとか、血のとまらんとかいう騒動がおきとりますとに、この上つれてこられたら、本当にエタ部落のごとなって、よその村から嫁のもらい手のなかごとなるとみなもいいよります、と葬式が一段落したとき細工人たちの前でいった国定の言葉が油となってそれにふりそそぐ。

やっぱり隠れは隠れのしきたりを守っていかんと、こういうことになるとじゃなかとでしょうか、もう順子は嫁にいけんという噂まで流れよりますから、本人たちが可哀想です。もしまた手の家ができて、長崎から親がピカドンでやられた子供たちがぞろぞろ入ってくると、順子だけが嫁にいけん位ではすまんことになります。切丸部落は血がとまらん、という噂がでたらもうそれでエタと同じことになりますけん、誰も嫁にもいかれんし嫁にもとれん、という国定の声がどろどろの油になってそれにふりそそぐ。
ぼうぼうと小さい土の窯の中で……。

〔初出：「文學界」1960（昭和35）年6月号〕

地の群れ

1

豚の白いねじれた腸と、黒ずんだ紫の心臓を売る老婆が、いつもの通り診療所の裏口にあらわれた時、宇南親雄《うなんちかお》はカーテンで仕切った診察室で、顔だけが大きくて背の低い痩せた女とむかいあっていた。ものをいうたびににんにくを焼くような、いやな匂いを吹きかける眼の前の女をみながら、彼はなんとなく三日前の夜おそく、この同じカーテンで仕切った診察室に駈け込むなり、急に胃袋のまうしろの神経痛が弓でもひっぱるようにぴーんぴーんと痛くてたまらんごとなったとです、とうったえた女のことを思い浮かべていたが、ふと、その女の高い声は、高等小学一年の同級生、朱宝子《しゅほうこ》の姉朱宰子《さいこ》の声にそっくりであることに気づいた。

彼は数え年十六歳の夏、九州戸島海底炭鉱二坑の坑木置場で、安全灯婦朱宝子の電池の匂いのする体をおしつけ、杉の皮と炭塵《たんじん》のこびりついた汗で泥まみれにしてしまったのだが、四カ月後、太平洋戦争が勃発した。そしてそれから十日あまり経った後、県立長崎高等女学校音楽教室を試験場として行われた専検（専門学校入学資格検定試験）受験を終えて帰った彼を待ちうけるようにして、同じ安全灯婦をしている朱宰子が「妹をとしてくれる」と濁音の出ない日本語で迫ったのである。

「おれはしらんよ……」繰込場《くりこみば》の裏の大工小屋の蔭で、宇南親雄はこたえた。背中をぴったり背後の板壁にくっつけ、変に明るい寺島水道の真上から落ちてくる濁った月光を肩に受けた朱宰子の影に触れるのを恐れるように。

「しらん?……」朱宰子はおうむ返しにいった。そして、宇南親雄にいうのではなく、自分自身にむかって洗濯棒を振りあげるような声でつづけた。「ああもう、としたらよかろうかね。たった十六かそこらというのにコトモができてしまってね。あんたが朝鮮人なら、労務に納屋もろうて、そりゃなんとかてきんこともない。あんたは坑内道具方たから若すぎるといっても労務は納屋に一緒に住んてもいい。労務が納屋くれないというなら、あたいたちの納屋しれない。少しは笑われるかもしれんけとね。それても十六よあんた。ああもう、宝子かまいぱんまいぱんてあるく、あの時、気ついておれぱね。いまになって宝子は泣いてるけと、泣いても取り返しのつくこととつかないこととあるからね。泣くな、泣いても取り返しつかないよと、そういってやったよ……」

「朱さんに話すよ、おれが……」

「話す、何を。妹に何を話す。おれは何もしらんというとね。そのコトモはおれのコトモてはないというとね。何もおれに責任はない、なにもかもちぷんで責任とれというとね。妹はもう外にてないよ」

「どこか、よっぽど悪かとでしょうか」眼の前の女が黄色いむくんだ顔を前につきだしてきいた。

「検便してみないとはっきりしたことはいえないけど、回虫のようですね」理由なく、ひどくやりきれない気持をおさえて、宇南親雄はいった。

「回虫……」女が黄色い顔をぱっと赤らめた。「子供が生野菜好きだもんですからね、それで生野菜をよく食べるんですけど、虫の卵がついたりなんかしたらいかんから、いつもよく洗って食べとるんですけどね……」

その時、カーテンの間から頭と口だけをだすようにして、宇南親雄の祖母のアマネがのぞいた。アマネがものをいうと雄鶏《おんどり》のトサカのような半白の髪の毛が前後に動く。

「親雄。臓物売りの婆さんがきとらすよ、買うね」

「ばあちゃんのよかごとしなさい」宇南親雄は返事をした。

アマネは薬棚のある板の間でちょっと足をすべらせ、

「機械でばかり掃除して、空雑巾《からぞうきん》でキュッキュッとこすらんから、いつも足取られてしまう。姉さん女房はよう家のことに気がつくというけど、式もあげとらん女はやっぱりちごうとる」と独りごとをいいながら台所にでた。八十八歳の誕生日を迎える頃まで殆ど無駄口をたたかず、「もののわかった婆さん」として近所でも通っていたアマネが、心に思っていることを見境いなく口にだす（自分では考えているつもりが、声になって出てしまう）ようになったのは、つい半年ばかり前、橋のむこうの道路の曲り角で、三輪車にはねとばされる犬を目撃してからだ。その夜晩酌二合の酒を前にして、ひとしきり、前足をぴくぴく動かしながら息絶えたブチ犬についてしゃべった後、アマネは呟いたのである。「人の話をうわの空できいて、この人は。あたしがあんまり酒ばかり飲むもんだから惜しゅうなっとらすのとちがうやろか」英子はびっくりしていった。「おばあちゃん、惜しいとかなんとか、そんなことはないですよ」アマネは何の因縁をつけるかというような声でこたえた。「なんね、あたしは何もいうとらんよ」

「あら、おばあさん。いつも元気でよかですねえ」臓物の入った竹籠《たけかご》を前において、首筋を手拭で巻いた津山金代が挨拶した。

「蒸すねえ。いつまでもむんむんしてねえ」アマネはいった。

「おばあさんの皮膚はほんとにつやつやして。ほら、私の手とくらべてみなさい。私の手はこんなにカサカサに、鱗《うろこ》ができたみたいになっとるのに、おばあさんの手はぴたっと張りつめて、油でも塗ったみたいになっとる」津山金代は自分の手の甲の上にアマネの手をとって重ねた。

「そんな、あんたなんかまだまだ。こっちはもうすぐホトケさんの迎えにきて、片足を墓場につっこんどる。鱗というなら、ほら、コケができて。ここにもある。ほら、ここにもあるでしょうが。八十九ですばい、もう」アマネは取られていないほうの手で自分の頰と口の端を指さした。

「八十九。嘘でしょう、おばあさん。私と十九もちがうはずはなかよ」何回もきき、何回も驚いたことを、津山金代は口にした。

「嘘なもんね。あたしは今の数え方はようしらんけど、八十九も八十九、これはまちがいなし。そいでも、あたしと十九ちがうといえばあたしの娘になるけど、あんたもとても七十にはみえんねえ。やっぱり商売しとんなさるけんねえ」

「おばあさんからそんなこといわれると、何と返事してよいかわからんから。こんな年になって肉を入れた竹籠を持ち歩いて、よそさまのお世話になって、そんな商売しとるから若いなんていわれたら、おばあさん、何とこたえてよいかわからんですよ。そりゃ、ここのおうちのように、うかがえば買う買わんにかぎらず必ず返事をして下さる、そんな家ばかりだと商売も張りがでて楽ですよ。しかし、そういう家ばかりじゃないですからねえ。竹籠の中に何か汚いものでも入っているように追っ払う家もあるとだから。私はぜんもん（乞食）じゃないですよ、とよっぽど口から出かかる時がありますよ」恨みがましい言葉の中に、半分おもねるような調子を含ませて津山金代はいった。

「そうねえ。何の商売も苦労が多いねえ」アマネはうなずいた。

「おばあさんはいいですよ。ちゃんと、こんなお医者さんのおばあさんだから。私は七十になっても七十五になっても、歩けんようになるまで、この商売はやめられんとだから」

「かけなさいよ、そこに。麦茶でも入れるから」アマネはいった。この頃は親雄もろくに親身に口をきいてくれんからと考えながら、心の中にぽっとともった蠟燭《ろうそく》の火を消すまいとするかのような足どりで、アマネは麦茶の入ったウィスキー瓶を冷蔵庫まで取りにいき、茶碗に注いで話しつづけた。

「診療所のばあさんだから病気しても何してもちっとも心配はいらんと人はよくそういうけどねえ。そいでも親雄の父親が医者かなんかで、黙っとってもそのまま医者になれたというのとはちがうとですよ。親雄の母親が四つの時に死んで、それから父親は行方不明。満洲のどこかにいるとわかっとっても、金も送ってこん。夏だったか、やっと郵便屋さんが為替を持ってきたと思うたら、たった五円。私の弟の幸七というのが炭鉱にいて、その時、そこに世話になっとったけど、その為替をみて、ねえさん、といったきり後の言葉がでてこん。幸七、黙っとってはわからんじゃなかね、いくら送ってきたとね、とあたしがいうても、黙って返事もしよらん。二年も三年もほったらかして、あげくの果てに五円送ってきたときいた時は、ほんとにこうなりゃ親雄と明子を背中にゆわえつけて、浄心《じょうしん》の鼻からでも飛び込んでやろうかと何べんも思うたりしてねえ。明子というのは親雄の妹で、父親がほかの女に生ませたのを親雄の死んだ母親がひきとって育てていたとですよ。この明子がまた、その久留米の芸者をしとった女に似て、ひどく男ぐせが悪くてねえ。女学校を終えんうちから男と一緒に住んだり、別れたりしとったが、別のちがう男と東京に出たっきり、これはまた便りもよこさん。そうして育てて、あとで親雄がどうしても学校に行きたいというから、わたしゃあ、いくら炭鉱でもみんなが嫌う社宅の共同便所の汲取りまでして、明子と一緒に暮しとったとですよ。親雄は医学校で育英とかなんとかという金もろうてやっとったけど、これにも時には五円でも十円でも送ってやりたか。親雄からは反対に時々、煙草でも買いなさいというて送ってきたけどねえ……。幸七のところには子供も多いし、そういつまでも世話にはなれんし、親雄が高等一年を出て炭鉱で働くようになった時、そこを出たとですよ……」

「お父さんからは何の連絡もなかったとですか」茶碗の底に残った麦茶をもう一度なめるよう

にして、津山金代はいった。

「もう一杯」

「ああ、ホトケさん」津山金代は茶碗をさしだし、「お父さんはずっとあっちのほうに、満洲のほうにおいでだったとですか」といった。

「それが、あなた、戦争がひどうなってから、もう親雄が炭鉱をやめて長崎の医学校に通うとる時に、ひょっこり女を二人も連れて帰ってきてねえ。……それからみんなで兵器工場の裏手に住むごとなったとですよ」

「兵器工場のところにいて、原子爆弾はどうしたとですか」

「そん時、私と明子は戸島炭鉱の幸七の家に行っとったとですよ、闇塩を買いにねえ。親雄はお諏訪さんのそばの下宿におったから助かったけど、康雄と二人の女どもはみんなやられてしもうて、ほんとに因果なこと……」

「それじゃ、息子さんも嫁さんもみんな全滅しなさったとですねえ」首筋に巻いた手拭の端で唇のまわりに吹きでた汗をぬぐいながら津山金代はいった。

「嫁じゃなかとですよ」アマネはいった。「因果なことでねえ……」

「私の息子もその日に死んだとですよ。原爆でやられたとです」乾いてしわのできた薄い金属の膜を声の表面にはりつけたような口調で津山金代はいった。

「あんたの息子さんもですか」

「家は稲佐《いなさ》にありました。でも息子は、それではっきり死んだとわかって死んだとじゃなかとです。息子は九州配電の長崎支店で現場工事のほうをやっとったとですよ。働きに出とったというから、浦上《うらかみ》で死んだか、大橋で死んだか、ひょっとすると稲佐の家に帰ってくる途中で死んだか。息子はよく昼めしを食べに家に戻ってくる時がありましたけんねえ。どこで死んだのか、探しても探してもみつからん。そのうち、いくら探してもみつからんことがわかっても、いつか、どこからかひょっくり帰ってくるような気がして、ずうっと私たちは稲佐に掘立小屋を建ててがんばっとりました。嫁もすぐその翌年、原爆病かなんかわからんうちに死んでしもたので、孫の信夫と一緒にずうっとそこで待っておったとです」津山金代は何度も手拭の端で口をふき、そして口だけではなく声までも拭くように、そのつど息を吹きこんだ声をだした。

「そいでも、それまではまだあきらめもつく。九州配電では上役の方からほんとによく働くといわれて、もうすぐ役のつく仕事にもつけてもらえるかもしれんとよろこんどった晃一《こういち》のことでも、一発で二万四千人も死んで、その後からまだ何千人死んだかもわからん原子爆弾だから、それはもう仕方がないとは思うとりました……」

「この人の話さすことはまわりくどか」アマネは思い、それはぶつぶつと口に出た。

「え？」津山金代は顔をあげてアマネをみた。

「お孫さんも爆弾にやられたとね」アマネはいった。

「体のほうはなんともないとですよ。原子爆弾の時、信夫はまだ三つで、やっと歩きだして言葉もわかるようになったばかりの頃だったですが、体にはケロイドひとつなし、みんなが、よう無事だった、こんなのは珍らしいというくらい元気だったとです。ピカッと光った時は嫁と一緒にいたのに、嫁のほうも体にどこといって傷はなかったのに、具合が悪い、具合が悪いといいながら翌年、歯のぬけるようにぽろりと死んでしもうたとですが、信夫のほうは元気で遊びまわったりして何ごともなくて、それはほっとしとったとです。ところが学校に行くようになってから心のほうがひどう荒《すさ》んでしもうてねえ。同級生は全部が全部といってよいほど、原子爆弾で死んだ親とか親類とか持っている子供ばっかりだったとに、信夫だけがどうしてあんなふうになったとか、今でもようわからんとですよ……」

「うちの親雄は学校の時はずっと級長ばっかりでねえ。四年の時の村田先生は、あまり本ばかり読みすぎて、大人の雑誌まで読みよるから少し本を取り上げるようにして下さいと、保護者会でいわれたりしたとですよ」

「級長をするようならよかとですけど……」津山金代はアマネの言葉をそれだけでうけて、まだ咽喉にかかっている言葉をつづけた。「三年か四年か前、浦上の天主堂をこわしてしまうという話がでた時のことです。原子爆弾で焼け残った浦上の天主堂が眼ざわりだからこわしてしまうという話がでて、どうして眼ざわりか、眼ざわりなのは原子爆弾を落したアメリカのほうで、落されたほうは決して眼ざわりじゃない、と大分反対がありましたが、話だけじゃなく、ほんとに取りこわしになった時がありましたでしょう」

「自分のことばかり話さす」アマネがぶつぶつといったが、津山金代の耳にその声はとどかなかった。

「あの絵葉書にまでなった焼け残りの浦上の天主堂が取りこわされた時のことです。うちの信夫は何と思ったのか、その取りこわすところを見にいったとです。いや、取りこわしはもうすんでいたかもしれんけど。……いくら焼け残りといっても何十年もそこに立っていた石と煉瓦《れんが》だから、取りこわしは何日もつづいたとでしょう。取りこわしは何日もつづいて、広場には耶《や》蘇《そ》の石像さんみたいなものがいくらもごろごろと転がっていました。私は信夫が怪我して警察にひっぱられてから、そこに行ってみたから、よう知っとるとです。信夫はその広場の近くで耶蘇の信者に袋叩きになってひどい怪我して、それからまた後で警察に呼ばれたとです。袋叩きになってひどい怪我をしたほうが罪が重くて、叩いたほうの罪が軽くて、いくら戦争に負けて、相手が耶蘇の信者だからというても、そんなことがあってもいいものでしょうかと、私は警察でいうてやりました。そりゃ信夫のほうにも悪いところはあった。まだ暗くもなっていないのに、人の見ている前で、転がっている耶蘇の石像さんを足蹴《あしげ》にしたとですからねえ、そりゃ、耶蘇の信者が怒るのは当り前かもしれん。しかし私は、いうてやったとです。そのマリヤさんの石像さんが……耶蘇の石像さんを警察ではそういうとったとです……そのマリヤさんの石像さんがまだ立っとる時なら足蹴にしたら、そりゃ悪いかもしれん。しかし、そんな時は取りこわすことにきまって押し倒されて、何日も雨ざらし日ざらしになっとる。そんなに大切なマリヤさんなら、どうしてムシロでもゴザでもかぶせて大切に保管しとかんとですか。そこにごろ転がっとるただの石ころだと思うて信夫は蹴ったとでしょう。そしたら警察の人は笑いだしていわれたとです。おばさん、理屈はそうかもしれん、しかし津山信夫はもう子供じゃない、中学も出とるし、工場に勤めてもおる。ちょうど中学を出た年で、信夫は倉庫会社のほうに出るようになっとったとです。しかし、ただそれだけで警察にひっぱることもなかでしょう、怪我をしとるのは信夫のほうですよというと、今度はきッとなって警察の人がまた叱りつけたとですよ。おばさん、津山信夫ははっきり罪を認めとるとだからねえ。どんな罪ですか、と私がきくと、津山信夫はマリヤさんの石像を足蹴にしたばかりじゃない、この足蹴については信者側で了解さえ得られれば、それでも罪だということに間違いはないが、それはそれで見逃す手もある、しかし津山信夫はその前日、マリヤさんを足蹴にしたのは天気の日だが、その前の日、雨の降った晩に同じ耶蘇の石像さんの首を盗んだことを白状しておる、と、そう警察の人が私にいうたとですよ」

「耶蘇の地蔵さんとかなんとか、年寄りにはわからん」

「地蔵さんじゃない、耶蘇の顔を彫った銅像みたいなもんですよ」耶蘇の地蔵というところだけを聞いて津山金代は訂正した。

「その耶蘇の銅像みたいなもんを、どがんしたとね」今度ははっきり声をだしてアマネがきいた。

「孫の信夫がその耶蘇の首を盗んで、盗んだだけならよかったが、それを粉々に砕いてしもうたと、そう警察の人はいうたとです。私はその粉々になった首を見とらんからわからんけど、それはもう木端微塵《こっぱみじん》に砕いてしもうとった、それが罪になると、警察の人はいうたとです。それは国宝みたいなもんだから、普通のお寺の石灯籠《いしどうろう》なんかをこわしたのとはわけが違うと、こういうとですよ。そんな大切なもんを、なぜ自分から打ちこわしたとですか。自分から打ちこわした残り滓《かす》を砕いてどうして罪になっとですかとたずねると、それは理由があって、焼け残りの浦上の天主堂は一応取り払うことにはなっとるが、それは何もかもめちゃくちゃにしてしまうことじゃない。マリヤさんはマリヤさんでちゃあんと保管することになっとると、それが警察の人の答えでした」

「そいでもおかしかねえ。その役にも立たん耶蘇の銅像みたいなものを、あんたの孫さんは、どうしてまた盗んだり打ち砕いたりしたとかねえ。盗んでいくらかにでもなるというなら話はわかるけど、盗んだもんを打ち砕いてしもうたら、なんのために盗《と》ったとか、わけのわからんごとなるじゃないね」津山金代の言葉にたいして、珍らしく筋の通ったことをアマネはいった。

津山金代は大きく息を吐いた。そして息をつくために休めた声を出そうとして、もう一度息をのみこんだ時、台所につづく狭い板敷の奥に白い影がぼんやりあらわれ、彼女は首に巻いた手拭で眼の縁にたまった汗と眼やにをぬぐった。

「ばあちゃん、急患が出たからでかけるよ。もし患者さんがみえたら、一時間ばかりかかるから、とそういうといて」板敷の中途に立ちどまって宇南親雄は声をかけた。

「あ、旦那さん。いつもお世話になっとります」津山金代が頭を下げた。

「急患？　誰が悪かとね。どうしたとね」

「家弓《いえゆみ》さんの家。血が止まらんというけど、どうしたのかな」宇南親雄は半分呟くようにいった。

「血がとまらん。誰が怪我さしたとね」

宇南親雄は返事をせず、くるりと体のむきを変えて、そこから去った。

「心臓のとこ、少し切っときましょうか」津山金代が竹籠に手をかけた。

「百円ばかり。うちでは英子さんは食べらっさんから」アマネはいった。「いつも出たっきり。晩めしどきに、急患も出てきとるというのに、あの人はどこをうろつきよっとかねえ」

「え？」言葉のあとの部分がわからず、津山金代はききかえした。

2

白く、縦、横、斜めにむちゃくちゃに抹殺された板壁のあとを家弓安子はしゃがみながらじっとみつめた。ちょうどその時刻だけ、蝶番と蝶番の隙間から黄色い帯のように這いこんでくる夕陽の光線に照らしだされて、安子の眼と鼻の先にある板壁は、いますぐ、みるみるうちにみみずばれでもできそうに鉄釘か針金の先で掻きむしられていた。一カ月程前、隣の便所に、ミニクイ女トスル時ハ、ハンカチカブセテセニャナラヌ、と書かれていた落書もやはり同じ鉄釘か針金の先で、縦、横、斜めに消されていたが、いま眼の前にあるものほど深く鋭くえぐられてはいなかった。安子は、くしゃくしゃにした新聞紙を持っていないほうの指先をその板壁のみみずばれに触わるか触わらぬようにあてて、ふっと息を吹きかけた。すると指先のむこうに、屑鉄や空瓶を買う時ポケットの帳面にメモする芯のちびた色鉛筆でこすりつけられた片仮名の文字があらわれる。富本のじいさんが商売道具の色鉛筆でこすりつけ、多分かあさんが商売で拾ってきた鉄釘か針金の先でそれをずたずたに抹消した落書の文句を、安子は頭の底に灼きつけている。テイシュニニゲラレテ、モウイクツキニナルヤロカ。アア、モテン、モテン。安子はもう一度指先に息を吹きかけた。すると富本じいさんの落書は消え、今度は変って川べりの防空壕にトタン板をはりつけて住んでいる陣内正吾の焼酎臭い声を真中にして、石坂八幡の声、野沢よねの声、尾崎広の声が、バタ屋部落のまわりを囲んでいる埋立地の汚れたあぶくのようにとめどもなく流れあふれる。

「おれは昨日、三ツ橋のどぶろく屋で日比野という男から確かなことをきいたんだ。あんた達は知らんかもしれんが、この日比野という男は、朝鮮動乱の時は川棚の空廠《くうしょう》跡にあった屑鉄を動かして、大した羽振りだった男でね。今はミシンのセールスマンをしたり、競輪専門にやったりして、もともとは鉄屋だったんだが、資本がなくちゃ、これもやれんからねえ。その日比野が競輪場の裏で福地の家の娘がぼんやり立っているのを、はっきり見たというんだ。いやその時は、その娘が福地の徳子かどうかはわからんだったろうけど、あとで福地の娘が強姦されたという話をきいた時、そんなら、ああ、あれがやっぱりそうだったんだと思ったというんだ。

日比野はそん時、競輪でひどくやられたので、みなが帰ったあともなんとなくぶらぶらしとったらしい。干尽《ひづくし》の岸壁を歩いてみたり、また戻ったりしているうちに、そのうち日が暮れてしもうた。それでなんとなくもう一度競輪場のほうに戻って、そこから崎辺《さきべ》のほうに上ろうとした。そしたら突然、後ろのほうでぱたぱたと足音がしたので振り返ると、倉庫の蔭から若い学生らしい男が二人、ぱたぱたと逃げて行くんだそうだ。何かかっぱらいでもやったんじゃないかと思ってみたが、二人とも何も品物は持っていない。他に人影はなし、変だと思いながらしばらくそこに立っていた。しかし別に変ったこともないので引き返そうとすると、急に眼の前に福地の娘があらわれたので、日比野はびっくりして、どうしたんだと大声を出したというんだ。そん時はまだ日比野は福地の娘だということは知らんし、娘は何にもいわずに黙って通りすぎてしまったので、変だなと思いながらじいっと見ていただけだったが、あとで福地の娘が強姦されたという噂が立ったので、ああ、それがあん時かと、そう思ったというんだ」

「福地の徳子は黙って、泣きもしとらんやったのかね」

「泣きもしとらんし、泣いたあとの顔でもなかったと、日比野はいうとった」陣内正吾は野沢よねにこたえた。

「おれがきいたのは違うねえ」石坂八幡が掌《て》の黒い包帯を巻きなおしながらいった。「福地の徳子は崎辺の墓場でやられた。相手は二人だが、学生ひとりに工員ひとり。どっちも福地の徳子の中学時代の同級生か顔見知りで、一緒に山登りしようと誰かがいいだして、その帰りに休んでいる時、男のほうがひょんな気になったらしかね」

「そいでも日比野は競輪場のところで見たというとるとだからねえ」陣内正吾はいった。

「それが福地の徳子かどうかはわからんやろう。あそこら辺はアベックがなんぼでもうろついとるけんねえ」石坂八幡がいった。

「あんたは誰からきいたとね」野沢よねが石坂八幡の顔を見た。

「名前はいえんけど、警察のことをよう知っとる人からきいた」

「高野さんじゃなかね。高野さんなら信用ならんよ。あの人はなんにでも首をつっこますけど、一ぺんでも信用のあることをさしたことがないけんねえ」野沢よねはいった。

「高野さんじゃないよ」石坂八幡は明らかに図星をさされた声をだした。そして、その動揺をかくすように彼はとっておきの情報を提供した。

「この強姦事件で警察は頭をかかえている。警察がなぜ頭をかかえているか誰も知らんやろ。福地の徳子が強姦されて、なぜ警察が困るのか」

「どうしてね」野沢よねがきいた。

「ふふふ」と石坂八幡は口の中で笑い、「それは今はいえん」といった。

「どうして今はいえんとね。いうてもよかろうもん」野沢よねが迫った。

石坂八幡は声に出さずに黄色い歯だけをむきだして笑った。

「とにかく警察は、その対策に頭をかかえこんでいる。どうしてか、このままだと大問題になるからねえ」

「わからんねえ」尾崎広が呟いた。そして彼はつづけた。「おれは、そんなことはないと聞いとった。福地の娘がそうかと交番の巡査からきかれて、そんなことはないといい張ったと聞いとったが、強姦事件は本人がそうじゃないといえば、いくら警察でもどうすることもできんからねえ。実際、やったかやらんかは本人しかわからんし、福地の娘がいう通り、襲われはしたけど、中まではやられとらんかもしれんし……」

「中まではね」野沢よねが笑った。

「そんな、簡単なことですむ問題じゃなかよ、この事件は」

嘘か真《まこと》か、戦争中満鉄の食堂で五十人も満人を使っていたと口ぐせのように語る石坂八幡が、軽蔑するような眼でみなをみまわした。

家弓安子は、それらの廃船場の横でかわされた噂話を、朽ちた繋柱のある石段のところではじめはきく気もなく、あとでだんだん体を貼りつけるようにして聞いたのである。

「風が動かんねえ、ちっとも」野沢よねと一緒に住んでいて、「まるで亭主気どりね」と陰口を叩かれている女の図太い声が便所の外からきこえてきて、家弓安子はわれに返った。その時、それまでなんともいいようもなくだるかった下腹が急に固くなり、戦慄のようなものが腰の内側を走って、彼女は思わずしゃがんでいる両足を前にずり寄せた。持ちかえた新聞紙にカーキ色の薄い血がじっとりと滲《し》みこんでいた。

血はつづいてじくじくと、下腹いったいを抉るように脈打たせながら出た。月経の時は不潔にしてはいけません。中学の生理衛生の時間に図解入りで習ったことではなく、もう二年も前に、小学校の理科教室で、隣の学級の先生から教えられた言葉が、ふわりと綿菓子のようにふくれあがり、安子は新聞を捨ててそっと立ち上った。

はい、メンスの人はありませんか。休んでよろしいよ。体育の時間になると、きまってからかう男子のことをちらと考えながら、彼女は「かあさん……」といおうとして声をのんだ。水がめのおいてある台所の上り口に、母親とからだ半分でむかいあうように、富本しげ子が腰をおろしているのを見たからである。富本のじいさんと一緒になった時は三十も年が開いていたのに、いつのまにかその開きが二十になり、十五になり、そしていまはどうみても十歳とは違わぬ顔つきになっている富本しげ子は、安子のほうをみむきもせずに喋りつづけた。

「それで、そのキッチン増谷の増山というコック頭《がしら》がいうには、この増山というコック頭は以前西本願寺の裏のオーケイとかなんとかいうレストランに勤めとった男で、そのレストランのおかみさんとできとったとかいう男ですけどね。本当はそこのおかみさんじゃなくて、やっぱり近所の村越という歯医者の奥さんと夜、中央公園にいたのを見られたというとった人もあったけど……オーケイ・レストランに小火《ぼや》がでたことがあったでしょ。その時からいまの増谷キッチンにきとるとだけど……その増山というコック頭があんた、カンカン（空罐）はこれから丸重のほうにまわすことにきめてしもうたからと、こういうたというとですよ。それでうちのじいさんが、もう二年も前からカンカンは全部うちのほうに下げてもらうよう、ここの旦那さんにきめてもろうとるから、とそういうと、あんた、家弓さん、けんもほろろに、旦那がなんというとらすかしらんが、カンカンや瓶のことはこれからみんな自分が仕切ることになっとると、こうこたえると、すうっと中にひっこんでしもうたというとですよ。そりゃ、うちのじいさんにしてみれば煮えくり返る気持になるのは当り前ですけんねえ。それでも頭を何べんも下げて、増山さん、増山さん、と呼んだけど、いくら呼んでも駄目。顔もみせん……」

「丸重のほうに、どうしてまた急に、そんな」家弓光子は相手の言葉の切れ目に自分の声をはさんだ。

「それがどうもわからんとよ。それはちょっと、丸重の請け人がおまじないをしたと考えられはするけど、おまじないならうちでも毎月欠かさんごとしとるけんねえ。磯口《いそぐち》のおっちゃんは、またあの増山の野郎が例の癖だしたのと違うかといいよったけど、丸重のほうの請け人に一人、西原とか西牟田《にしむた》とかいう戦争未亡人がいるけど、その女はどうもみたところ増谷キッチンのほうにはまだ関係なかごたるというし、どうもわからんとよ、ねえ。だから磯口のおっちゃんのいうことも当らんようだし、いや、はっきり当らんというてしまっては悪いけど、どうもねえ」

富本しげ子の声はそこで咽喉にかかった。彼女は、エッ、エッ、と吐きだしてそれを通した。

「かあさん……」そこにじっとしていることに我慢できなくなって、安子は呼びかけた。そのまま家の中に入ってしまえばよかったのだが、何かそうすることさえ耐え難く感じられたからである。

「え?」戸口で何を突っ立っているのかという口調で安子のほうをむき、それから、おや、というふうに眼を細めながら、家弓光子はいった。

「なんね、それは。あんたの足、それは血じゃないね」

「あらあら、ほんとに血が流れとる。顔をまっ青にして、あらあら、安子さん」

のぞきこむような富本しげ子の視線で、家弓安子ははじめて自分のスカートの下から赤い皮紐のような血が二筋、くるぶしのところまで伝わり落ちているのに気づいた。

「あら、あら」富本しげ子はまた声をあげた。

3

佐世保警察署の留置場を出てすぐ、アイスクリームの屋台の前で津山信夫は橋を渡ってくる四人の修道女に出会った。前列に二人、後列に二人という言い方がぴったりするような足どりで、同じように赤く丸い顔をやや伏目にして通りすぎる日本人の修道女を眼で追いながら、津山信夫はしばらくそこに立ちどまっていたが、ふと、ひきずられるように片足のサンダルをからんと地面に鳴らして、彼は修道女の後をつけはじめた。

黒衣を着た修道女たちは、アメリカと日本の旗がひるがえっている建物のみえる川沿いの道路を、蝙蝠《こうもり》のような恰好をして歩いて行く。四人とも背が低いので、よけいそれは蝙蝠のように感じられたが、津山信夫は心の中で、彼女の背中をめがけて長い糸の先につけた鉤針をぶんとまわしながら投げつけた。洋裁学校の校庭に群をなして飛来する蝙蝠に味噌をつけた鈎針を振り廻して引っかける遊びは、子供の頃、彼のもっとも得意とするものであったが、ある日、最初に捕えた仲間の一人が、「わあ、この蝙蝠、半分毛の抜けとるぞ、ケロイドのごとしとる。ピカドンにやられたのかもしれんぞ」というのをきいてから、ふっつりと蝙蝠釣りをやめたのである。そして今、彼はその見えない鈎針をぶるんとまわして修道女の背中を狙う。

前列、左端の女にまずそれはかかった。女は手と足をばたばたさせながら逃れようとしてもがく。その次の女は、たぐりよせられるといきなり噛みついた。三人目の黒衣をひっかけようとして、彼は頭の中の遊びをやめた。ふと、その黒衣を釣りあげられて、あらわになった背中の皮膚が歪んでいるかもしれないと考えたからである。

熱いじっとりした太陽が、誰も人通りのない道路にコンクリート塀の影をはっきりとつくっていた。と、修道女たちがぴたっと歩みをやめ、一人が囲みを破るような姿勢で影の中に入っていった。思わず津山信夫は止まり、声を出したのか、出さなかったのか、自分でもわからぬような笑いを浮かべた。

「しっ、しっ」

「しっ、しっ」

彼はしばらく、口を開けずに出される修道女たちの声が自分にむけられたものだということをわからなかった。

「しっ、しっ」

神に仕えるより、おはぎでも作ったほうが似合うような顔つきをした女が、両手で去れというしぐさをした。

「ふん、仲間が共同便所に入って恥ずかしいのか」と、口まで出かかった声をひっこめて、彼はくるりと後ろをむき、十歩ばかり歩いたところでまた振り返った。

影の中から修道女が出てきて、ふたたび前列と後列をつくるまで、ひどく時間がかかったように彼には思えた。時計を持っていないので、はっきり何分ぐらい経過したのかわからなかったが、その長い時間を彼は残された修道女のほうに顔をむけてじっと突っ立っていた。彼女たちの声がそこまでは届かないのか、或いはあきらめたのか、「しっ、しっ」という声はもう彼の耳にはきこえなかった。

「おい、冗談できいとるんじゃないぞ。被害者はな、お前からやられたと、そういうとるんだぞ。おい、黙っとってはわからんよ。はっきりいってやろうか。福地徳子だ。ガールフレンドだから、たのみこめばなんとかなったんじゃないか。何も強姦までせんでも……」留置場を出る二時間前まで、そういって彼を責めつづけた刑事の言葉がすっと影のように足下にしのびよってきたが、彼はそれを追い払った。

彼の眼は汚れた犬をみるような修道女の顔とむかい合っていたが、眼の奥は別の情景をみていた。瓦礫《がれき》と化した長崎の浦上天主堂。四年前の五月のある日、津山信夫はそこにいて、崩れ残った赤煉瓦の壁にも一度焼けただれた血を吹きつけるように雨が降りそそぐのを、食い入るように眺めていたが、それから教務堂の前に横倒しにされた、ムシロをかけてならべられている、聖マリヤ像の近くに歩み寄った。

雨の中を、どうしたのか、マリヤ像の額に蠅が二匹死んだようにとまっていて、彼はその蠅を見ているうちに、なぜかいいようのない衝撃をうけた。彼の脳裏にマリヤ像を自分のものにしたいという考えがひらめいたのはこの時である。まだ浦上天主堂の取り壊しが決定しない前、彼は幾度も、その顔半分を放射能で焼かれた黒いマリヤ像を見上げていたが、今となっては、このムシロをかけられたマリヤ像は、いつ何処に持ち運ばれるかもしれないのだ。浦上天主堂の撤去問題が長崎市議会で取り上げられた時、「原爆の廃墟は平和のためというより、無残な過去の思い出につながりすぎる。憎悪をかきたてるだけのああいう建物は一日も早く取りこわしたほうがいい」という大浦天主堂の司教に対して、ある被原爆女性の語った言葉を新聞記事か何かで読んだことがあるが、マリヤ像がかわりにその苦しみを訴えているように彼は感じた。

三菱電機製作所に学徒動員中原爆にあい、脊髄《せきずい》骨折のため、以来十三年間下半身不随の身を病床に横たえている二十八歳のその女性は、原爆映画『生きていてよかった』のロケで、戦後はじめて母親と一緒にタクシーに乗り、浦上天主堂の焼けただれたマリヤ像を見たのだが、その時の強烈な印象を思いうかべながら訴えたのである。

「あの時、マリヤの顔が半分、放射熱で黒くやけているのをみましたが、もしあのマリヤ像が人間ならケロイドになっているでしょう。ケロイドはたしかに醜い、しかし、生きた人間はその残酷な姿をさらしてどこまでも生きていかねばなりません。その人が強く生きようとすればするほど、ケロイドは醜くなります。顔半分焼けたマリヤ様にも、そういうふうに生きてもらいたいのです。むずかしい理屈はわかりませんが、あの天主堂の廃墟が、どうして教会の人がいうように、憎しみを忘れさせないものとなるのか、私は平和ということ以外にあの像を想像することができません」

彼はムシロをかけられたマリヤ像の口もとにそっとさわってみた。すると額にとまっている二匹の蠅が物憂く飛び上り、こんどは梃子《てこ》でも動かぬというふうに、三十糎ほど離れたムシロの上に移った。マリヤ像の唇は、彼が思わず手を引くほど、鉋の刃先のように鋭く、かさかさにとげだっていた。

雨が降りつづいているにもかかわらず、濡れた感触がなく、誤まって指先を滑らせれば、ざくりと肉を抉られてしまいそうな赤茶色の波が、上唇と鼻の間を二本、平行して走っている。彼は静かに手を黒い歪んだ頰に移し、つづいて髪のところを撫でようとした。その時、彼の手が髪のうねりにさわったかさわらぬかした瞬間、マリヤ像の顔がぐんと揺れ、首筋に何か濃い緑色の花でも咲かせたような裂け目ができた。

共同便所から修道女が出てくると、待っていた三人の女のうち、さっき津山信夫が、神に仕えるよりおはぎでも作ったほうが似合うと考えたその女が彼のほうをみて何かいったが、あの人がこっちを見てとか、変な男とか、修道女ではなく、まるで女学生でもかわすような尻上りの言葉が断片的に彼の耳に入ってきた。

それから四人の修道女は、決して彼のほうを振りむこうとしなかったが、彼が尾行しているのを承知していることは、前よりもずっと早くなった足どりがそれを証明していた。何をしようという考えもなく、ただ追うこと自体が目的となって、彼は日のかんかん照る川沿いの道を修道女たちの後をつけていった。ちょうどもの心ついてから、学校でも、工場でも、街の中でも、夏でも冬でもそういうふうにくらしてきたように、自分が追われている気持を逆にひっくり返すような足どりで、時々、サンダルの音をたてたり、立ちどまったりしながら彼は追いかける。

その夜、彼は降りつづく雨の中で、マリヤ像の首を盗み、用意した唐米袋《とうまいぶくろ》に入れて自分の家に持ち帰ろうとする途中で気が変り、中学時代の友人が住んでいる中華料理店の屋根裏部屋に運んだのだが、歯痛に悩んでいた友人は、彼がとりだした首をろくに見もせずに横になってしまった。

金属でも石でもなく、何かほかの天から落下してきた第三の物体のように思えるマリヤ像の首は、明るい電灯の光の下で一層隈をつくり、左のこめかみから眼の下、左頰と唇の端にかけて、顔半分黒く放射能の影を焼きつけていたが、三十分あまりみつめていた津山信夫の中に、突然叫びだしたくなるような怒りが突きあげてきた。

それでもなお彼はじいっとしていた。なぜ急にマリヤ像の首が醜いものになったのか、なぜその小豆と鉄をまぜあわせたようなぶつぶつした髪の毛が、母親ではなく、母親を奪ったものにみえるのか、彼ははっきりつかむことができなかったからである。

マリヤ像の首の中にもう一つ別の顔があり、自分の中にもう一つ別の自分がものを考えているような、ひどく熱っぽい混乱した頭で、彼はふたたびマリヤ像の首を唐米袋に納めて立ち上った。「かえるのか」と友人はいい、「ああ、かえる」と彼はこたえた。道路に直接つづく階段を降り、建具屋と豆腐屋の角を曲って彼は海に向う道を不規則な歩調で歩いていった。もしその時犬がとびださなければ、そして道路の工事現場にコンクリートの欠片《かけら》が積んでなければ、彼はマリヤ像の首を唐米袋もろとも出島岸壁近くの海に投げこむはずであった。そうすれば、波に洗われて波の中にいつまでもいるという断片的な思考が彼の足をそこに引き寄せ、そうしたい気持がむしょうに動きはじめていたのである。

犬は暗闇の中からおどるような恰好でとびだしてきた。その拍子に彼は抱えていた唐米袋を落し、マリヤ像の首がころりと転がりでた。犬は彼から脇腹をしたたか蹴とばされてギャッという悲鳴をあげ、また暗闇の中に吸いこまれるように逃げていったが、転がりでたマリヤ像の黒い首は暗闇の中で逆に白く、見かたによっては腐ったザボンが捨てられているようなどろりとした光を放ったのである。

彼は、それが原子爆弾でやられた人間の生首のようにみえた。彼はむろん実際には原子爆弾でやられた人間の死体を見たことはなかったのだが、浦上で爆死した信者の死体が、首を返せといいながら何人も何人も迫ってくるような気がした。彼はかたわらに積んであったコンクリートの欠片を両手でかかえ、真向からマリヤ像の首をめがけて投げ落した。

マリヤ像の首は実にあっけなく、彼のほうが拍子ぬけするほどの早さで粉々に砕けた。彼はそのコンクリートの欠片を四回とは振り上げなかったのである。後で警察の係官に調べられたとき彼はそう申し立てたが、係官はなかなか信用せず、二回か三回位であの固い銅のマリヤ像がそんなに簡単に砕けるはずがないと執拗に問いただした上で、あ、そうか、ピカドンでやられていたんだな、とこれまた拍子ぬけする言葉をだして納得したのだ。それから係官はまた、彼がマリヤ像を打ち砕いた動機についていろいろな理屈をつけてくれたが、そのどれもが、あの突然襲った、とらえようのない怒りと不気味な恐怖からは遠くかけはなれたものであった。もっとも、しまいにはどうでもよくなって、係官の勝手につくりだした動機をそのまま認めることになったのだが、暗闇の中でマリヤ像の首を打ち砕いてしまった後、ひどく取り返しのつかぬことをしたような空虚な気持になり、すぐまた代りの首を盗みに出かけるまでの心理過程を彼は今も充分には説明できない。

翌日の昼すぎ、母親に似たマリヤ像をふたたび探しだすことができず、ムシロを開けたり掛けたりしている彼の挙動を不審がったのか、長崎に長く住んだ者ならばすぐ「浦上の信者」とわかる顔つきをした二人連れの男が彼のほうにむかって足早に近づいてきた。

「何をしているんですか、そこで」

「君だな、昨夜、聖マリヤ様の首を盗んだのは」

男たちは手をだせばすぐ彼の腕をつかめるようなすれすれの位置に立つとそういった。そして、鼻の低い年輩のほうの男が、君だな、昨夜、聖マリヤ様の首を盗んだのは、といった男をみて、まだそれをいうのは早いというふうな眼顔をした。

こちらにきてくれ、と眼鏡をかけていない男がいった。年輩の男のほうが眼鏡をかけていなかったのである。それから彼は怪我をしたのだ。いや、怪我をしたのはもっと後だ、と津山信夫は前の黒いキイキイと啼《な》く蝙蝠どもの後を追いながらそう思った。あれはもっと後で、二人の男たちのほかに、五人の男たちがあらわれてから、別の場所で体をこづきまわされたのだ。

彼は暗い洞窟のような場所で石につまずき、そして膝とこめかみを血の流れるほどすりむいた。

彼は怪我する前も怪我してからも、黙って一言も口をきかなかったが、彼をかこんだ男たちは銘々自分たちの流した血に昂奮《こうふん》したような声を彼の耳に注ぎこんだ。踏絵シタ足ヲススイダ水ヲ、主ニ対スル贖罪《しょくざい》トシテ飲ミホシテイタ先祖代々ノ、カクレキリシタン。殉教ノ血ニ染マッタ土地。信仰ノ自由ヲ回復スルト同時ニ、ヨウヤク明治十三年、ソノ昔、踏絵ヲシタ庄屋屋敷ヲ買イ取ッテ仮聖堂トシ、明治二十八年、フランス宣教師フレノ神父ガ自ラ設計シ、監督ニ当ッタ聖地、浦上。信者タチハ貧シイ生活ノ中カラ、一銭ヲ得レバ煉瓦ヲ求メ、十銭ヲ得レバカワラ一枚ヲ買ウトイウフウニシテ建設ノ奉仕ヲツヅケタ。大正三年、一応ノ完工ヲ見ルマデ、ソレコソ浦上ノ信者タチハ、祖先ト自ラノ贖罪ヲカネテ粒々辛苦ノ末、ヤット完成サセタノデアル。イワバコノ大天主堂ノ赤煉瓦ノ一ツ一ツニハ、コウシタ信者タチノ血ト涙ノ祈リト歴史ガコメラレテモイタノダ。男たちの一人が浦上の歴史みたいなことをいうかと思えば、その横の男はまた、自分たちの土地に、自分たちの積み立てた力で新しい教会堂を建てるのに、横から一銭の協力もせずに、さあ廃墟を残せ、平和のシンボルだと叫んでも筋が通らぬ、とその責任まで全部彼にあるかのように喚いた。それでもさすがに頭の禿げた男が、ミサをしている信徒に対してまで、パチパチ、パチパチ、カメラを向ける、礼拝堂と隣合わせの廃墟には連日観光団のバスが押しよせ、敬虔《けいけん》な祈りを捧げているそばで、まるで動物園でものぞくようなアベックの嬌声《きょうせい》が挙がるといった時は、眼鏡をかけている男がそれを制した。

ソンナラバ、ソンナ血ト涙ノ祈リガコメラレテイル尊イ聖地ナラバ、ナゼ原子爆弾ガ落チタノカ。昭和二十年八月九日午前十一時二分、浦上教会区一万二千名ノ信者ノウチ、八千五百名ガ滅ビテシマッタガ、ソンナラバ、キリストノ神様ガ選ンダコノ地ニナゼ原子爆弾ヲ落シタノカ。その時考えたことをいま考えているのか、その時そう考えればよかったと考えているのか、混沌とした津山信夫の頭の中に、ふと彼自身びっくりするような、記憶とも思いつきともつかぬ疑問がとびこんできた。ひょっとすると、死んだ母親も浦上の信者ではなかったのか……

前を行く足音が急に不揃いになり、気がつくと、修道女たちは共済会病院の坂をあがっている。それが一散に自分たちの城の中に逃げこんでいる様子にみえ、彼は笑った。

「お前たちは何にも知らんのだ」彼は坂下の道をなおも川沿いに歩きながら、声にだしてそういった。浦上天主堂のマリヤ像の首にコンクリートの欠片を叩きつけて粉々にしてから二カ月位たったある日曜日、彼は浦上の礼拝堂から出てきた女のあとをつけ、金比羅《こんぴら》山の麓に沿って二十分ばかり歩いた、かたわらに小さな神社のある人気のない場所で、白昼いきなり背後から抱きついたのである。三十六か七か、もし彼の母親が生きておれば、さして違わぬ年齢だと思える顔色の黒いその女は、ちょうどあの暗闇から飛びだしてきた犬が彼に脇腹を蹴られてけたたましい啼き声をたてたように、まるで咽喉でもしめつけられたような悲鳴をあげたが、彼はさっと身をひるがえして逃げ去った。女が声をたてたからではなく、彼は、はじめからそうするつもりだったのだ。

それからまた翌年の夏、佐世保に移る直前の日曜日に、十字架のついた墓の並ぶ小学校上の墓地で密会しているアベックを襲った。その襲撃は計画的ではなく、彼はその日の午後からずっと、洗礼名のついた被爆者の墓と墓の間に坐って、まるで火のようにという形容詞そのままに、赤々と燃える太陽の影を落して一秒ごとに暮れていく谷あいの街を眺めていたのである。

男女のひそかなささやくような声はそれから三十分ばかり後、そうしてたたずむ彼のすぐ横手で起ったのだ。「田代さんたちがそんなことをいうてること、しらん顔をして、何にもいわんようにしとったがいいですよ」「田代さんはいつも人のことばかりいいなさるから、誰もあの人のこと、信用しとるもんなんかないとだからね。吉彦さんもひっかからんようにしとんなさらんと。いま田代さんは神父さまに信用が深いようにみえるけど、本当は神父さまも田代さんを信用していなさらんと、みんなそういうとるから……」彼が蔭できいた声は若々しく濡れていたが、薄い月光の中で恐怖に歪んだ女の顔は意外に老けていて、「おい何だ、何をするんだ」と、ひきつった声で強がりをいう若い男の顔の真中に、彼はものもいわずこぶしを突っこんだ。「金なら、ほら、これだけあるから……」と顫える声でさしだす女の手から折りたたんだ紙幣をつかみとって、彼は毒づいた。「ふん、信者のくせに、ろくなことはしよらん」女は何もいわなかった。「やっぱりお前は信者か。信者なら信者らしゅうせろ」女は何もいわず、ぼんやりした打ちひしがれたような眼で彼を見ていた。

「みんな、いんちきじゃないか」彼は浦上の墓地で、おびえた少し腋臭《わきが》の匂いのする女に残した捨ゼリフと同じことを呟いて、干潮の渦を浮きだした川にペッと唾を吐いた。そしてそれはいま、二日前から彼を強姦容疑で留置した警察の人間たちにもむけられていた。

「こういうところに連れてこられんようにしとけよ。今度おかしなことをしたら容赦なく叩きこむぞ」彼を釈放するとき刑事はそういったが、彼は返事をしなかった。

おい、被害者はな、お前からやられたと、そういうとるんだぞ、と責めた同僚の面子《メンツ》を救うように横で別の刑事が荒い声をだしたのだが、彼は黙っていたのである。

津山信夫は留置場をでた瞬間からそうきめていたように、福地徳子の家のある埋立地にむかって自分の足の方角をきめた。

4

蜂の巣の形をした黄色い膜が幾つもぶら下がっていて、同時にどこか見もしらぬ場所を疾走している車に乗せられているような深い流れの底で、かあさんの声と、ききなれぬ男の声がぼんやりときこえてくる。

「なにも思い当ることはなかとですけどねえ」と、かあさんはいう。

「変だな」と男はいう。

「何かおかしかとですか。普通の病気ではなかとですか」と、かあさんはいう。

「そういうわけじゃないけど、ご両親とも長崎にいたことがないといわれるから、どうもはっきりした結論がでてこないのですよ。専門医に精密検査してもらわないとはっきりしたことはいえないんだけど、どうも症状が、医大の病院にいた時みた患者と似ているんだなあ」あ、あれは診療所の先生だと思いだした私の閉じた眼の中で、その声はつづく。「たしか、三人か四人、同じ症状をみたことがあると思うけど……」

「その人たちもやっぱり生理が止まらなかったんですか」

「そう。ここの娘さんのように初潮ではなかったですが……」

「しかし、その人たちは、みな自分が原爆でやられなさったとでしょう。八月九日に、自分が長崎にいて、それでやられなさったとでしょう」

「ええ、一人はもう結婚していたとかいっていたが……原爆の時ですよ。あとはみな女学生だったといっていましたね、確か」

「そうでしょう。うちの安子なんかまだ八月九日には生れてもおらんし、そんなはずはないとですから」

「そうですね。両親が長崎に関係なければ、そんなはずはないでしょうね」

「両親がもし八月九日に長崎におれば、生れた子供は後から生れてきても、なにか、そんな原爆病に関係した病気になるとでしょうか」

「それはいまのところ関係が出てくるとも、出てこないともいえないのですけどねえ。放射能が遺伝子の突然変異をひき起すという説が、出ていることは出ているけど……その影響がどういうものになるか、これはまだ、確かな研究資料が出ていないから……」

「そうすると、原爆病は遺伝するというとですか」

「遺伝するかしないかは、まだわかりません。原子爆弾症として遺伝するかどうかはわからないが、そのなんですね、遺伝する体質に有害な影響を与えるかもしれないと、外国の学者がそういっているんです。結婚して二代しなければ、はっきりした影響はあらわれないという説もありますけどねえ」

「いくら遺伝するといっても、八月九日に長崎にいなければ、大丈夫ですね」

「それはそうですよ。両親が長崎におられなかったのなら、それは心配いりませんよ」

かあさんと診療所の先生の声は、画用紙に誤まって別の絵具を落した水彩画のように、私のなかに灰色に滲みひろがっていく。私は時折り、ポプラの木のある石畳の坂道と、どこか赤い門のそばでアメリカ人からキャンデーをもらったことを思いだすのだが、かあさんは、いつもそれをめちゃくちゃにかき消してしまう。小学校四年になったばかりのある日、いつもと違ってまっ青になったかあさんのいうことをきいてから、私はそのぽっかり私の中にあらわれる風景画を口にすることができなくなったのだ。

「安子、ね。長崎のことはあんまり喋らんほうがよかよ。私は戦争中、長崎の女学校は女学校だったとだけど、体があんまり強うなかったから、ずっと疎開していてね。佐賀のほうにいた遠縁のところに疎開しとったんだよ。だから長崎の原爆にはあわなかったけど、私の友達はみんな、八月九日に死んでしもうたからね。それでもうあんな悲惨なことは、なんにも話したりきいたりしとうなかとよ、わかったね。かあさんも父さんもお前も、長崎に少し住んでいたのは住んでいたけど、原子爆弾にはなんにも関係なかとだけんね。かあさんはもう、友達の髪という髪がぬけて、ころころ死んでしもうたりするような、あんな悲しいことを誰にもいいとうないし、ききたくもないからね。お前はなんにもしらんけど、もしピカドンの時、長崎にいたなんて思われたら、お前までお嫁にもいけんごとなるかもしれんとよ。長崎に住んどったことを喋れば、誰でもみんな原爆の時かあさんたちがおったと思うからね」

かあさんはその時、まっ青な顔をして外から帰ってくると、雑誌を読んでいた私を呼びつけてそういった。そしてそれから二、三日経って、自分の喋ったことを証明するように、「これはね、私と同じに、やっぱり体が弱くて佐賀に疎開した友達が書いたとよ」といって、島内千《ち》華《か》という人の書いた記録をみせた。

「八月九日の午前十一時頃、私は佐賀市、戸上工場の空地の一隅にあるほんの申しわけ程度に赤土を掘り、その掘り返した土で蓋をした一坪半程の小さな壕の中にいた。足許《あしもと》には年じゅう乾くことのないびしょびしょした泥水が十糎程たまっていた。私は、やり場のない運動靴の足先を、その泥水の中のところどころに置かれている石ころの上に乗せていた」と、かあさんの友達だという人は書きだしていた。

それから長崎に新型の落下傘爆弾が落ちて、何もかも全滅したという話をきいて、かあさんと一緒に疎開した友達は引きとめる皆をふりきって汽車に乗る。

「途中、何度か敵機来襲の報に下車させられ、それでも夜明けには、とうとう道《みち》ノ尾《お》まで来た。私は、交通公社の女の人の言葉を思い出し、ここで降りねばならないかと思ったが、汽車はノロノロと浦上のほうへ進んだ。すると、今までねむったり雑談していた乗客が、言い合わせたように立ち上り、窓の外に首を出すので、私も人々の間から割込むようにして車外を覗いた。そして驚いた。そこには何もなかった。見なれた街路も人家も工場も、草も木も何もなかった。ただ、一面に赤黒い感じの焼け野原が広がっているだけで、ところどころに、ぶすぶすとくすぶる煙が立ち昇っていた。始めのうち私にはまだ夜明けのうす暗い闇のせいか、焼け跡全体が広いまま漠然と眼に映って、何か、ポカンとした気持で、想像していたほど凄惨でも何でもないと思ったが、よく考えてみると、もう落ちてから、丸二日ばかりになるし、片付くべきものは片付いた後だということが解って来た。すると、急に何もかもが灰になったことの恐ろしい実感が身内に溢れて来た。やっとはっきり心を落着けて、線路に近い焼け跡を眺めると、今までただ茫漠《ぼうばく》とした赤黒い野原としか映らなかったものの細部が、ニュース映画の記録写真の如く次々に展開して行った。左手の医大病院は盛んに黒煙をあげていたが、内部はもう殆ど燃えつきたらしく、鉄筋コンクリートの残骸と、二本煙突の一本が、くの字形にへし曲っていた。白い石の大鳥居、それは山王神社のだったが、二本の支柱の一本がなくなっていて鷺《さぎ》の佇んだような形をしていた。その向うに、境内の有名な大楠《おおくすのき》が巨大な幹と大枝のみを残して丸坊主になっていた。眼を落すと、つい手のとどきそうなところに黒こげの人体がころがっていた。その手足は不思議に普通の原型の何倍もの太さに肥大し、丸太で組み立てた人造人間を思わせた。馬や牛の死骸も同様であった。また或る場所では、体全体に、綿か布のちぎれたようなうす汚れたのを全身にくっつけて、焼け石に坐ったままぐったりしている人を見た。その人の顔は目も鼻も区別がつかないほど焼けただれていた。まだよく見れば、種々な有様が視野に入って来たであろうが、私は首をひっこめてしまった。見たくもなかった……」

しかし、かあさんが何度も何度も、「もし疎開していなかったら、生きてはいなかった」とか、

「私はこの島内さんよりずっとずっと後で長崎に戻ったけど、茂里《もり》町の三菱兵器へ行っていた同級生の半分が死んでいた」と繰り返すたびに、私はだんだん面倒臭くなってきた。それで中学に入った時、何かの拍子に、「かあさんは友達が原爆でやられた話ばかりするけど、自分が三菱の工場でやられたごと、原爆のことはよう知っとるね」というと、母さんははじめて私に原爆の話をした時よりもっとまっ青な顔をして、また記録みたいなものをひっぱりだした。

「ほらみなさい、ここに書いてあるでしょう。当時県立高女四年、十七歳、この佐藤秀子という人は、同級生じゃなかったけど、隣のクラスで、かあさんはよく知ってる人よ。ほら読んでみなさい。あの恐ろしい原爆の日に私は学徒動員で大橋附近の工場にいた。空襲警報が出たので半時間あまりをトンネルに徹夜、解除とともに再び工場に戻った。ほら、こう書いてあるでしょ。もしかあさんが疎開していなかったら、この人と同じように、学徒動員で大橋の工場にいて、この人のごとなっとるから、とても生きてはおれんよ。ほら見なさい、何という悲惨な情景だろうか。全身傷だらけで、服も破れ、上半身裸になっている人、顔に大きな傷を負い、手足を折って歩けない人、眼の玉がつぶれている人、たすけて、たすけて、という悲しそうな声があちらからもこちらからもきこえてくる。ほら、こう書いてあるよ。どうしても帰らねばと思って、そこに落ちている竹を二本つえにして立とうとしたが、お腹がひどく痛んで立てない。それと同時に胸がひどく苦しくなってきた。すると、青いような黄色いようなものが口から出てくる。……もしかあさんが長崎にいたのなら、この人のようになっとるはずよ」

「そいでも、この人は助かったから、こういう記録を書くことができたとでしょう」私はわざとかあさんをじらす。

「みてごらん。ほら、かあさんの体のどこにケロイドのあるね？　大橋の工場で働いとった人はみんな大なり小なり傷をうけとるんよ。もし大橋の工場に働いとって、何にも傷をうけんことがあろうか。原子爆弾が落ちて、その近くにいて、かあさんみたいにケロイドも何もなかったら、それこそ奇蹟《きせき》たいね。ほら、今も読んできかせたでしょう、大橋の工場は……」

「やめんか」と父がいう。いや、それはもっと後から、父が家を逃げ出して別の女の人と暮らすようになる直前のことだ。

「お前はきちがいだ」眠ったふりをしている私の耳に、障子の隙間から父の声はきこえてきた。「そんなに自分の体が心配なら、おれと一緒にならなければよかったんだ。毎日毎日、見もしらぬ人と手紙をやりとりして、白血球の増加がどうとか赤血球がどうとか……仙台に住んどる人にまで体の具合をみせあって、新聞記事を切り抜いて、おまけに海塔新田《かいとうしんでん》から誘いにきたというては、おれにまで長崎のことをかくそうとする。はじめは、その八月九日の翌日浦上を歩いたけど体に心配はなかやろかとか、その次には五日目、その次には一カ月目に疎開しとった佐賀から戻ったとおれにまで嘘をつきよる。おれたちが一緒になった時、お前はなんというた。おれたちが一緒になった年に浦上を歩いた時、お前はなんというた。ここも火、あそこも火じゃった。ここはもうのっぺらぼうで、足にまきついた電線をとったら髪の毛のようにふわっとしとった。あん時いうたことは、みんな嘘だったとか……」

「おぼえとらんよ」かあさんはいい張った。「あん時はまだ若かったし、人のことか自分のことかわからんような気持になっとったからねえ。疎開から帰ってみると、父も母も、生きとるのか死んどるのかさえわからんようになって死んどる。弟も、おじさんも、友達も、みんな影も形もなく吹きとばされて、生きとる友達もばたばた倒れてしまう。咽喉や鼻の中に赤いニキビのようなブツブツがぽつっとできると、もうそれで助からんとよ。手でも足でも赤い斑点ができると、もうだめですと医者がうなだれとったからねえ。鼻血が出て下痢になると、まだ顔は生きとるごとしとるとに、体はすうっと冷たくなって、笑いながら死による。そんなもんばかり見たりきいたりしとったら、自分がやられたのか、人のことか、もう見境いはつかんようになるとだから」

「もう、たいがいぶんでそういうことはやめてくれとおれはいうとるんだ。鼻血が出たとか下痢だとか、お前が別に下痢しとるわけじゃないとだから、そういうことはもういわんでくれと、そういうとるんだ。一緒になってから十五年間、毎日毎日、斑点がどうの、ブツブツがどうのといいくらして、しまいには広島や仙台の人とまで、出るか出ないかわからん病気のことを手紙でやりとりして……もしお前のいう通り、人からあんまりひどいことをきいたので、自分のことか人のことか見境いがつかんというのなら、第一、そんなに原爆病のことを心配せんでもいいじゃないか」

「海塔新田からお祈りさんがきたことを、あんた、なんと思うね……」かあさんの声が急に低くなったので、後の言葉がききとれない。

「なんのことはないじゃないか。うちにはそんなものはおりません、うちは被爆者じゃありません、とそういえばいいじゃないか」父の声は隣りにまできこえるようにひびく。

かあさんが何かしきりにいっているが、海塔新田ということしかきこえてこない。

「そんなことを気にするのが、第一まちごうとるんじゃないか。長崎の被爆者同士が長崎を離れて、佐世保の町外れに一緒に住んで仕事をしとる。ただ、それだけのことじゃないか」

かあさんがまた何かいう。

「だから、たとえうちが被爆者でも……たとえという話だ。たとえうちが被爆者でも、こうしてちゃんと家もあるし、仕事もやっとる、別に海塔新田に移る必要はないです、とこたえればいいんだ。何も被爆者だからといって、固まって住むことはないだろう、とそういえばいいんだ。それをお前は……」

「海塔新田に移る移らんの問題をいうとるんじゃないとよ。死んでも移らんことは、それはわかっとる。私がいうのは、海塔新田からなんで人が誘いにこなければならんか、それをいうとるんよ。はじめお祈りさんがきて、原爆病のお祓いをするというてきた。それから、同じバタ屋の仕事をしてるんだから海塔新田で一緒にやりませんかというてきた。なぜうちにいうてきたとね。ここにはうちだけじゃない。みんなバタ屋が固まっているというのに、なぜうちだけに海塔新田からたずねてこらしたとやろか」今度はかあさんの声がきこえた。

「わからんねえ」父は半分投げ捨てたような調子でいう。

「なにが?」

「海塔新田の人は、お前が被爆者かもしれんと思うて、そんなら助けあいながらやろうと考えて、それで親切にいうてこられたとじゃないか。だから、たとえ被爆者でも、いまはこうして、こちらでうまくやらせてもろうとるから移る気はありませんが、いずれ何かあればお世話になります、とそういうとけばよかったと、いうとるんじゃないか。それをお前は、なんか汚ないもんでも追っ払うように断わるから……」

「あんた、あの海塔新田のことを、あの辺の人は何というとるか、知っとるんね?」

父はもう何をいっても仕方がないといった感じで黙りこむ。

「海塔新田なんて、誰もいうとるものはおらんよ。それも二、三年前まではみんな大きな声でそういうとったのに、このごろは子供でも、こそこそとしか口に出さんようになってしもうた」

「ああ、もうやめんか。いつまで同じことばかりいうかねえ」

父とかあさんの声はぱたっと消える。そして代りに、今度は海塔新田からたずねてきましたというお祈りさんのうたうような言葉が流れる。私は水がめのところできいたのだが、それは不思議にかあさんがいっているように私にはきこえた。

「八月九日の日をねえ、私はよくおぼえとりますよ。朝十時半頃、私は雑炊の鍋を持って小川町の大田病院に行ったとです。父が腰の骨を痛めて、そこに入院しとりましたからねえ。そして、さあ熱いうちに食べなさいというて、その鍋をさしだしたとたんに、シャッと砂のような音が降りかぶってきて、あたり一面ボオッと紫になったとです。人はよく火の玉の柱のようなもんが燃え上ったといいますが、私の時は紫の火の玉でした。手があまり熱いのであッと気がつくと、私はまだ雑炊の入った鍋を持っていて、その蓋をあけた鍋の中の雑炊がポッとガスを吹いたように、紫になって燃えよるとです。私は前に、本博多の郵便局に町内の保険金を納めに行った帰り、やっぱり小川町の交叉点でやられた人の話をききましたけど、あッと思って上をみると、さしていたパラソルが燃えとるというんですね。私の時もちょうどそんな按配でした。持っとる鍋の中の雑炊が燃えよるんですから。それからひょっとみると父はもう死んどりました。眼と鼻のところから雑炊と同じガスみたいな煙が出とるとです。ああと思って父のほうに行こうとしても、足がいうことをきかん。眼にゴミが入ったような気がしたので手をやると、火でもつっこんだみたいに痛みだして、片方はどうしてもあけられんごとなりましてねえ。家においとる子供のことが気になって、父のことは仕方がないからどうしても家に帰ろうと思うて病室を出ると、看護婦さんが私をみて、連れていって下さいというんです。連れていって下さいといわれても私ひとりが歩くのがやっとだから、どうにもなりません。みると看護婦さんは丸裸です。肥った看護婦さんでしたが、手摺りのところで丸裸になって泣いているんです。しかし、すぐ私も気づきましたが、私も丸裸に近い恰好をしとったんですよ。それから家のほうに歩いていくと、山村さんという警防団の人とばったり会いました。ああ、上条さん、あんたの頭が燃えよるというから手をやると、髪の毛がぱらぱらと落ちてきました。山村さんはまた、ああ、あんたの子供は防空壕に入っとるよというから、ほっと安心して、どこの防空壕ときくと、何にもこたえず、ばたっと倒れてしまわれたんです。あら、山村さん、どうされたとですかときいても、もう虫の息。恵美子、と子供の名を呼んで死んでしまわれました。しかし私の子供はどこの防空壕に入っとるのかわかりません。和江、勝義と、かわるがわる呼んでいたら、なんかむこうのほうで返事をしたような声がきこえたから、行ってみると、子供たちじゃなくて、近所の薬局の二階に住んでいる、勝義が二年生の時に習った先生が、これも丸裸になって、地面にあぐらをかいたような恰好をして、ふうふういわれているんです。先生、しっかりして下さい、大丈夫ですか、と私がきくと、じいっと私を見てにっこり笑って、やられましたね上条さん、というと、また眼をつぶってしまわれました。子供はみつかりません。山村さんは防空壕に入れたというが、どこにもいない。そうするうちに火と煙にまかれそうになったので、私はなるべく人の声のするほう、するほうに逃げていきました。子供たちを誰か連れて避難していてくれればよいがと念じながら逃げましたが、これはあとでわかったことですが、子供たちは、志津ちゃんという近所の娘さんで、女学校を出るとすぐ海軍の士官さんに嫁に行った娘さんで、その時は実家に帰ってきていなさったとですが、その人と同じ防空壕に入って、顔も形もない黒焦げになって二人とも死んどりました。これは即死だからまだよか、何も苦しんどらんと親類の者はなぐさめてくれよりましたが、どうにも忘れようとしても、忘れられるものではありません。それから十五日になって陛下の放送がありました。その時はもう子供たちの真黒焦げの死体をみつけていたんですが、ふっと楽隊の音がしたのでみると、白い旗を立てた百人ぐらいの人が駅のほうへ行くんですね。こんな焼け野原の灰の中に楽隊なんか出して、なんだあれは、と思ってそっちのほうへ行ってみると、出征しているんですよ。きちんと戦闘帽をかぶってタスキをかけて出征兵士が何人も行くんです。おお万歳、万歳、新型爆弾なんかに負けんぞ、万歳、日本は滅びんぞ、万歳、と、きちがいみたいに私の横に立っていた男は叫びだしてね、楽隊のほうに走っていきました。変だなあ、陛下の放送があったのに、まだ出征するのかと思いながら、ふっと行列の最後のほうをみると、みんなびっこをひいたりしているんです。そして、みんな女は風呂敷みたいなのをかぶっていました。ああ、あの人たちもつんつるてんだ、丸坊主になったんだと思うと、急におかしいような悲しいような気持になりましてね、がんばって下さあい、と私も叫びました。それから翌日、はじめて私は病院へ行きました。顔がお化けのようにふくれ上ったからです……」

「落ちついたようですね」診療所の先生がいう。

「十月頃から血便が出るようになって、よかったはずの右の眼までちかちかするようになって、ある晩、ちょうど八月九日に見たような紫色のガスみたいなものがパッと眼の奥を走ったかと思うと、もうすっかりダメになってしまったとです。ああもうダメだ、これで何もかもすっかり望みがなくなってしもうたと思うて、それから二年ばかりはもう死ぬことばかり考えました」

「顔色もさっきより、大分よくなったようですけどねえ……」かあさんはいう。

「その時、あの志津ちゃんのお母さんがわざわざたずねてみえられたとです。私の子供二人と防空壕に入って真黒焦げになった娘さんのお母さんが、原子爆弾の病いによくきく和の道というありがたい教えがある。だまされてもともとだから一度行ってみる気はないか。原子爆弾の病いには何の薬物も効果はない。だまされたと思って、一緒におまいりしましょうと、むこうからいわれたんです……」

「かえって下さい」とかあさんはいう。それはずっと後で、お祈りさんが、あなたの体にはみえない原子爆弾の斑点がある。あなた自身にはみえないが、和の道の教えはそれを見透しておたすけするのです、と一段と高い声をだした時、かあさんはそういったのだ。それは画用紙に誤まって落した水彩画の絵具のようにひろがる。

5

黙っとっては何もわからんよ、黙っとっては何も解決せんよ、という低い圧《お》し殺した声が開け放たれた窓の内側からではなく、反対側のほうから波音にまじって津山信夫の耳にきこえてきた。そのためにこうして集まっとるとだからね、黙って泣き寝入りすることはない、という別の低い声が途中から消え、かわって今度は波音よりも高い女の声が津山信夫の耳を打った。

「黙っといてはどうしようもないよ、徳子。みんなこうしてお前のことを心配して、あっちこっちから集まってもろうとるとだからねえ、徳子。お前が黙っとっても噂はすぐひろがる。いや、もうひろがっとる。え、徳子、お前が黙っとって、日にちが経てば経つほど相手方には得になって、どんな手だてを打って逃げようとするかわからん。こうして、こんな事情で、こうなったから怪我したと、どうしていえんとね……」

「そう、それは怪我したのと同じようなもんだから、ちっとも恥かしがることはないぞ。みんなこうしてお前のことを心配して、方々から駈けつけて下さっとるだからねえ」板壁を背にした髪の白い男が鼻にかかった声をだした。

津山信夫は身をかがめて窓の外からそれを見、またじりじりと埋立杭《うめたてぐい》のほうに退いた。バラックの内部とは不似合いに、四人の男がいずれもネクタイこそつけていないが、ワイシャツの袖口をきちんとしめたままの姿勢で坐り、福地徳子とその母親の福地松子を中心にして半円形にむかいあっている。

「黙っとってすむ問題じゃなかぞ、徳子。いま噂のことが出たが、人の口に戸は立てられん。立てられんからこそ、はっきり始末をつけておかんといかん。何もいえんように一札とって、はっきりけじめをつけとかねば、お前は一生笑い者になるぞ」

「そう、それは笠《りゅう》さんのいうとおり」昼間の波音のように、濁ってぶつぶつとした声が津山信夫の耳へ入り、きっとあれは板壁を背にした男の隣りにいた、両方の眼の大きさがひどくくいちがう感じのする男がいいだしたのに違いない、と彼は思った。男のぶつぶつした声はつづいた。

「もうひとまわりもふたまわりも昔のことになるが、私のいる牛久《うしく》で、こんどのこととちょうど同じような事件があった。大東亜戦争がはじまる前だから、もうずっと前のことになるが、今西という私の家のすぐ裏に住んでいた爺さんの孫娘が、庭野という山持ちの小伜《こせがれ》に手ごめにされたんだ。その小伜は福岡のなんとかという学校の学生で、その時ちょうど帰省していたんだが、町工場に通っている今西の孫娘を、桜土手の下で手ごめにしたんだ。それで私らは寄り合って、庭野の家にかけあいに行った。庭先で、おい息子をだせ、といってめいめいがおらぶと、その庭野という山持ちの旦那が、まっ青な顔をして、奥から出てきてね、出てくるなり這いつくばったまま頭もようあげん。もう私らがおしかけることは知っていて覚悟していたんだ。申し訳ない、なんでもあなたらの言い分はのむと、そこまではよかったが、あとがいかん。手打ちはしたが一札を取っておかなかったばかりに、手打ちをしてから一週間も経たんうちに変な噂が流れだした。あれは手ごめじゃない、今西の美代が庭野の若旦那を桜土手に待ちぶせして誘いよった、というふうになった。しまいには、今西の美代は自分のほうから裸になって桜土手の草の上にあおむけになったという奴も出てくる始末。それも口でそういうなら、誰がいうたか追っていきようもあるが、口ではいわずに、かくれた所で伝わりよるからどうにもならん。それでまた私らは寄り合って庭野の家に行った。そしたら今度は、てのひらをかえしたごとなっとる。旦那のかわりに、代理とかいう顔もしらん男が出てきて、もうあんたらとは手打ちも終っとる。誰がどんな噂をとばしとるかしらんが、噂の中身がどうであれ、当家とは何の関係もないし、責任は持てんと、こういくさらす。手打ちの席で何事も一切水に流すといった以上、あの事件はなかったことになっとるはず。それを今さら改めてなんのこうのといいたてるのは、何か別の魂胆があってのことか、その代理とかいう男はそう返事をしてせせら笑うんだ。ああしまった、一札さえ取っておけば、ああまでいわれずにすむ。その一札をつきつけて、みろ、手ごめにしましたと、そうなっとるじゃないかと、その代理の男にも、桜土手で今西の孫娘のほうから寝たといいふらす奴にもみせてやることができる……」

「ぜひ、一札は取っておかねばいかんぞ。それをせねば、今の話の通り、あとあとまでものいえんごとになる……」笠とよばれる男の声がそこまできこえ、少し間をおいて、福地松子の声が仄暗《ほのぐら》い窓から流れた。

「噂がひろがっとる証拠は、誰か徳子のことを警察に告げ口して……交番にいうて行ったか、直接警察署に手紙をだしたか、それはわからんが、誰かが告げ口して、海塔新田の不良がひっぱられたことからでも知れとる」

津山信夫は左の耳に掌をあてて、窓の方向に体を傾けた。

「誰かが、こういう事件がありましたと、警察に告げ口せんかぎり、警察が海塔新田の不良をひっぱるはずはないからねえ。誰かが徳子のことを知っていて、徳子に悪さをしかけた奴がいると、交番にでもいうていかんかぎり、海塔新田の不良はひっぱられることにならんから。それにもう今朝方、海塔新田の不良は留置場から出されとる。この男が徳子に悪さをした奴でないとすると、誰かほかにおることになるが……」

「そりゃ、どういうことかね。そのひっぱられた男は犯人の仲間じゃなかったとかね」今朝方じゃないぞ、つい今しがた出てきて、まっすぐここにやってきたんぞ、と思う津山信夫の鼻先をその声はかすめた。

「ああ、まだそれは兄さんには話してなかったけど、その海塔新田の津山という男……こりゃ徳子と同じ中学の二年上の不良で、いつも徳子につきまとうとることがわかっとったから、私もはじめはこの男が仲間の一人にちがいなかとそう思うとったんですが、金山さんからきいたところじゃ、とうとう白状しなかったらしくて、それにアリ……なんとかという、やっていないという証拠がある、そういうことでした」

「徳子、手数をかけちゃいかんぞ。そのなんとかいう男が放免になったとなら、どうせ警察はここにもききにくる。そうなると、どうせ何もかもしゃべらんならん。手間をかけるな」突然、言葉が切れ、「おい、外に誰かいるんじゃないか」と、窓をみて顎をしゃくるような低い声が、それでもはっきりときこえたので、津山信夫は素早く横手の低地に身を伏せた。窓にひとつの影があらわれ、やがてまたかくれたのを彼は気配で感じたが、バラックの中の声はしばらく途切れ途切れにしか彼の耳には入ってこなかった。

「黙っとってはわからんじゃないか。さあ、いうんだ」二年前、二百本近くの杭が海中に打たれ、その杭と杭との間に土砂まじりの塵埃《じんあい》が投げこまれてから、すでに五百日近くも放りだされた埋立工事を嘲笑するような波音をたてる海面を、今度は刑事の声が漂いはじめた。津山信夫は体を動かさず、じっとしたままそれをきいた。

「さあ、今度はお前のしゃべる番だ。海軍墓地。八月二日の八時から八時半まで、ほら、お前はそこにいた」

「知らないですよ。海軍墓地なんか行ったこともない」彼はいった。

「行ったこともない？　ほう、いうね。行ったこともない」

「行ったことないですよ、ほんとに」

「眼をつぶってみろ。ずうっと眼をつぶっとく。おれがよいというまでつぶっとくんだ。いいか、ほら眼をつぶったままで、ほら八月二日の夕方、お前は福石町の屋台で二十五度の焼酎をコップ二杯飲み、それからラーメンをたべた。そしてお前は五百円札をだして釣りを受取った。そしてお前はよか気持になって、天神町の戸崎という友人の所に行こうとぶらぶら歩きだした。ちょうど日暮れ時だ。そして大宮町のもと横穴防空壕の前までくると、ぱったり、かねて顔見知りの福地徳子に出合った」

「ちがう」彼はそういって眼をあけた。「昨日もいった通り、おれはあれから崎辺道入口の銭湯に行ったんですよ。下駄箱から脱衣所のところまで、ずっとトンネルの中を歩いていく変な風呂屋だから、行ってみればすぐわかりますよ。その風呂に入って、それからまっすぐ戸崎の家に行ったんです」

「嘘つけ。もしお前の入ったという南湯から、まっすぐその天神町の戸崎の家をたずねていたということが事実なら、どうしてまっすぐ海軍墓地の下にでる道をいかないんだ。どうしてわざわざ遠廻りして、途中で大宮町の横穴食堂に寄ったりするんだ」

「だから、それは、はじめは戸崎をたずねるつもりじゃなかった。いや、はじめはそうだったけど、風呂から上ると急に気が変って……そういってるじゃないですか」

「風呂から上って気が変って、横穴に入って酎を飲んだら、また気が変ったのかね」

「そうです。あの時はいろいろ迷っていたんです。戸崎の家に行こうか、映画をみようかと……それで風呂を出ると海軍墓地のほうの坂を上らずに大宮町のほうにまた戻ったんです」

「戻って、それから」

「大宮町のほうに戻って、それからちょっとパチンコ屋をのぞいたりしましたが、玉は買いませんでした。それでぶらぶらしていたら、もう少し飲みたくなったので、横穴へ行ったんです」

「さっきお前は、南湯からまっすぐ、天神町の友人のところに行ったと、そういうたぞ」

「だから、それは」

「まあいい、それからどうした。横穴に入って三杯目の酎を飲んで、それから」

「それから戸崎の家に行きました」

「そうじゃない」

「なんですか」

「そうじゃなかろうといっとるんだ」

「………」

「はい、思い出す。それから誰と会ったか」

「誰とも会っていないはずですよ」

「そんなはずはない」

「だから、誰と会ったんですか」

「福地徳子だ。さっきからそういうとるのにわからんのか」

「じゃ、おれと会ったかどうか、本人にきけばいいじゃないですか」

「おい、おい、おい、おい」別の刑事が横から彼をこづいた。「被害者に確かめもせずに、当て推量でお前をひっぱるか？　なあおい。海軍墓地、えッ、おい、彼女がそこに行こうって、先にいいだしたのか……」

「徳子、よう考えんといかんよ。黙っとれば黙り通せるという問題じゃなかよ。伯父さんやみなさんになぜこうして集まってもらったか、そこのところをよく考えて、どうしてこんなことになったか、誰がお前に悪さを働いたか、それさえわかれば、もうそれからお前はひと言もしゃべらんでも、伯父さんやみなさん達がよかようにきちんと始末をつけて、一札も取って下さるとよ。お前は父親がおらんから、こうして伯父さんやみなさんが親代りになって……」その声はふたたび不意に仄暗い窓の中からとびだしてきた。

津山信夫は体を前方にずりあげ、折れ曲った黒いトタン板を楯にして頭をもたげたが、そこで何か男が言葉をはさみ、つづいて福地松子の声がきこえた。

「一週間ばかり前、そう、ちょうど一週間前の晩だったとです。これがそこの上り口のところにぼんやりと立っとりました。どうしたと私がいうても、いまみたいに何にも返事をせん。それまでは兄さんも知っとる通り、活潑な娘で、何をきいてもはきはき返事をするのに、その晩は何にもいわず、そこんところに自分の寝床を敷くと、黙ってすぐ横になってしもうたとです。その晩はそうして、どうしたとね、何かあったとねときいても、うんともすんともいわずに寝てしもうたとですが、私がはッと気がついたのは翌朝でした。それで、まだ夜が明けずに、これは眠っとりましたが、私はじいっと近寄って、これの着ていたものを調べてみたとです。いつも日宇《ひう》の工場に着ていくブラウスとスカートは枕もとにきちんとたたんでありましたが、電灯の下に持ってきて見ると、水玉のブラウスのほうは背中のところがひどく汚れていて、破れてこそいなかったですが、どうして昨晩気がつかなかったかと思うぐらい、あっちこっちに掌でつかんだような皺ができとったとです。スカートを電灯にすかしてみると、やっぱり考えた通りシミができとる。ああこりゃいかん、取り返しのつかんことが起っとるかもしれんと思って、私はそっと掛け蒲団をあけて、これの下着を見てみました」

「かあちゃん」

津山信夫はそこにきてはじめて福地徳子の声をきいた。しかし、松子はやめなかった。

「下着を見てみましたら案の定、私がもしやと思った通り、これは私にいえんし、みつかるもんだから、それをそのまま着て寝とったとです」

「かあちゃん」福地徳子の声が母親の声を切った。

「ああ、唖になったと思うたら、やっぱりものはいえるたい」福地松子の声がした。「ものがいえるなら、さあ、伯父さんやみなさんに説明せんね。誰からどうされたか、どこで誰がお前を傷ものにしたとか」

「傷ものになんか、なっとらん」福地徳子の声。

「そう、これは松子のほうが悪い。徳子は何も傷ものになんかなっとらん。そりゃそうだ。狂犬に嚙みつかれたのと同じ。しかし狂犬に嚙みつかれたらその手当をせねばならん。こうして皆さんに集まってもらったのはそのためだ。だから、こうこうだと事実を話してくれと、そういうとるのだ」

「徳子、ああまでいうて下さるのに、なぜ黙っとる。あんまり意地を張ると承知せんよ」

声はそこでぱたっと途絶え、それぞれ密度の違う長方形の闇をいくつも重ね合わせたような海の中から、タンタンタンという響きが津山信夫の背後にかすかに迫ってきた。

ヒトリジャナイ。少ナクトモ二人以上ノ男ガ、福地徳子ヲ海軍墓地ニ引キズリコム。彼は刑事の尋問を結び合わせてつくった強姦場面を自分の頭の中にえがいた。上海陸戦隊、海軍兵曹長、功六級勲七等甲斐大伍《だいご》之墓。上海陸戦隊、海軍二等兵曹、功七級溝口《みぞぐち》憲吉之墓。上海陸戦隊、海軍二等兵曹、功七級里見昭——四十七士ノ墓ミタイニ並ブ（彼はそれを映画でみていた）墓ト墓ノ間ニ（水玉のブラウスを着た）福地徳子ガ引キズリコマレル。徳子ハ殴ラレ、口ニハンカチヲアテラレテイルノデ声ガデナイ。徳子ガ体ヲバタバタ動カスノデ、男タチガマタ叩ク。ソノヒョウシニハンカチガユルミ、徳子ハナニスルノネト喚ク。男タチガマタ殴ル。ヤガテ徳子ハ墓ト墓ノ間ニジット（水玉のブラウスを着たまま）動カナクナル。男タチハ工員ト学生ダ。イヤ、工員一人ニ学生二人ダ。学生ノヒトリハ徳子ノコトヲ知ッテイル。中学一年ノ時、徳子ノ胸ハモウ先ガピョント尖ッテイタコトヲ知ッテイル。日宇ノチューブ工場デ何トイワレテイルカ、工員モ知ッテイル。アイツハ誰トモ寝ルゾ。水玉ノブラウスヲ着テ、墓ト墓ノ間ニジットシテイル徳子ヲミテ、工員ガイウ。オレカラダ。学生ガイウ。ジャンケンデイコウ。工員ガ勝チ、学生二人ガ見張リニ立ツ。工員ガ水玉ノブラウスニノシカカリ、手ヲスカートノ中ニ入レル。徳子ハジットシテイル。イヤ、徳子ハ急ニアバレダス。（徳子のスカートにはシミがついていた。徳子は処女だったのかもしれぬ）

津山信夫は二日間の檻房で寝ながら作製した海軍墓地での情景をその部分から修正した。

工員ハ平手打チヲクワセル。ソシテ、ジットシトケヨ、ハジメテジャアルマイシ、トイウ。徳子ハモノモイワズ、タダムチャクチャニ暴レルガ、力ガツキハテル。工員ガ徳子ノ首ニ腕ヲ巻キツケテ押サエ、一方ノ手ヲ無理ヤリニツッコムト、徳子ハ悲鳴ヲアゲル。

工員ハヤガテ墓ト墓ノ間ニ立チ上リ、オイ、トイッテ学生ヲ呼ブ。サラモンダッタゾ、痛ガルゾト工員ガイウト、ソウカ、ト一人ノ学生ハカスレタ声ヲダシ、モウ一人ノ学生ハ、口ノ中デ何カモグモグ呟キナガラ尻込ミスル。イッテコイ、ヤレヨ、ト工員ガウナガシ、ヨシ、トモウ一度カスレタ声ヲダシタ学生ガ墓ト墓トノ間ニ消エル。

「うちは、ちょっと行くところがあるから、かあちゃん」

津山信夫のえがくみだらな勝手放題な、しかし、それまで読んだエロ雑誌の範囲から一歩も脱けでることのできぬ海軍墓地の情景を、福地徳子の声は破った。

「それはどういうことね、徳子。行くところがあるってどこに行くとね、徳子。お前は……」

びっくりして、しどろもどろになった福地松子がそれにからみつく。

「今から、うちひとりで行くところがあるというとるんよ」

「ああ、なんということをいうとね徳子。あんたは、こうして伯父さんやみなさんがなんのために集まってこられたか、わからんとね。ひとりで今から……まあなんとして、お前は」

「まあ落ちつきなさい」津山信夫が埋立杭に身をかがめるとすぐきこえてきた男の低い声が、福地松子の高い声を制した。

「私たちみんなが、世間に対して今までどれだけ悲しか、辛い思いをしてきたか、それを徳子はよう考えんといかんよ。あんたひとりのことじゃない。これは私たちみんなの問題だからね。それをようわからんといかんよ。こうしてみんな集まっとるのは……」

福地徳子の返事は、みなまで津山信夫の耳にとどかなかった。埋立地のバラックをとりまく塩っぽい夜の空気の中で、わかっているから、という言葉だけが彼の耳にはきこえた。

「ああ、徳子、今頃どこに行くとね」

両手をあげ、地だんだを踏むような福地松子の喚き声がつづいてきこえ、津山信夫はその声に、伏せた背中を突きさされたようにはね起きた。

6

宇南親雄は自分が旅順の白玉山《はくぎょくさん》下で生れたのか、佐賀県伊万里《いまり》の村沢皿山で生れたのか、それとも別の何処かで生れたのか、確かなことを知らなかった。彼は四つも転々とした小学校の尋常科を終える時まで、「生れたくに」をきかれると祖母の言葉に従って、「伊万里の村沢皿山」とこたえていたが、高等科に入ると「旅順、乃木町《のぎまち》」にそれを変更した。お前の母親はひどい女だった。誰もかれもだましたあげく、お前が四つの時に死んでしもうたというだけで、それ以外母の生家も土地も曖昧にしか語ろうとせぬ祖母の言葉を確かめるため、当時ハルピンにいた父に問い合わせてやった返事にそう書いてあったからである。「お前は白玉山の麓にある乃木町で生れた。お前の母は、お前が生れるとすぐお前を連れて内地に帰り、すぐ死亡した」

——

しかし彼はその手紙に書かれていることをそのまま信ずることもできなかった。だいいち「お前を連れて内地」の何処に帰ったのか、父は明らかにしていなかったし、「すぐ死亡した」と書かれている時期も、祖母のアマネが「四つの時に死んだ」という、その「四つの時」まで母がいたことは、生き死には別として、何となく事実のように感じられたからである。彼は数え年三歳か四歳の頃、何処かの土地の銭湯で、脱衣所にぶら下がった映画の広告をみて泣いた記憶をもっている。覆面をした剣士のポスターをみると彼は背中に顔をくっつけてわっと泣きだしたが、その背中の匂いが祖母のものとはどこか違うのだ。ある日、もう炭鉱で働くようになってから、彼はなんとなく祖母にその記憶を確かめたことがあったが、祖母の返答はそれを裏づけた。「親雄はようおぼえとるね。お前を風呂に連れて行くたびに、番台に坐っとる人が、あ、親ちゃん、待っとってね、といいながら何枚もある活動写真の広告をくるっと裏返しにしてくれたとよ」そして、「どこの町ね」ときき返す彼に、祖母はとっさに返事ができなかった。「そうね、あれは伊万里だったかね……」伊万里の村沢皿山に銭湯はない。

おれは、それを戸島海底炭鉱の三区の炭塵の浮いた潮湯にひたりながらそう考えたのだと、すごしてきた二十年の歳月をたぐり寄せるような手つきで、彼は七杯目のグラスにウィスキーをそそいだ。誰もいない診察室の机に片肘をたて、からだ半分を寄りかからせて、彼は一瞬ぎくっとしたように身を引いた。琥珀色のグラスに映った腕時計の文字盤が、人間の眼のようにどろんと歪んでみえたからである。

「ふん、アルコールにつかった死人の眼玉が十時をさしていやがる」

彼がそのグラスを手に取って意味もなくそう呟いた時、妻の英子が入ってきた。

「今日、義兄《にい》さんの所にいってきました」声よりもむしろ体を固くしているような口調で英子はいった。彼の腰かけている椅子のずっと手前で、患者用のではなく、自分用のスリッパをぴたっと揃えて。

「ああ、さっき聞いたよ」彼はいった。そしてグラスの中のウィスキーを全部口にあけた。

「ちょうど出掛けるところがあるとかで、くわしく話すことはできなかったけど、話すことは話しときました。それで義兄さんは、いっぺんゆっくりあなたと話し合いたいということでしたが、義兄さんが出掛けられた後で、なんか、あんた達のことはよくわからんと姉さんが急に怒りだして……」英子は他人のことを話すような口ぶりでいった。

「姉さんが今さら怒りだすのも変じゃないか」

「なんか、私たちのいうことがあんまり勝手だと、そういいたいんでしょう。一緒になる時はああまでじたばたしといて、今さら勝手なわけもわからん理屈をつけて、とそういいたいんですよ」

「姉さんがそういったのか」

「何をですか」

「いや、じたばたしてとか何とか……」

「じたばたとはいわんけど、そう思うとるんでしょう、きっと。あんた達のいうことは勝手な理屈だと、はっきり口に出してそういいましたからね」

「アルコール中毒で駄目だとそういえばよかったじゃないか。いつか君がそういってた通り」

「アルコール中毒だなんて、私はいいませんよ」

「そうかな、いつか聞いたように思ったけど……」

「私はいいませんよ」

「それで武春さんは、いつ話し合いたいといっているんだ」

「いつか、それはわかりませんよ。義兄さんはあんなふうに忙しい体だから……」

「面倒だな、なんだか」彼は八杯目のグラスにウィスキーの瓶を傾けた。

「面倒なのは、むしろ義兄さん達のほうでしょう。人の別れ話に首をつっこまされるんですから」

「誰も首をつっこんでくれとはいってないよ」

「いってないことはないでしょう。あなたが義兄さんのところに話しに行けと、そういったんじゃないですか」

「おれはそんなことといってないよ。君がこのままじゃどうしようもないから、一度義兄さん達の考えを聞くと、そういうから、それならそれでもよかろうといっただけじゃないか」英子の声のはしに、ふっと揺れた絶望的な翳をひきずりだすような口調で彼はいった。

「勝手なことをいうんね」

「勝手かな」

「私たちは何を喋っても駄目ね、もう」英子は昨夜と同じ言葉をひどく乾いた声でいった。昨夜——というより夜明けに近い真夜中、ウィスキーに麻痺した神経で彼が、「あの時、森次の代りに、おれが山芋の丼に顔をつっこんで飢え死にしていたら、君もいまみたいにマスクをかぶったみたいな暮らしをしなくてもよかったのにねえ」といってからしばらくして彼女はそう呟いたのである。

彼は黙ってウィスキーのグラスを手に取った。

「おばあちゃんがさっきから、あなたと話すことがあるといってますよ」

「いま、調べものをしているからといってくれ」あなたがここで飲まれるのはいくらでも自由ですけど、時にはおばあちゃんの相手をして下さい。酔い狂いされて、その上、エロ話ばかりきかされるのはたまらないからと、やはり昨夜彼女がそういったことを思い重ねながら彼はいった。

「またエロ話をしているのか」

「今日は長崎篇よ」

「長崎へん?……」

「長崎の巻よ。息子をめぐる二人の女。毎晩、今夜はどっちが息子と一緒に寝るか、ずうっと監視していた話」

「………」

「今日の昼間、何か話したんですか」

「何を」

「何か、ひどく昂奮していて、酔い方もいつもと違うわ、おばあちゃん」

「あとで行ってみるよ」彼は英子を追い払うようにいった。そのひびきは彼女に伝わった。

「いいですよ。あなたからまで酒の肴にされて、ろくでもない話をきかされたら、たまらないから」

あいつは歩く時、なぜスリッパの音をぱたともいわせないのだろう、と彼は思った。

英子が去ったあと、宇南親雄はじっと自分自身をみつめるように半分ほどウィスキーの入ったグラスをみつめた。……私がマスクをかぶっているんじゃなくて、マスクをかぶっているのはあなたよ。何かといえば森次さんのことをいいだして、森次さんが生きていたらどうのこうのとあなたはいうけど、本当は私にいってるんじゃなくて、あなたは自分のことをいってるのよ、という英子の声が不意に彼の意識をとらえる。それはずうっと前、昨夜と同じく森次庄治のことをいいだした時、彼女がいった言葉だ。あなたは私にじゃなく、自分にからんでいるのよ。英子はそうもいった。あなたは、森次さんに何か負目があるんでしょう、きっとそうよ。

英子はそうもいった。

「馬鹿なことをいうなよ、おれがなぜ森次に負目なんか持つ？　おれは森次に負目なんか持ってないよ」

「じゃなぜ、酔っぱらうといつも気違いみたいになって、森次さんと私のことを責めるのよ。私が前に森次さんの恋人だったのは、あなたも知っていたことじゃないの。それは承知だったんじゃないの。それをあれこれいうのは、何かほかの理由があるとしか考えられないわ」

「森次さんの恋人か。そうじゃなくて、森次が君の恋人だったんじゃないか」

「ごまかさないで。この二、三年、どうしてあなたは酔っぱらうと同じことばかりいうのか、それをいってるんよ。なぜ森次さんのことを、いまさら私があなたにこたえなければならないの」

「わからんなあ」

「わからんのはあなたよ。あなたは私に、マスクをかぶってる、かぶってると口ぐせのようにいうけど、かぶってるのはあなたよ。森次さんが黒谷で死んだ時のことをあなたが私の家に話しに来た時、これから森次の分も一緒に働こうといったのはあなたじゃないの、それをぐずぐずいつまでも悲劇の一枚看板にして、あなたが苦しそうな顔をするのは森次さんやなんかのことがあったからじゃない、あなた自身が自分に負けてしまったからじゃないの。あなたのなかの性根がずたずたにちぎれてしまったからじゃないの」

「酔ったな」彼はいった。

「酔ってなんかいないわ。事実をいってるだけよ」

「何が事実だ。森次のことを、いつおれが一枚看板にした。森次のことを、いつおれが売り物にした。森次のことをいうのは、あいつが可哀そうだからだ。いつ、おれが自分の性根を失った」

「森次さんが可哀そうなのは、いま始まったことじゃないじゃないの、はじめからよ」

「ごまかすなよ」

「私が何をごまかしてるの」

「ごまかしてるよ。君は自分のことは何もいわないじゃないか」

「変ないいがかりはよしてよ。私が何をいわないっていうの、何を隠しているっていうの」

「君は隠しているよ」

「ほら、それがあなたの得意の論法よ。自分が危くなると、逆に相手に短刀をつきつけるんだから」

「短刀をつきつけられるようなことがあるのか」

「なにをいってるの。言葉だけの理屈はやめてよ」

宇南親雄は実際に英子の声が耳のそばできこえたように、彼女との空転する会話を打ち切った。重い胃袋はつづいてその胃袋自体を圧迫するように、九州筑後川上流の山道で、村人にかくれて差しだした爺さんの丼に顔をつっこんだまま栄養失調死した森次庄治の黒い、まわりに泡の吹きでた唇をその中にぶら下げる。おろした山芋のたっぷり入っている丼を抱えて、森次庄治は戸板の上でそれを食おうとしたのである。

森次庄治は宇南親雄と同じく戸島海底炭鉱の出身で、宇南親雄が高等科に入るのと入れちがいにそこを出た。夜間中学の二年から予科練に行き、復員してしばらく高等小学校時代の同級生の妹と、「前に約束していた」とか「そうじゃなかった」とかごたごたしていたが、そのうち、二十歳の娘はあっけなく坑務係助手のところに嫁にいってしまい、彼は父親と同じ掘進《くっしん》の仕事をやるようになった。彼が日本共産党の細胞に所属するようになったのは、それから約一年ばかり後だったが、レッド・パージの時、日本共産党の息子を持った殆どの家を見舞った葛藤が、もっとも悲惨な形で彼の家を破壊しつくしたのである。停年近い彼の父親は息子を首にしないという条件で、伏せられていたアカハタの購読者を二人、労務課に密告した。その結果、彼は第一次の追放リストに入っていなかったが、馘首《かくしゅ》された秘密シンパの問題とともに、当然彼は細胞からスパイの烙印をおされた。

そしてある日、ふと、「スパイでも何でもいい、首になったら二度ともうどこにも勤められないぞ」と洩らした父親の呟きをきいて、彼はすべてを知ることになったのである。彼は父親を責めて押し倒し、殴られながら父親は叫んだ。

「おれ一人働いてどうして暮らせる。うちにはまだ嫁にやらねばならぬ娘や学校通いの子供がいるんだぞ」

森次庄治は父親に唾を吐きかけて家を飛びだし、スパイではなかったということを体で証明しなければならぬように、もっとも危険な中核自衛隊の仕事を続けたあげく、その仕事そのものを抹殺するために、筑後川上流黒谷部落の日共水害救援工作隊員を命じられたのである。

昭和二十八年六月二十九日、「各地方の全同志諸君！　九州地方は二十五日以来豪雨にみまわれた。田畑の被害は、全九州の一割以上にたっし、さきの水害とあわせて一年間の農業生産は完全に壊滅した。行方不明、死傷は千数百名にのぼっている。通信交通は寸断され、実情も詳細につかめない状態である。久留米、佐賀、熊本全市、福岡の三分の一は浸水した。被害はまさにかつての関東大震災に匹敵し、言語に絶するものであり、しかも雨はまだ降りつづいている。矢部川、筑後川の電源開発計画の強行と水利工事の遅延、二十三年度台風被害の処置さえやられていないこと、これらすべて政府の施設の破綻がこの豪雨で一挙に、この悲惨な状態をまねいたのである。つねに全国民の先頭に立ってたたかってこられた同志諸君！　一、まず救援物資を集めるカンパ活動をおこそう。一回の欠食、一日の禁煙をもって節約した金をおくろう。一、一切の不用品を調べ、シャツ一枚、古タオル一本、鉛筆一本にいたるまで出しあおう。一、すべての平和愛好者は進んで水害救済義捐金《ぎえんきん》募集のため街頭に立とう。一、あらゆる面で労力を節約して、救援隊を物資とともに西日本へおくろう。とくに医療関係党員を一人でも多く、必要な医薬品をもたせて現地に送ろう。一、水害救援の闘争は最大の平和的国民闘争である。国土の荒廃を防ぎ、民族独立の闘争に通ずる愛国闘争にもりあげよう」という「日本共産党中央指導部」の訴えが出されてから六ヵ月後、宇南親雄は「医療関係党員」としてではなく、B班水害救援工作隊員として、それまでの話にけじめをつけるように燃料小屋の中で森次庄治から、彼の父親もまた第二次追放で首になったことをきいたのだ。彼は宇南親雄より二ヵ月前からそこにきていた。

宇南親雄は重い胃袋に九杯目のウィスキーを投げつけるように注ぎこんで、森次庄治が戸板の上で栄養失調死したその日のことを思い起した。

泡ではないが、泡の匂いのするような息を森次庄治は吐きつづけていた。黒い息と息との合間に、もうひとつ別の白い息が小きざみに顫える、そんな息を彼は吐きつづけた。かさかさになった彼の唇は時々その濡れた息に触れた部分だけ赤味をとり戻したが、忽《たちま》ち白い波をひいて乾く。

「おそいな、国領《こくりょう》は……」森次庄治の胸にかけられた藁蒲団の下の毛布を、ちょっとずり上げて宇南親雄はいった。

「おそいですね」左手を眼鏡に近づけるようにして今泉藤雄はいった。さっき石油罐のなかでくすぶる木屑の火かげんをみたとき、中指の爪先に軽い火ぶくれができたのである。

「なにかいってるんじゃないですか」眼鏡の前の爪先と言葉を一緒に迂回させるようにして、彼は森次庄治の顔をみた。

「うん、さっきからだ」宇南親雄はいった。

「あのやろう」学生服の上に着たジャンパーのポケットに一度両手を入れ、それをまた出して、息を吹きこんでから今泉藤雄は舌打ちした。

「え」宇南親雄はきき返した。

「あの藪医者、口実つけて逃げまわっとるのと違いますか。いくらなんでも、こんなにおそいはずはないですよ。……今朝、起きぬけに行っとけばよかったですね……しかしまさか、こんなふうにガタッとくるとはおもわなかったからな。粥でもすすれば、すぐまたもとどおりになると考えていたものだから……」言葉を半分折る口調で今泉藤雄はいった。

「うん……」宇南親雄は医学生としての自分の不明を恥じるようにうなずいた。彼は長崎医専が占領軍にB項と指定されてから岡山医大に移り、さらに新制長崎大学医学部に戻ったのだが、すでに一年休学しており、翌年から再び最上学年としての学業を続けるか、職業革命家としての道を歩むか、迷っていたのである。

「往復三里だとしても、もうとうに帰ってくる時間だけど……」今泉藤雄は腕時計をみた。

「もう八時をまわったろう」作業衣の下に着ているトックリのセーターのなかで、首だけまわして、宇南親雄はきいた。

「九時近いですよ。四十五分」

「もう、そんなになるのか」二つ積み重ねたリンゴ箱の上に置かれている石油らんぷのほうをちらと見て宇南親雄はいった。

「一昨日掃除してからかえって調子悪くなってしまって……妙にちらちらする」今泉藤雄は自分に問いかけられたように、らんぷの具合を説明した。

その時、ぱたんととっぴょうしもない音がして、土間の板壁にたてかけたモッコの柄が横倒しになり、森次庄治のむくんだ顔を浮きだしていた橙色の光がぴくっと揺れた。

「おい森次、しっかりせんか」思わず声にだしてしまったのを取り消すように、「風まで凍ってるみたいだな。今夜はめちゃくちゃに冷えよる」と宇南親雄は続けた。

「どうしますかねえ」今泉藤雄はいった。

「何が……」所在なく森次庄治の枕元に置かれている『前衛』の最近号にのばした手を、表紙の上に止めたまま宇南親雄はふりむいた。

「いや……」もし森次さんが駄目になった場合も考えとかないといかんですからねえ、と口先まで出かかった言葉を今泉藤雄はいい変えた。「国領は何しとるのかねえ」

宇南親雄が『前衛』を手に取ると、折れた頁が自然に彼の前でめくれた。『わが国治水政策の破綻』と題して、兼岩伝一が書いている論文である。

「建設省の米田河川局長が九州に来て、今回の災害の原因について新聞記者に〃筑後川の改修工事の設計は、明治二十二年と大正十年の両出水を参考にして作られたもので、記録破りの降雨がむしろ一番大きな直接原因だが、設計の古さも大きな原因となっている。筑後川の予想出水量五千立方メートルを昭和二十四年に七千立方メートルに引き上げたが、戦後の措置が十分でなかったところへ梅雨前線が通過したのでこんどのようなことになった。早速こんどの降雨量を基準にして筑後川改修の再検討をしたい〃と語っているのはこれである。しかし上流の荒廃をなにひとつ問題としないで、ただつぎつぎに増大してゆく洪水量を再検討するというこの局長ほど、正直に明治、大正、昭和にかけての日本政府の治水改築の根本的な欠陥と、今日の大水害の原因をあきらかにしているものはない」の個所に森次庄治は赤線を引いていた。

しばらく杉林を伝わってくる瀬音だけがきこえ、闇を切る風がふたたび小屋を叩きはじめたとき、自分の考えにふんぎりをつけるような声をだして今泉藤雄は腰をあげた。

「行ってきますよ」

「どうするんだ今頃」

「山岸のところをもう一度押してみます」

「だめだ」小さい眼をぱちぱちとたてつづけにまばたきしながら宇南親雄はいった。「いくら押しても何も出んよ。昼間あんなに頼みこんだのに、一合も出なかったんだから」

「しかし、これじゃもたん。これじゃ、どうしようもないですよ」森次庄治のことか自分の胃袋のことかわからぬように、曖昧な言葉を今泉藤雄は口の中でぐるぐるとまわした。

「とにかく国領が戻ってくるまで待っていないか。あいつ、何か手に入れてくるかもしれん」小さい眼と釣り合わぬ宇南親雄の長い顔は、まばたきするたびにくしゃくしゃした表情になった。

「やっぱりおれは行ってきます。玉子ひとつでもいいから」

「山岸からは何も出ないよ。親父がいなければ別だけど」

「いざとなりゃ、これがありますよ」今泉藤雄は自分の着ているジャンパーをひきはぐしぐさをした。

「そりゃいかん。そんなことしたら外側からまいってしまう。国領に持たせた毛布がぎりぎりの線だと昨日決定したばかりじゃないか」宇南親雄の言葉は白い息になった。

「外側からですか」今泉藤雄はちょっと笑った。

「こうなりゃ、もう内側も外側もないけどね。しかし、ジャンパーはいかん」

「とにかくあたってみます。あいつの畠の石を、こっちは三日がかりで片づけたんですからね」

今泉藤雄はズックをはいた。

「なにも頼まれてやったわけじゃない」

「わかってます。そんなこといいませんよ」宇南親雄にではなく誰か別の者にいうような口調で今泉藤雄は呟いた。

今泉藤雄が小屋を出ていってから間もなく、森次庄治は薄く焦点の定まらぬ眼をあけた。

「もうすぐだ。国領がクスリ持ってくるからな。がんばれよ。今泉もいま行ってる」宇南親雄はいった。

「…………」

森次庄治は宇南親雄をみてちょっと笑ったが、それはもう笑い顔にはならなかった。

「なんだ」宇南親雄は、森次庄治の動かそうとする口に自分の顔を近づけた。

森次庄治は口を動かした。息と息との間から彼の声は出たが、宇南親雄にはそれが、「お前は……まちがうな」というようにもきこえ、また反対に「お前は……まちがっている」ともきこえた。

そうして森次庄治は死んでいったのである。いや正確にいえば、その翌朝、もう三百メートルも行けば、湯の匂いのする川底と、その川底をはさんで並ぶ十三軒の村落のみえる山道で彼は息を引き取ったのだ。黄色い膜のできた宇南親雄の頭のなかで、ゆらりとその情景が傾く。宇南親雄は医者と薬剤と、さらに担架を手配するために、一足先にもう一つ下の駐在所のある村まで駈け下りていたのだが、その間に今泉藤雄と国領次郎が彼を戸板に乗せて運んできて、その場所に休止していた。そこに菅野兵次という名のじいさんが山芋の入った丼を手にしてあらわれたのである。

すでに戸板の上に息を引き取っていた森次庄治の横で呆然と立ちつくす二人に、「死にかかっている病人に山芋を食わせるなんて、お前たちは何ということをするんだ」と怒鳴りつけた宇南親雄に対して国領次郎は半分泣き声で弁明した。

「おれたちだって、そんなことぐらいはわかっている。だからはじめ、じいさんから丼を差しだされた時も森次には黙っていた。そうしたら森次が眼をあけて食わせてくれというんだ。おれのほうがびっくりした。でも、森次の顔をみているうち、森次は何か別のことをいうとるような気がしてきた。ひもじさからじゃなく、何か別のことを必死になって考えとるような気がした。おれたちは、この黒谷に入ってはじめて村の人に親切にしてもらった、そのはじめての心を自分でつかんで死にたいというような顔をした。おれは、それがわかったんだ。病人に水を飲ませる茶碗さえ貸すのを断わる村のなかで、食べものを丼に入れて村の人にかくれてそっと後から追ってきた、はじめて党にさしのべられたその心を自分でうけとめたい、森次はきっとそう思ったんだ。それで、森次は丼には手も触れずに、じいさんのほうをむいて何度も何度もおじぎした。自分がひもじかったから丼にとびついたんじゃない。その村の人からはじめて差しだされた親切がうれしかったんだ。はよ食べなさい、誰も来んうちに食べなさい、山芋は精がつくからじき元気になるよ。そういって、じいさんは空の丼を誰にも知られんように今にも持って帰りたさそうなそぶりをする。それで森次はその丼を手でかかえた。そして、もう一度じいさんのほうをみて頭を下げた。おれに何がいえるもんか。おれには何にもいえなかったんだ」

「それで、そのあとか……」戸板の上に眼をとじた森次庄治の青黒い顔を、立ったままぼんやりと見下ろしながら宇南親雄はいった。

「森次さんが食べるなら、食べさしてやろうと思った時はもうおそかったんです。丼のところにすうっと顔を持っていって、そのまま丼のなかにがばっと伏せてしもうたから」今泉藤雄はいった。

「丼はもうじいさんが持っていってしまったよ。絶対、人にはいうてくれるなと念を押してね」あたりを見廻す宇南親雄の問いに国領次郎はこたえた。

お前なんかわかるもんか、と宇南親雄はさっきまでそこに英子の立っていた白い空間に向っていった。お前なんかに、おれの本当の気持がわかってたまるもんか、と彼は自分の眼と白いカーテンの間のじっとりした重い空気に唾を吐きかけるように呟いた。お前は何もわかってないんだ。お前は何もかもわかっていない。お前は、おれが何を考えているか、何もかもわかっていない……

「親雄」

アマネがぬっと入ってきた。

「ああ、ばあちゃんか」

「こんなとこで飲まずに、どうしてむこうで飲まんとね」

「ばあちゃん、飲むね、一杯」彼は空のウィスキー・グラスをアマネのほうに差しだした。

「いらん、もう」なぜか、急に不機嫌な声をだしたアマネは手をふった。そして声を低めはしているのだが、決して低くならない声でつづけた。「診察してくれという人のきとらすよ。娘さん。ほら、お前が夕方みに行った血のとまらんという人じゃなかかね」

「え、誰?」そんなはずはないと思いながら彼はいった。

「娘さんよ。どうするね」

「出てみるよ」彼はウィスキーの瓶の蓋をしめて、それをカレンダーの横にかくした。

宇南親雄が受付の待合室に出ると、唇の厚い、ひどく胸の張った少女が両手をだらりと下げて、玄関のタタキに立っていた。

「どうしたんですか」

「診察して証明書を書いてもらいたかとです」それまで何回も、口の中で繰り返したことを、いま声に出すというふうに少女はいった。

「何の証明書?」

「私が暴行されたという証明書です」少女ははっきりいった。

「え、何……」

「私が暴行されたという証明書です」少女ははっきり暗記しているように繰り返した。

7

宇南診療所と書かれた細長い看板を照らす鈍い門灯の光をよぎるようにして、福地徳子が玄関のドアを押すのを電柱の蔭でみながら、津山信夫は首筋の汗を手の甲でこすった。そしてなんとなく、あそこを治療してもらうんだと考え、その考えの先にふたたび、福地徳子が強姦された海軍墓地での想像場面を結びつけようとしたが、彼のなかに浮かんだのは全く別の、原子爆弾に焼かれたまま放置されている疥癬《かいせん》にただれた皮膚のような神社の境内であった。

彼はその頃、外国貨物船の船員や、アメリカの兵隊に高く売れる原爆人形を探しに出かけたのだが、珍らしく恰好なものがみつからず、叩きつけられた石と石との間に赤黒い影をつくっている夕陽をまたぎながら奥に進んでいった。浦上に落下した閃光が紫の火焔《かえん》となり無間地獄の血と灰のなかで、やがて仄暗い煙となって焦げた肉の匂いをたなびかせはじめた時、生き残った人々は、誰が肉親か見分けのつかぬ死体を探しながら幾度も眼をみはるようにして立ちどまった。死体の大きさにははるかに及ばないが、拳大の、或いはもっと小さく人差指と中指を合わせたぐらいの、人間の死体にそっくりの手足を持った黒い石や金属が転がっていたからである。それらの溶けた鉄は確かに手足を持っていた。手に取った瞬間、なかには首がもげ、ある場合は、火葬場の窯からとりだしたように、そのまま粉々に砕けて灰になる石もあったが、まるっきり黒焦げの人間そっくりの小さい屍《しかばね》として、掌に残る金属もあった。原子爆弾人形はこうして誕生したのである。そしてある日、朝鮮戦争の勃発した年の夏、その小さい「人間石」(その頃まではそうよばれていた)を玩具《おもちゃ》代りにしていた小学生から、夫と一緒に帰国の途中「原子爆弾を見に」立ち寄ったというアメリカの婦人が一個百円の割合で買い取ったことで、果然それは値打ちのあるものとなったのだ。もっとも、はじめその話をきいた時、長崎市民の大半はアメリカ婦人の無情さに眉をひそめたのだが、暮らしが急迫していくにつれて、なかには原爆人形を闇米を購う資に用いる人もでてきた。特に、その人形を専門に買い集めにきたという京都の商人が現われてから、子供たちだけではなく、大人たちの一群までが、もしかすると自分たちがその姿になっていたかもしれぬ小さな手足のついた石をせっせと掘り起すようになったのである。

彼は手に取った石を捨て、さらにかつてはそこに防空壕があったらしい窪地で、手にとった石とも金属ともつかぬ破片を捨てた。どちらも頭と胴体はどうやら人間に似ていたが、手と足がなくオタマジャクシのような恰好をしていたのだ。そしてその窪地を這い上り、なおも本殿跡のほうに進もうとした彼の耳に、灰色の靄《もや》につつまれた夕陽のむこうから、「背中が痛いんよ……ね、ね」という声がかすかに、しかし、はっきりときこえてきたのである。

最初、彼はその声が男の声か女の声かわからなかった。彼がその方向にむかって進んでいくと、それは女の声だとわかったが、言葉そのものは逆に意味不明な、ききとれぬほど切れ切れなものになった。船の舳《へ》先《さき》のような形をしたコンクリートの蔭からその声は出ていた。彼はなおも身をひそめて近づき、その声をだしている女をみようとしたが、その時どこかでジィーンと虫が啼いた。そして大きな原爆人形のようなかたまりが二つ、ゆっくりと手と足を動かしているのを彼は見た。

やがて男が、それから女が起き上って白いパンティをはいたが、薄暗い夕靄の中でその女の顔を見たとたん、彼は一目散に駈けだした。彼の背後でアッという男の声があがったが、彼は息がとまるほど走りに走った。

翌年の春、小学四年になった彼の組を新しく受持つことになった吉丸富子という女教師は、「原ばくにんぎょう」という題で書いた彼の作文を読んで激賞したが、自分にも関係があるとは露ほども気づかなかった。

「ぼくはもう、原ばくにんぎょうをひろうのをやめようと思います。ぼくはもう原ばくにんぎょうをひろうのがいやになったのです。いつか原ばくにんぎょうをひろってかえったら、ばあちゃんが、これはほとけさまのかわりだからそまつにしてはいけんよといったので、ぼくは、はいとこたえました。ぼくはいつも、じんじゃにいって原ばくにんぎょうをひろっていたのです。原ばくにんぎょうはきしょくがわるい。だから、もう原ばくにんぎょうをひろうのはやめようと思います。それでばあちゃんに、もうやめるといったら、そうか、えらいえらい、おやこうこうもんだといってほめました。原しばくだんはおそろしい。それだから原ばくにんぎょうもおそろしいのです。ばあちゃんは、石があんなにんげんみたいになっているのは、ほとけさんがそうさせているのだといいます。ぼくはもうぜったいじんじゃにひろいにいきません」という作文を、別に女教師にあてつけて書いたわけではなかったが、だんだんあとで、年月が経つに従って彼はその女教師のことを強く意識するようになったのである。

津山信夫は唇のまわりに吹きでた汗を、また手の甲で拭いた。そうするうちに、そうして所在なく福地徳子の出てくるのを待っている自分が、急にいまいましくなった。あいつはいま、あそこを治療してもらっているんだ。あそこに突きささった破片をぬきとってもらっているんだと考えたが、その考えさえも自分自身で子供じみたものに思え、あの荒廃した神社の奥で「ね、ね」とおかしな声をあげた女教師がいまさらながら無性に腹立たしくなるような、いらだたしい気分がつづいて彼を襲ってきた。彼は宇南診療所のみえる電柱を離れ、埋立地に通じるどぶ川の縁に沿って三十メートルほど急ぎ足で歩き、また戻った。そして今度は埋立地とは反対の方向に歩きだし、貨物引込線踏切の警笛がきこえる地点で、ひっくり返ったごみ箱に顔をつっこんでいる野良犬の脇腹をいやというほど蹴りあげた。キーンという啼き声を残して、野良犬はきりきり舞いして逃げたが、彼はそれすらも腹立たしかった。「私の家はげんばくがおちたところから近い研屋町《とぎやまち》にありましたので、お母ちゃんは仏だんのまえで白いおほねになっておられました。お母ちゃんは今は中島のうこつでんにすんでおられます。毎月の六日には、私はおじいちゃんと二人してお母ちゃんにあいに行きます。でも、私にはお母ちゃんのすがたがどうしても見られません。ただのうこつばしらが、しずかにたっておられるのが見えるだけです。私はそのおはしらを見ていますと、いつも目からなみだが出てきます。お母ちゃんは私のすがたが見えるでしょう。お母ちゃんは、私がこんなに大きくなったのを見て、どんなによろこんでおられることでしょう。おじいちゃんは、お母ちゃんがよろこんどられると言われました。私はいつ行っても、お母ちゃんにきれいなお花とかおせんこうをあげます。それからお母ちゃんにおわかれして、おじいちゃんと一緒にお家にかえります」という当時五歳だった広島の少女の書いた作文が、すうっと場ちがいのように浮かび上ったが、彼は警笛のやんだ踏切にくるりと背をむけながら、何が「のうこつでん」のお母ちゃんだ、原爆にやられた奴も、やった奴も、なんでもかんでも、みんな強姦されてしまえばいいんだと呟いた。すると福地徳子が診療所を出てきたような気がしたので、あわてて駈け戻ると、本当に彼女はどぶ川にかかった横板を渡るところであった。

「おい、福地……」彼がよびかけると、どぶ板を渡ったところで福地徳子はゆっくりとふりむいた。

「病院に行ったんか。何しに行った」どぶ川のこちら側で彼はいった。

福地徳子はものもいわずに歩きだし、彼は彼女がそう急いでもいないのに、追いかけるような足どりでその後にくっついた。

「知っとるぞ、お前がどこを診察してもらいに行ったか」

彼女は黙ったまま、鉄工所のある岸壁のほうへすたすたと歩いていき、彼はまた「おい」といった。

「おい、おれを見て、何にもものはいえんのか。おい、逃げればそれですむと思っとるのか」

屑鉄商の長い塀に沿った曲り角で彼女は立ちどまった。

「逃げる？　うちがどうしてあんたから逃げんといかんのね」

「ふん」彼は鼻を鳴らした。「自分にきいてみろ」

「自分に？　わからんよ、なんのことか」

「きいてみろよ」彼は彼女の顔に自分の顔を近づけた。

「なに聞いたかしらんけど、うちに因縁つけても駄目よ。なんね、後をつけたりして」

「いんねーん？」彼は、猫が鼠をおもちゃにする時のように、咽喉を鳴らして自分の声をひっぱって彼女の前に立ちふさがった。

「どいてよ。何するんよ」彼女は彼の体をおしのけて前に出ようとした。

「おい、おれがお前を強姦したか。いつ強姦した？　おい、おれがお前をどこで強姦したか、いってみろ」彼は彼女の腕をつかんで声をおしつけた。

「なんね」彼女は彼につかまれた腕をふりはずし、塀の側にぴたっと背中をくっつけるようにしていった。「うちはわからんよ。あんたが何いうとるのか……」

「わからん？」彼は自分の体と声をさらにつきつけた。

「自分のいうたことがわからんのか。おれから強姦されたと警察でいうたことがわからんのか」

「警察に、うちが何をいうたんね」

「とぼけるな」と彼はいった。「おれはそのおかげで二日も警察のブタ箱に叩きこまれたぞ。お前がおれから強姦されたと嘘いうたおかげで、刑事からさんざん痛い目にあわされて、それでお前は知らんというてすむと思うか」

彼女はちょっと体を左のほうに動かし、細い眼をあげて彼をじっとみた。

「うちは知らんよ、ほんとに。うちは、ほんとに知らん。あんたが警察で何といわれたか知らんけど、うちはそんなこと警察にも誰にもいうとらん」

「警察はいうたぞ」彼は彼女を見返しながらいった。「被害者の福地徳子からちゃんときいたとそういった。おれがお前を海軍墓地で強姦したと、そういうたぞ」

福地徳子は彼とむかいあったまま、コールタールの匂いのする塀に沿ってまた少し体をずらした。そして「海軍墓地……」と呟いた。

「みろ、知らんことがあるか。海軍墓地で津山信夫から強姦されましたと、お前ははっきりそういったんじゃないか」

「海軍墓地と、警察でいわれたんね？」

「海軍墓地で、おれがお前を強姦したと刑事はそういうたんだ。福地徳子はお前のガールフレンドだから、強姦なんかせんで、どうしてたのまなかったか。刑事はそういうたぞ。……おい、お前はおれのガールフレンドか。おい、ガールフレンド、何かいえ」彼は福地徳子の顎に手を触れた。

福地徳子は顎を引き、それからしばらく黙って津山信夫をみた。

「おい、どうした。ばれたもんで、こんどは黙秘権か」彼は言葉の前後で「ちッ」と舌を鳴らした。

「うちはね、海軍墓地なんかには行っとらんよ。うちはあんたからも誰からも、どうかされたなんて、警察にも誰にもいうとらん。もし警察がそういうたんなら、警察が嘘ついとるんよ」

「嘘つけ」彼は声をとばした。「そんなら、誰からも強姦なんかされなかったというのか。誰からも海軍墓地にひきずりこまれなかったというんか」

彼女はまた黙って、唇を噛みしめ、どこも見ていないような眼つきをした。

「うちは、あんたのことを警察になんかいうとらん。その証拠に警察が、うちが海軍墓地でどうかされたとあんたにいうたことでもわかる。うちは海軍墓地でどうかされたんじゃなくて、ほかの場所でされたんよ」

「ほかの場所?」思いもかけぬことをきいて、彼の言葉は少し乱れた。「ほかの場所って、警察じゃそういわなかったぞ。海軍墓地じゃなかったのか」

「警察では何にも知らんよ。うちしか知らんことだから……」

「警察じゃでたらめいうたんか。でたらめでおれをひっぱったんか」

「警察があんたに何というたか知らんけど、誰か、うちが暴行されたことをでたらめに警察に話して、それであんたがひっぱられたんよ」

「警察は被害者の福地徳子からきいたと、はっきりいうたぞ」彼は自分の考えをまとめようとして、さっきいったことと同じことを繰り返した。

「だから警察は嘘ついて、あんたにカマかけたんよ。誰がいうていったか知らんけど、その人がきっと、あんたが怪しいとそういったんよ」

「海軍墓地でやられたんじゃないな、ほんとに」

彼女は塀を離れて歩きだした。そして彼に背をむけたままいった。

「話すよ、むこうで。うちは何にもいうとらんけど、あんたは信用しないかもしらんし、うちの責任じゃなくても、うちのために警察にひっぱられたとだから……」

長いコールタールの匂いのする塀が終ると、こんどは有刺鉄線で張りめぐらされた屑鉄置場になるその狭い道に、ひとこと、ひとこと、言葉を残すように彼女は歩いた。

「あんたとは別に特別につきあっとったわけじゃないし、ただ学校で上級生だったというだけの知り合いだけど、うちのために警察に行ったとなら話すよ。もうひとつ別にききたいこともあるし……」左のほうに行けば彼女の家のある埋立地、右に折れると岸壁から鉄工所につづく道にでる柵の前で福地徳子はいった。

「もうひとつ別に？　なんだ、ききたいことって」彼女の後に従って岸壁のほうに曲りながら彼はいった。

「それも話のなかのことよ」彼女はいった。そして、はるかむこうの港をへだてた山腹に銅色の光がかたまり、その下のほうに米軍の石油タンクの赤い灯がともっているのを見ながら、懸命に自分のことを、その夜のことを考えはじめた。

父が死んだ時、彼女はまだ生れておらず母の胎内にいたのだが、彼女が小学校に上るようになって、母はその時の様子をこういうふうに語ってきかせた。

「徴用にかかったので、それでお前の父ちゃんとかあちゃんは佐世保にきたとだけどね。父ちゃんは徴用にかかってこの海軍工廠《こうしょう》に働くことになったとだけど、ある時、その徴用仲間から父ちゃんはひどいことをいわれたとよ。それは父ちゃんのことではなくて、父ちゃんの友達のことをひどくいわれたんだけど、父ちゃんはもう我慢ができずに、私が辛かろうが辛抱しときなさいといっても我慢できずに、その陰口を叩いた工員のいる宿舎に乗りこんでいったとよ。徴用工員は、五、六人で出てきて、父ちゃんに裏の空地で話をしようじゃないかというて連れていった。そこから先はきいた話だから、実際のことはようわからんけど、父ちゃんが陰口をいうた徴用工員を詰問したら、徴用工員たちは謝まるどころか、戦争中だから我慢しとるけど、戦争中じゃなかったら、こっちのほうが一緒に働くのは願い下げだといったので、父ちゃんはカッとなってとびかかっていった……」

どうして、戦争中だから我慢しとるけどと、父ちゃんはその徴用工員からいわれたとね、とその時、母にきいたような気がするが、彼女ははっきりおぼえていない。とにかく母は、それについてこたえず、話をつづけた。

「あくる日の朝、しらせがあってかあちゃんが駈けつけた時、父ちゃんはもう虫の息で何もいえなかったんよ。何かいおうとすれば一言ぐらい言えたかもしれんけど、じいっと私をみて何にもいわなかった。そばにお医者やなんかがいたからね。どうしてこがんことになったとですか、と私がおらぶと、側にいた徴用工員の宿舎のなんとかいう一番偉い人がこういうたとよ。福地さんは自分で自分を突き刺して怪我された。そいじゃ自殺ですかと私がいうと、いや、自殺じゃないが結局そういうことになるのかもしれんですねえと、その徴用工員の宿舎の責任者はそういうたとよ。自殺じゃないが、そういうことになるとはどういうわけですか、と私がきくと、それは福地さんが自分で切腹したようなもんだからと、そういう返事だった。わからんと私がまたおらぶと※、こんどはその宿舎の責任者の後ろにいた男が前に出てきて、それは奥さん、こういうわけですといって説明した。福地さんは喧嘩の相手をおどかそうとして腹に皮切り包丁をかくし持っていた。そして、言いあいしている最中に何かのはずみで転んだ。運悪く皮切り包丁がぐさっと福地さんの腹に刺さってしもうたとです。だからみんな、これは自殺のようなもんだ、一種の災難だと、こういうてね。かあちゃんはまたおらんでやった。そんな馬鹿なことがあるもんですか、はずみで転んだといわれるが、それは何のはずみですか。父ちゃんを押したか、つかんだかしなければ転ぶはずがないじゃないですか。だいいち腹の中に皮切り包丁を入れて転ぶはずはないですよ。その父ちゃんの喧嘩の相手をしたといわれる工員さんたちを出して下さい。そうおらんだよ。そしたらまたその男が、そんなことをいいだしたら問題が面倒になりますよ。とにかく福地さんが怪我されたのは他人が持っていたもんじゃない、福地さん自身が持っていた皮切り包丁だからね、もし腹にしまいこんでいなかったとしたら、福地さん自身がその包丁を喧嘩の相手につきつけていたことになる。相手とすれば、こりゃ正当防衛にもなるしねえ、とそういいだしてね。それで私がいおうとしたら、医者からみんな外に出て下さいと追いだされて、廊下にでると、こんどは徴用工員宿舎の責任者がそっと側にきて、ことを荒立てないほうがよいでしょう、と耳打ちするようにいうたとよ。しかし私はおらんでやった。喧嘩の相手を出して下さい、父ちゃんの陰口をいった人を出して下さい。そしたらまたその男……責任者でないほうの男が出てきて、皮切り包丁が福地さんのものだということは

※編集部註：おらぶ＝「大声で叫ぶ」という意味の九州弁

奥さんも知っとられるでしょう、変なふうにこじれると憲兵隊まで出てくるようにならんとも限らんから辛抱しなさい、とやっぱり耳打ちするような声をだしてね。憲兵隊でも何でも出てきて調べたらよかでしょう、徴用にかからん前は父ちゃんの商売は皮職人だから、皮切り包丁を持っとるのになんの不思議がありますか、皮切り包丁、皮切り包丁といわんで下さい、と私はいうてやった……」

父ちゃんの商売は皮職人やったとね、ときいたような気がするが、その時きいたのか、ずっと後できいたのか、福地徳子ははっきりおぼえていない。

母はまた、福地徳子が小学校を終えて沼地を埋立てて作った中学に進んだ時、自分と自分の父親の生れ育った村で起った脱走兵の話をしてきかせた。

それは母が生れない前、大正の中頃に起きた事件だったが、久留米に入営していた村の兵隊が、外出中古兵を帯剣で傷つけ、その足で、かねて仲のよかった芸者と無理心中をはかって失敗、村に逃げ帰って、四十五日のあいだ山の中のほら穴に隠れていたというのだ。

「それは大騒動だったよ」母は自分がみたように祖父からきいたことを話した。「村じゅうでその脱走をした兵隊をかくまったという嫌疑がかかってね。博多から巡査はくる。久留米から憲兵はくる。しまいには県庁からまで役人が出てきて、村の中を一軒一軒説得してまわった。お前たちも陛下の赤子《せきし》にかわりはないぞ、これ以上隠せばどういうことになるか、陛下は決してお前たち一統をお許しにはならんぞ、折角お前たちを赤子として考えておられる陛下に対して申しわけないとは思わんか、というてまわったけど、誰一人として知らぬ存ぜぬの一点ばり。天井板を一枚一枚はがしてもみつからんので、とうとう山狩りをすることになって、付近の青年団が四つも集まってきた。この村のもんは使えんというてねえ……」

母はいつも隠していることを喋っているような、喋っていることを隠すような奇妙な語り方をした。それゆえ、福地徳子は埋立地側の土管置場で左手に白い手袋をした男から、「おれはな、お前の家のこと知っとるんだからな。いまのことをいうてみろ、お前が部落だということをばらすぞ」といわれても、その言葉自体には何の衝撃もうけなかったのである。

「おい、どこに行く」もうすぐ、そこの道をそのまま進むと鉄工所の門につき当るという岸壁で津山信夫はいった。

「すぐそこ。海のとこ、あそこに坐らんね」彼女はいった。

刑務所横から競輪場に下りる坂道まで、ずっと彼女のあとをつけていた足音はパン屋の明りのところでぱたッときこえなくなり、ほっとした彼女が埋立地につづく近道をとろうとしてどぶ川を渡った瞬間、土管置場の蔭から飛びだした男が、いきなり彼女の口を背後から手でふさいだのだ。しかし、あ、あ、という声は彼女の顔をつかんだ男の指の間から出た。すると男は、いったん離した手で彼女の首筋を気絶するほどの勢いで殴りつけ、彼女が咽喉をおさえてしゃがむと、その体をさらにしめつけるようにして押し倒した。

そして土管置場のざらざらした暗い地面まで彼女はひきずられていったのだが、現実感覚としてではなく、何か夢の中でそういう物語を読んでいるような逃れようのない叫び声がどこからかきこえ、ついで強い胡椒のような匂いが彼女の口をおおった。生ぬるく、どこにも行き場のないような土管と土管の間の空気のかたまりの下でじっと身を横たえながら、その匂いは彼女自身の鼻から流れでた血だということにあとで気づいたが、そう気づくまで何分ぐらい時間が経ったのか、或いはまた、ずっと長い時間がかかったのか、それはわからなかった。ただ、その歯と歯ぐきの間にたまっている胡椒のような匂いが血だと気づいた時、彼女のぼんやりした頭に、「おれはな、お前の家のことを知っとるんだからな。いまのことをいうてみろ、お前が部落だということをばらすぞ」という声が浮かんできたのである。

「はじめにきくけど……」土管置場よりもっと暗い海面を見ながら福地徳子はいった。

「なに」津山信夫はいった。

「手にケロイドのできとるもんは海塔新田に何人ぐらいおるね」

「ケロイド……ケロイドのできたもんは何人もおるよ、海塔新田には。みんなあいつにやられた奴のかたまりだけんねえ」何をいいだすのかという顔をして津山信夫は彼女のほうを見た。

「左の手よ」

「左の手?」

「いつも左の手に手袋をして、長袖のワイシャツを着とるもんは海塔新田におらんね」彼女は自分の左手の指をちょっと折りまげるしぐさをした。

「手袋……」彼はいった。

「知っとるね?」

「手袋はみなもっとるけどねえ、ケロイドのできた奴は……」

「白い手袋で、左の手にだけはめとるんよ」彼女の声はすぐそれを追った。

「あ」彼は短い声をあげた。

「誰ね?」

「白い手袋じゃないけど、黄色い手袋なら、いつも片方、宮地のとこの奴がつけとるけど」

「左の手ね?」

「うん左」

「耳のところにも少しケロイドのあるね?」

「うん、少しできとるけど、なんでそんなことをきく」

「その男よ、うちにつまらんことをしたとは」

地面のざらざらする土管置場よりもっと暗い夜の波のなかに彼女の声は吸いこまれた。

8

裸の坑夫たちが走る。おい宇南どうした、と森次庄治がいう。その坑夫たちの背中に坑内さまという名のついた赤い虫がぽたぽたと群がり落ちる。ダイナマイトをかけた坑道は働いていている間じゅう甘ずっぱい空気を切羽《きりは》に飼わせているが、テント虫に似た胴体の太い坑内さまはその匂いを食って生きているのだと坑夫たちは信じていた。そう信じていたから坑夫たちはその赤い坑内さまを殺さない。

ちッ、ちッ、ちッ、ちッ、と真黒い唾を吐きちらしながら、裸の坑夫たちは、二方《かた》、三方、四方坑道をつっ走っていく。西三片払《みかたはらい》から北払へつづく五方に入ると、坑道はやや明るく、ところどころ影絵のような光がさしはじめるが（それは東払坑道の電灯が一度北払境の扉にあたり、はね返った光を投影しているのだった）、裸の坑夫たちのキャハンを巻いた脚はその光と影の間を踊るようにはねる。タイショウホウタイビ、ノメルネ。それは朝鮮人支繰夫《しくりふ》兪甲信《ゆこうしん》の声だ。よかぞ、よかぞ、よかぞ、たいしょうほうたいびい。それは日本人の後山《あとやま》貞村秋男の声だ。大詔奉戴日の茶碗酒飲んで、かあちゃんと一発轟沈《ごうちん》、この世の極楽。それは世帯持ちの掘進夫三好市蔵が、毎月一度、地底のゲージ（坑内昇降機）のところできまって皆を笑わせる十八番のセリフである。みんなきけ、大詔奉戴日といえば、年に一度の十二月八日、それをこうして毎月八日に軍と所長の特別のはからいで特別に酒を下さる。有難いと思わにゃいかんぞ。前線の将兵は大詔奉戴日といっても酒はのめない。そこのところをよく考えないといかんぞ。三好市蔵はおまけに労務課長の口真似をやり、坑夫たちはまたスコップと短いツルハシをかち合わせる。宇南、お前まで飲むんか、子供はいかんぞ、と検身係がわざと茶碗を渡さない。坑口で国防婦人会が注いでくれる酒を飲むと、ボタを運ぶトロッコが逆さまになるように酔っぱらった。

宇南親雄は机にふせていた顔をあげて声のするほうに廻した。

「なに」

「家弓さん。娘さんの加減がまた悪くなったらしいですよ」英子が立っていた。

「家弓さん」彼はそう呟いて頭をふった。「また悪くなったって、また出血しはじめたのかな」

「おかあさんがみえています」

「困ったな」彼はまた頭を振りながらいった。「すぐ行く。家弓さんにそういってくれ」

英子が去った後、彼はふたたび机に顔をもたせかけた。両方のこめかみが火のように熱く、眼の奥がずきずきして、森次庄治の言葉がまだ少し頭の中に残っているような気がしたからである。おい宇南、と森次庄治はいった。おい宇南、宇南、と森次庄治の声は彼によびかける。だが彼はそれにこたえず、眼をあけてしっかりと自分の手をみた。そして止血剤のアンプルを準備するため薬棚に近づいた時、もう一度静脈の浮きでた自分の手をみつめ、アンプルの箱を往診用の鞄にしまいこんでから、大丈夫だ森次、おれは、と口の中でいった。

彼の半袖シャツは汗にまみれていたが、彼はかまわずズボンにつっこんで診療所を出た。玄関を出るとすぐ、何か事件でも起ったような足どりで誰かが駈けぬけて行くのに、彼は危くぶつかりそうになった。こんな深夜に人と人とが衝突するのかと考えて、彼はなんとなくそれが滑稽に思えた。それから変な匂いのするどぶ川に沿って歩き、かつて豆腐屋のあった焼け跡を横切った。数年前、彼が英子の借りてきた金で診療所を開いた年の暮れに、その豆腐屋は火を出したのだが、間もなく放火だとわかって主人の前妻が検挙され、「あの豆腐屋は私たちが骨身を削って作ったのに、ただ結核にかかったというだけで、涙金で追い払われ、あとに若い後妻が入ったのでは立つ瀬がない」と訴えたのを土地の新聞は大きく取りあげていた。

彼はちかちかする瞼《まぶた》を、鞄を持たないほうの手で時々おさえながら歩いていった。黒くべたべたする風が朽ちた煉瓦塀に突き刺した竹の先の紙をひらひらさせている。誰が何の目的でそういう神主の持っているような竹串をそこに突き刺したのか。そこにも空襲で焼けぬ前は海軍納めの洗濯工場があったのである。その廃墟になった洗濯工場の曲り角から、不意に二つの人影が彼の前にあらわれた。

「あ、君は……」宇南親雄は声をあげた。

「なんだ、こいつは」津山信夫はいった。

「診療所の先生よ、さっき話した」福地徳子はいった。

「ああ、馬鹿医者か」津山信夫はこともなげにいい放った。

「なに」宇南親雄はいった。

「ふん」津山信夫は鼻を鳴らした。

「どうして馬鹿医者だ、おれが」宇南親雄は体をひらくようにして津山信夫を見た。

「証明書も書けんのは馬鹿じゃないか」

「書かんとはいうとらんぞ。どうしてもそれが必要なら書く。しかし、その前にどういう事情なのか、それを話してくれ、とそういったんだ」

「お前は警察か」

「え？」

「刑事でもないくせに、どうして事情なんかきく。お前は黙って診断書を書けばそれでよかじゃないか」

「診断書を書けというなら書くよ。しかし、それにはやっぱりどういうわけか……はっきりわけもわからずに変な証明書なんか出せるもんか」おれは何をいっているのだ、と思いながら宇南親雄はいった。

「変なしょうめいしょう？」津山信夫は語尾をあげた。

「この人は酔っとるんよ。さいぜんも酔ってた」福地徳子は少し濁った声でいった。「この人のいうことはさっぱりわからんとよ。犯罪に関係があるのならなんとかかんとか、診察室に入れもしないで、玄関のところでそんな話ばかりするとだからね」

「違うよ。おれはそんな犯罪に関係するような診断書を、診もしないで簡単には書けない。もしどうしても必要なら、誰か身内の人か、しかるべき人と一緒にきてもらって、それから……」

「なにをごたごたいうとるんだ」

「診もしないでというけど、診なかったのはあんたじゃなかね」津山信夫と福地徳子の声は同時にからみあうようにして出た。

「なんだ、酔っぱらい。医者のくせに」津山信夫は悪態をついた。

「お前がこの娘に証明書を持ってこいといったのか。それとも、お前が悪さをした相手……」と、言葉の途中で、ものもいわず津山信夫は宇南親雄の顔を殴りつけた。

「なにをする」

「なにをする」津山信夫は宇南親雄の声を真似した。

「お前らみたいな」

「お前らみたいな」津山信夫はそういって、また殴る真似をした。

「早く海塔新田に行かないと遅くなるよ」

宇南親雄はその声を頭の片隅できいた。すると、ぱたぱたという足音がして、ああ、あいつらは行くんだな、しかし、どうしておれは今まであの娘がいった暴行証明書のことを考えなかったのだろうと思っているうち、足音がやみ、それは声になって彼の肩を叩いた。

「先生、先生。どうしたんですか、こんなところで」

「ああ、あなたですか」彼はしゃがみこんだままの姿勢でいった。

「遅いから、どうされたのかと思って……」家弓光子はいった。

「大丈夫」

彼が立ち上るとすぐ、「娘の出血がまた止まらんようになって」と、彼の体をひっぱるような声で家弓光子はいった。

「原爆じゃなかとですか」自分でもびっくりするような言葉がするりと宇南親雄の口から出た。しかし彼は、かまわん、と酔った頭の底で思った。

「げんばく？」家弓光子は何かひどく汚ないものに触れるような声をだしつづけた。「どうして、そういうことをいわれるんですか」

「どうしてって、症状が同じだからですよ」彼は鞄を右手から左手に持ち替えたが、その鞄に体のほうがついて行くという恰好で歩きながらいった。

「症状が同じ……どういう症状ですか」家弓光子の声は詰問する口調になった。

「どういう症状かって、僕が医大にいたとき診た患者と同じ症状です」

「先生」彼女は改まった声で彼の背後からよんだ。

「え」彼はそう返事をして彼女の次の言葉を待ったが、彼女はしばらく黙って歩いた。彼にはそれが、今からいいだす言葉を選んでいるような足どりにきこえた。おれはわかっているんだ、彼の麻痺した脳髄は彼の意志に逆らってそう呟く。

「さっき夕方、先生はいわれたでしょう。両親が原爆に関係なければ、両親が八月九日に長崎にいなければ、子供がそんな原爆病にかかることはないはず。あれは違うとですか。それもうちの安子は、あの八月九日にはまだ生れておらん、腹の中にも入っとらんとですよ」家弓光子の声は、何か木片にでも乗っているかのように、紙会社の倉庫の前で固く揺れた。

「そりゃそうですよ」彼ではない、もうひとりのアルコール漬になった彼がその木片を払い落す。「あなたもご主人も、八月九日に長崎におられなくて、その後も何も原爆に関係なければ、生れた子供さんが原爆病になることは、まず絶対にないといってよいでしょうね」

「じゃ、どうして先生は安子が原爆病だといわれるとですか」

「原爆病だとはいってないですよ。原爆病患者に症状がそっくりだといってるんです」そういいながら彼は、さっきあいつは、あの男は、どうしておれをいきなり殴ったのだろうと思った。あいつはきっと、あの娘から何か吹きこまれたのだ。おれが素直に暴行証明書を書いてやらなかったので、あの娘が何かとんでもないことを吹きこんだのだ。あいつは、きっと、おれが酔っぱらいで、どうしようもないぐうたらだとあの娘から聞いたのだろう。

家弓光子の木片のような声が、家に着くまでにどうしてもそれだけはきめておくというように、また暗い空気のなかを滑ってきた。

「原爆病でもないのに、なぜ原爆病と同じ症状になるとですか。原爆病は原爆をうけた者だけがかかる病気じゃないとですか。八月九日に長崎にいたか、そうでなかったらそのあと、やられた後を歩きまわって原爆の灰のまじった空気を吸いこんだか、そうでなければ原爆病にかからんはずでしょう。それは私が八月九日には長崎におらんでも、そのあとで原爆の灰のなかを歩きまわったとなら、安子がそういう病気にかかっても不思議はないですが、私はずっと佐賀のほうに疎開しとったとですから」

「佐賀に疎開していて、いつ戻られたんですか」かまわんさ、おれのもう一枚別の舌にいわせるだけいわせてみろ、と彼は思った。

「いつ戻ったって、あれからずっと後でした。私が長崎に戻った時は、もう駅の近所やなんかに闇市が立っとったぐらいですから」彼女はこたえた。

「いつ頃ですか」彼はまた鞄を持ち直した。

「あら、すっかり忘れて、鞄持ちますから」彼女は彼の側に寄って手を出した。「いつですか、あなたが佐賀から長崎に戻られたのは」

「いいですよ」彼は鞄を渡さなかった。そして前の質問を繰り返した。

「さあ、あん時は……」彼女は口ごもった。「戻った時、まるで別の世界に戻ってきたみたいだったし、誰も彼も死んでいて、なにか二、三日ぼうっとしていたとですよ。原爆が落ちてから二カ月も経っていたのに、闇市はあったけど、誰も彼もぼんやりして、死んだまま立っとるような顔をして……」

「二カ月ぐらい経ってから戻られたんですか」と彼はいった。

「そうです、確か……」

「それで浦上やなんかを歩かれたんですか」

「それは歩きました。私の同級生が大橋の兵器工場に学徒動員に行っていましたし、怪我した人もいたんで、ずっとお見舞いやなんかに廻って歩いたとです」

「二カ月ね」彼は呟いた。

「二カ月も経っていて、なんか体に影響があるといわれるとですか」

「いや、そういうわけじゃないですけどね。影響があるかどうか、それはわからんけど……」

彼は自分の言葉を屈折させた。「その頃、長崎に戻って下痢かなんかされなかったですか」

「いいえ」

「もうちょっと、ゆっくり」電柱が二本並んで立っている狭い三叉路《さんさろ》で彼はいった。

「鞄持ちましょう」彼女はふり返った。

宇南親雄は家弓光子に鞄を渡した。しかし彼は、自分の声を熱い鉄板のような感じから取り戻すことはできなかった。

「あの頃はよく、放射能にやられた急性腸炎の患者がいっぱい出ましたからね。死体を片づけただけで白血病になった患者もいるし、蚤一匹で死んだ患者まで出たんだから」

「蚤一匹でですか」彼女は知っていることをきいた。その声の調子が自分でもみえすいたものに感じられたので、彼女はいい足した。「蚤に刺されて、それで炎症かなんか起したんですか」

「結局は白血球が減って死ぬんですがね。あの頃はほんとに、どうにもならん状態が続いたですからね。爆心地に住んどった人たちの中には、逆に白血球が増加する人もでてきたし、減ったり増えたり、放射能の正体がつかめなくて弱ったですよ」

「でも、やられてからすぐ、そんなことは知らずに爆心地をあっちこっち、身内かなんかの人を探し歩いて片づけたりした人ならなんですけど、私が長崎に戻った時は、もうみんな片づけられていたから、おかげで私はそれから風邪ひとつひかずに過してきました」

闇の中に突然、丸く黄色い光があらわれ、すうっと流れるように横道に消えたが、その自転車の明りを見ているうち、なぜか彼の気持はどうしようもないほど苛立った。彼女が八月九日に対するアリバイを強調すればするほど、彼のなかの八月九日が逆に、それを疑って放さぬような気がしたからである。酔っているのか、或いは醒めたところで、そのことについてそう感じたのか、自分ではっきりつかむことはできなかったのだが。

「僕はあの日の翌日、浦上をさまよって歩いたんですよ。兵器工場の近くに家族が住んでいましたからね」

「先生のご家族も長崎だったとですか」

「親父がやられました。八月九日は僕も長崎にいたんですが、僕はその時ちょうど螢茶屋の下宿にいましたからね、助かったんです」明らかに衝撃をうけたらしい彼女の声をおしはかるように、彼はつとめて事務的な声をだした。

「ちっとも知りませんでした」家弓光子はいった。

「そういえば明日ですね」

「え?」彼の言葉がききとれず、彼女はきき返した。

「いや、八月九日がですよ。あの晩、ぞっとするような月が上ったのをおぼえていますか」

「私は……八月九日は長崎にいなかったから」彼女はいった。

「みんな、赤だったとか、橙だとか、僕の医大の友人なんか紫色にみえたといっていましたけど、あなたはどうだったですか」宇南親雄は彼女の言葉が耳に入らぬようにいった。

「八月九日は、私は佐賀の戸上にいましたから」低くはあるが、しかし強い声で彼女はいった。

その時、ついさっき自転車の明りの流れた方向に黒い一団の塊りがあらわれ、はあはあという息の下から、「ほんとに仕方のない。こんな時刻に見境いもなくぱっと飛びだしたりして」という中年の女の声がきこえてきた。そして、その一団はまたたく間に二人の横をすりぬけていったが、その足音の消えるのを待って、宇南親雄はなおも彼女の返答を無視した。

「生きのこった女学生が金比羅山からあの月をみて、あんまり黄色い色をしているのでみんな泣きだしたというけど、あなたはどうでしたか」

「私の友達で、道ノ尾のトンネル壕に逃げた人がいますけど、そのトンネル壕からみると、真夏なのに、なんか月が灰色のオーバーを着ているように見えたとかいっていました。とても寒くて、みんな寒い寒いといって泣きだしたので、そんなふうに見えたんだろうといって、あとで私が見舞いに行った時、その友達はそういって泣いていましたけど」

「すぐお湯を沸かして下さい」

「沸かしてあります」宇南親雄につづいて共同便所の裏手の溝をまたぎながら家弓光子はいった。

「おまえのうちの仁《まさる》が茂里町あたりの道ばたに倒れておったよ。わたしが通りかかると呼びとめ、助けて下さいといったがね、怪我をしていたから、助けるなら背負わねばなるまい、背負ったら、わたしは走れないよ、ねえ……そうだろう？　火はどんどん燃えて迫っているんだ。まるで火のトンネルをくぐりぬけるようなものだったからなあ！　それに、わたしのうちのほうも気にかかるし……。わたしは仁に、いま急いで家へ帰って君のお母さんに知らせ、だれかを迎えに来さすから……元気を出して待っとれよ！　いいかい……といっておいて、その場から離れて走り去ったんだが……帰ってみれば、わたしの家も、お前の家も、燃えている最中だった。わたしの家も、娘一人残してみな死んでしまい、死体探しや何やかやで忙しくて、ついお前のところへ知らせるのが遅くなったが……まあ、茂里町あたりを探してみたまえ！」

それは、かあさんから何度もきいた深堀悟という人の話だった。近所の人がねえ、深堀さんにそういうて話しんさったとよ。知っとる人が助けてくれというても助けられんとだから、助けれれば自分が死ぬとだから原子爆弾は恐ろしかねえ、と毎晩童話を話すように、私の寝床の隣りでかあさんが私に話してきかせたのだ。

しかし、なぜ私はかあさんに叱られることを、ぽかっと思いだしてしまったのだろう。何年か前、私がやっぱり深堀悟さんの話を思いだして、あの深堀さんという人は自分も顔の皮がぺろっと剝《は》げるごと怪我さしたときいとったけど、まだ生きとってやろうかねえ、とかあさんにきいた時、ちょうど父がいて、またそれから喧嘩みたいになったのだ。

「安子、かあさんがいつそんな深堀さんの話をしたね。かあさんは深堀さんという人なんか知らんよ」

「ああ、また」父はいう。「お前は子供をだましてよかとか。お前が話しもせんことをどうして安子がおぼえとるもんか。安子ははっきり深堀さんという名前までいうてきいとるじゃないか」

「そいでも、話してもおらんことを話したとはいえんですからね。安子は誰からかきいたことを、かあさんが話したというふうにごちゃごちゃにしとるんよ。かあさんがなんでそんな知りもせん深堀さんという人のことを安子に話してきかせるかね」かあさんはいう。

「かあさん……」私はかあさんの機嫌をとるように父とかあさんの言葉の間に入る。「ほら、四月長崎花の町。八月長崎灰の町というビラをアメリカの飛行機がばらまいて、そのビラを拾った人が憲兵に引っぱられて、原子爆弾にやられた時のような顔になって帰ってきなさったと、かあさんがいうたでしょ、あん時よ」

「ああ、それはいうたよ」かあさんはいう。「そいでも、それはかあさんが直接みた話じゃなかとよ。それはかあさんが佐賀から帰ってきて、友達を見舞いに行った時、そういうこともあったと友達からきいた話よ。それは安子に話したことがあるかもしれんけど、深堀さんという人の話は知らんねえ」

「四月長崎花の町、八月長崎灰の町か、安子はなんでもようおぼえとるねえ」父はかあさんにあてつけるようにいう。

四月長崎花の町。八月長崎灰の町。十月カラスが死にまする。正月障子が破れはて、三月淋しい母の墓。……それは私が小学校に入った時、近所に住んでいた中学一年の澄江姉さんが教えてくれた手鞠歌《てまりうた》だった。アメリカの飛行機が撒いたビラの文句をつなぎ合わせた歌を澄江姉さんはまだいろいろ知っていたが、中にはこういうお手玉歌もあった。

みなさん平和にくらしましょう。原子爆弾人類の、ために落した花束よ。キリストさまも文句なし、それが証拠に浦上の、信者はみんなのっぺらぼう。みなさん平和にくらしましょう。自分の罪におののいて、神のいましめ守りましょう。

そして或る日、お手玉をとっていた時、学校の先生がかあさんのような顔をして、そんな歌をうたってはいけないといったのだ。

「これはいかん」

「そんなに悪いのですか」

「すぐ入院させないと……市民病院がいいでしょう、どこか電話のあるところで救急車を呼んで下さい」

「救急車?」

「すぐ来てくれるようにたのんで下さい。僕の名前を出して、僕がそういったからといって下さい」

「何の原因もなかとに、安子は……」

「それどころじゃない、早く」

診療所の先生の声はどこか、かあさんと話す時の父の声に似ている。

「これらの成績（廿日ネズミについての照射研究）は、次のように結論することができる。すなわち、人間でも、父親の放射線被曝後長い時がたって受胎した子孫は、被曝後、二、三週間で受胎したものと同じように、誘発された突然変異を受けつぐ、ということを示唆する。これを、実際的にいうと……放射線に被曝した後二、三週間生殖を延ばせば、精子の精原細胞以下の段階に起された突然変異が除かれ、突然変異の全部を伝えるという危険は減少するが、しかし、それ以上延ばしたからといって、それ以上の危険の減少が期待されるわけではない。もちろん、卵巣を照射された女性の場合も、女性は生れたときから一生涯に排卵すべき卵をもっているから条件は男性と全く同様である」

家弓光子が何かいい残したいような顔をして出ていった後、宇南親雄はどんよりした意識の中で、一九五六年、イギリス医学研究会議で行われたW・L・ラッセル博士の報告を反芻《はんすう》した。同じ一九五六年、日本における原子爆弾爆発後の「医学的な影響」を調査した合衆国全国研究会議の原子爆弾災害委員会の報告にはこう書かれている。

「子宮内で、または一〇歳までの小児として原爆に被曝した四四〇〇人の研究によっては、三三例の小頭症——そのうち一五例に知能の発育遅延が伴っている——と一九例の白血病が示された。爆発中心地点から一八〇〇メートル以内で被曝した現在一六歳から一九歳までの人たちの間には、軽度の視力障害の例もいくつかあった。胎内生活の前半期に落下中心から約一二〇〇メートル以内において広島で被曝した四歳半の子供たち二〇五人の観察は、中枢神経系の欠陥が起されたことを示している」

それからまた彼は眼をつぶって、インターン時代、長崎医大の西条教授について診た同じ種類の症状をあらわした数人の患者のことを思い浮かべた。たしか、そのうちの一人は十歳の時、本原町で原爆をうけたのが、初潮以来一年に殆ど数回しかメンスがなく、しかも出血しはじめると大量に二週間位もつづいて、その間意識を失うほどの激痛に絶え間なく襲われるというのであった。その女の子が死んだあと、西条教授にお礼にきた父親は、その場にいる看護婦の誰彼れを指さしながら涙を流した。……看護婦さんになりたいといいくらしていてねえ、あの子は。看護婦さんになれば自分の痛みがとめられると本気でそう思いこんでいたんですよ。そいでも、もうみんな駄目になってしもうてねえ。あの子が痛い痛いというても注射も打ってやれん。何も効く注射はない。あの子がのたうち廻っとる時は、いっそあの時一ぺんに死んでしもうとったら、父さんもお前も楽でよかったなあというて、一緒に泣いたことも何べんかあったとですよ。あの子の母も弟も、みんなやられてしもうとりますから、それで私とあの子が死んでしもうとれば、もう苦しみも何もうけずにすんどったとですが、生き残ったばっかりに、ずうっと痛いというて泣きつづけてきてねえ。なんにもしてやれんかった。痛み止めの注射は三十分ももてんし、二本も三本もは打てん。もう、地獄、地獄と思うて生きてきとりましたが、やっぱり、たった一人こうして残されてみると、どんなに痛いというて泣き叫んでも、生きとってくれたほうがどんなによかったかねえ……

しかしそれにしても、この青ざめた少女の初潮はなぜ止まらないのだろうか。もし両親のいずれかが原子爆弾による放射線傷害をうけていたとして、そういう遺伝的な症例にどういう解釈を加えればよいのだろうか。原子爆弾が浦上に投下された日、この十四歳の少女はまだ母の胎内にも入っておらず、それから三年も経ってこの世に生をうけてきたのだ。彼はまたしても少女の母親のアリバイにとらわれはじめ、間もなくそれは、どうしようもない憤怒にかわった。確かにあの日、彼女は自分で繰り返すように佐賀に疎開していたのか。

家弓光子が駈け戻ってきた。どうでしたか、ともきかず彼は黙っていた。

「すぐ来てくれるそうです」娘の枕元に坐ると彼女はいった。

彼は血の気のない娘から眼を離さず、返事をしなかった。

「ようわかりません。なんでまた安子が……」鈍い電灯の下で、顔だけ浮かせるようにして彼女はひとりごとのように呟いた。

「何がわからんのですか」彼はいった。

「はじめての生理だというのに、どうしてまた安子だけが、こんなひどい、救急車までよばねばいかんようになってしもうて……病気といえば風邪ぐらいしかしたことないし、何にも原因は思いあたらんのに、それがどうしてもわからなくて……」

「原爆病に似た症状です。それははっきりしていますよ、さっきもいったけど」

「それでも、似てるといっても、原爆には何の関係もないし、ほかの原因は何も思いあたらんし、どうしてそんなふうな病気になったのか……」

「市民病院に行っても、原因がはっきりつかめないと、それを調べている間に手遅れになるかもわかりませんよ」彼はおどした。

「手遅れ?」家弓光子はいった。「そんな……危いんですか」

「原因が曖昧なままで目先だけの処置をしていると、そういう危険性が出てくるといっているんです。娘さんはもう相当衰弱していますよ。生理の異常とか正常とかいうことですまされる症状じゃない」彼は問いつめるような口調でいった。

「どうしても原爆病だといわれるんですか」

「原因が曖昧だと困る、そういってるんです」壁の土だけが目だつ部屋の中で、むかってくる家弓光子の声を叩きふせるように彼はいった。

「原子爆弾が落ちてから、二カ月も三カ月もして浦上を歩いた者が原爆病にかかって、それがそのとき妊娠もしとらん子供に遺伝するとなら、安子は原爆病といわれても仕方がないかもしらんけど、親の私の体がなんにも変ったことはなかとに、安子だけが原爆病なんていわれたら、私はみんなになんといって顔むけしてよいかわからんから……」彼女はいった。宇南親雄にはそれが、すりきれた畳に押しつけられながら、なおも頭をもたげようとしている声のようにきこえた。

「原爆病といわれたら、どうしてみんなに顔むけできないのですか」彼はいった。

「それは……」彼女は高い声をだし、一瞬、声をのみこんだ。「それは、私は原爆に関係ないし、今までもみんなにそういうてきたのに、今さら安子が原爆病だなんていうたら、なんといわれるか……ほんとは原爆にやられとるとに、それを隠していままで嘘をついていたと思われるし、いくら、実は私はあのとき疎開していたといっても、証拠があるじゃないか、娘は原爆病じゃないかといわれたら、もう返す言葉もでてこんようになりますからね」

「隠すとか何とか、原爆病といわれることが、どうしてそんなことが気になるんですか。なんといわれようが、体さえ元気になればそれでいいじゃないですか」

「そんなふうにいわれるけど、原爆には何も関係なかとに、原爆病なんていわれたら、もう安子の一生がめちゃくちゃになってしまうとですから……」

「どうして娘さんの一生がめちゃくちゃになるのですか」そうだったんだ、それなのだと思いながら彼はいった。

「なんにもそんなことはないのに、原爆病なんていわれて、海塔新田みたいに思われたら、嫁にも行けんごとになりますからねえ」

「海塔新田?」酔ったほうの脳細胞がいったのか、酔わない自分がいったのかわからぬ声を彼は出した。「海塔新田がどうだというんですか」

その時、安子が口を動かした。

「なに、水飲みたい?」家弓光子は娘の口もとに顔を寄せたが、安子は眼を閉じたまま長い息を吐きつづけた。

彼は自分の口の中の言葉を、彼女が顔をあげるまで待った。彼女は青白い額と鼻にいっぱい汗をにじませた顔を起した。

「海塔新田みたいに思われるって、どういうことですか」彼はいった。

「どういうことって、あそこは原爆にやられた者ばかりが集まっていて、被爆者の部落になっとるから」

「被爆者の部落……」彼の脳底を変動する無数のいらだたしい空洞のひとつが、瞬間激しい音を立てたが、彼はつとめて冷静な口調でいった。

「先生は知られなかったとですか」彼女は怪訝な顔をした。

「海塔新田のことは知っています。しかし別に、海塔新田みたいに思われれば困るというような、そんな隠しだてするようなところじゃないでしょう」

「別に、変なふうな部落というつもりで、被爆者の部落というたんじゃないとです。ただ海塔新田は……」

「ただ海塔新田は、なんですか。変なふうな部落って、僕にはわからんけど」

「そんなふうにいわれると、返事ができんけどねえ」そして彼女はつづけた。「私は別に、人がいうように、海塔新田のことを変なふうに考えとるんじゃなかとです。別に海塔新田の人が、普通の人と違うとも思うとらんし……」

「海塔新田のことを誰が変なふうに考えとるんですか。海塔新田の人が普通の人と違うと、誰がそう思うとるんですか」

「そんなふうに問いつめられると、何ともいえんですけどねえ」彼女はいった。

「海塔新田が変な部落なら、長崎も広島も、みんな変な部落になるでしょう。僕もそういう意味なら被爆者です。まだ死体がぶすぶす燃えつづけとった時、僕はおやじを探しにまる二日、爆心地を駈けまわったんですからね。海塔新田が変な部落なら、日本じゅうそうじゃないですか」

「海塔新田を変な部落なんて、いわないですよ。先生のお父さんが八月九日にやられなさったとは、さっきまで知りませんでしたが、なにも先生を変だとか、そんなふうにいっとるんじゃなかとですから」

「僕は、自分のことをいってるんじゃないですよ……」

彼はできるだけ自分の声を制したが、なぜか次の言葉がからみ合ってうまく出てこなかった。

9

家弓光子が電話で手配をたのんで一時間以上も経って、救急車は貨物列車の引込線から埋立地一帯までの黒い家々を巻きこむようなサイレンを鳴らしながら到着した。宇南親雄はそのサイレンの響きを、まるで自分自身に対する決定的な警鐘のような思いできいた。「決定的な警鐘」という自分の中の言葉が一体何をさすのか、自分でもはっきりつかむことはできなかったが、海塔新田をめぐってやりとりしたあと、急に厚い殻を閉じてしまったように沈黙した彼女に相対しながら、彼はしきりに、おのれの卑怯さもここらで何とかしなければと考えていたのである。深い霧の彼方に燃え上る火事のように、その思いはどんよりとした赤い火焔を吹いていたから、「自分に決着を迫る半鐘」といいかえてもよかった。もっと具体的にいえば、自分の生みの母親は「部落出身」であることがわかったため父から離別されたのだと、ごまかさずにそういいきれ、お前は知っているはずじゃないか、というふうに、闇夜を裂いて近づいてくるサイレンの響きをきいてもよかったのだ。

十七年前の八月十一日の夕刻。なんともおかしな恰好をした丘の上で、メザシのように時々赤黒い油煙をあげて燃えつづける父と二人の女の死体を見ながら、彼は、いま母の死体もこうしてメザシのような油を垂らして燃えているのだろうかと考えていた。人間の内臓に火がつくと、シュッポ、シュッポという音を立てるのだということを、そのとき彼ははじめて知ったが、その煙突の高い小型蒸気機関車が走っていくような音をききながら彼は、部落が全滅すると部落はなくなるわけだな、と奇妙なことを考えていた。部落が叩きつけられ、部落が焼かれ、部落が灰になると部落はなくなってしまうという理屈が、何か助かったと叫びだしたいような、とんでもない発見のように考えられ、彼は父と二人の女の死体を包む青白い焔を通して、音のない楽器をかき鳴らしながら、眼にみえぬ小人たちが灰色に焼けただれた石から石を乱舞しているような浦上盆地を見下ろした。

もし半年前、佐世保公会堂で受けた徴兵検査の折り、彼に告げた青年の言葉が事実なら、母はあの浦上のどこかにいたはずだ。長崎から汽車が延着して彼はその日、定刻に集合できなかったのだが、「百十二番、宇南親雄はおらんか」と遅刻者の名前をよぶ検査官助手の声をきいて、検査が終ってから同じ医専の友人と話しあっている彼のところに、背の低い、肩幅のがっしりした青年が近寄ってきたのである。

「さっき、名前をよばれたんでわかったんだけど、あんた宇南親雄といわれるんですか」青年は眼をしばしばさせていった。

「ええ、そうですが」と彼はいった。

「じゃあ、嘉村久和を知っとるでしょう」

「嘉村久和……」

「知らんですか」青年はちょっと当てが外れたという顔をした。

「嘉村って、きいたことないけど」彼はいった。

「嘉村定子の兄ですよ。おれのおやじだけど……」

「嘉村定子……」

「嘉村定子の名前も知らんとですか。こりゃいけんこといったな」青年は明らかに、彼が知っている名前をわざと知らないふりをしているのだと思ったらしかった。そして、彼と彼の友人にちらと眼を走らせると、一瞬へばりついたような笑いを浮かべて、そのまますたすたと歩き去ろうとした。

「ちょっと、ちょっと」彼は後を追った。「どうしたんですか。嘉村定子って、あの……」定子というのは母の名前だけど、そのことをいってるんですかと、とっさに思い浮かんだことを、青年はくるりとふりむきざま粉砕してしまうような烈《はげ》しい語調を浴びせた。

「自分の肉親も知らんというような人と話しとうはなか。知っとるというても何もあんたを部落に引きこもうとは思わんよ。あんたも、おやじさんに似とるごたるね。あんたが名前もおぼえておらんという嘉村定子という人はね、いま長崎の浦上で何をしよると思う」

それだけいうと青年は身をひるがえすようにして本通りのほうに駈けていったが、公会堂前の広場で、彼は棒のように突っ立ってそれを見送った。

「おい、どうした、ぽかんとして」友人が後ろから近づいてきた。

「うん……」彼は曖昧に返事をした。青年の残した言葉の意味を正確にたどるためには、この友人となるべく早く別れて、ひとりにならなければならないと、なんとなくそう思いながら……

そして八月十一日の夕刻。白い風呂敷包みのようなものをぶらさげた男が懸命に何かをのぞきこんでいるような風景を遠くに見ながら、彼は、二人の女の上に重ねられて青白い火花を散らす父と、いつかは問わねばならぬと考えつづけてきて、それまでついに言うことのできなかった言葉をかわしたのである。

「父さん、嘉村定子という人を知っとるね」彼はいう。

「嘉村定子……知らんね、そんな人」父はいう。

「おれを生んだかあさんの名前は定子だときいたけど、それがそうじゃないですか」彼はいう。

「嘉村という姓じゃないよ、お前のかあさんは。どうしてそんなことをきくんだ」父はいう。

「この間、佐世保で受けた徴兵検査でね、おれは一緒に徴兵検査を受けた人から、嘉村久和という名前を知っとるかときかれたよ」彼はいう。

「嘉村久和……」父はいう。

「知らんですか」彼は佐世保公会堂の前で青年がいった言葉と同じことをいう。

「きいたこともない」父はいう。

「きいたこともない」彼は父の言葉をそのまま裏返す。

「知らんよ、そんな嘉村久和という人」父はいう。

「嘉村定子の兄さんが、嘉村久和というんだそうです。徴兵検査の時におれに話しかけてきた人は、その嘉村久和という人の息子だとかいうとったよ」彼はいう。

「知らんね、何か勘違いしてたんじゃないか」父はいう。

「いや、はっきり、宇南親雄といわれるんですか、とその人はきいたよ」

「おかしいな、おかしな人だな」

焼けた泥で小さい饅頭の墓を次から次にこしらえ、手に持った真新しい割箸をその真中にひとつずつ立てていく戦闘帽をかぶった男の恰好がちっとも滑稽にみえぬような、墓標がわりに割箸を立てているのだから、あれはあれでいいのだと思えるような、ピョンと立った針金と、その下にたまっている醤油みたいな水だけが何か生きているものに価するような、すべてが絶叫し、しかしまた、どうでもいいような白っぽい丘の上で彼は父に問うた。

「嘉村定子という名前を知っとるというても、何もあんたを部落に引き込もうとは思わんよ、とその人からいわれたよ」

「何をいうとるのかわからんね」

「かあさんとはなぜ別れたんですか、父さん」

「別れてはおらんよ。あれは……お前のかあさんは、病気で死んだのだ」

「嘉村定子という人は、いま浦上で何をしよると思う、とその人はいうたよ」

「何のことかわからんねえ」

「嘉村定子という人が何をしよったかわからんけど、浦上なら、もう何もかも手遅れになったね。全滅してしもうたからねえ」

「そう。もうお前は変なありもしないことを考えないほうがいいよ。かあさんはもうずっと前に、お前の小さい時に死んでしもうたし、父さんもこうして死ぬ。なにもかも全滅して灰になったとだからねえ。残されたお前は、もう何も変なことを考えずに、その徴兵検査でわけのわからんようなことなんか気にしないで、まっすぐ生きて行ったほうがいいよ」

「そうはいかんよ、父さん」

親雄、春江達はどうした、みてくれ、という声がそのとき不意に彼の耳によみがえった。それは黄色いぶすぶすという音をたてて燃えつづける死体から出た声ではなく、まだあえぐような息をしていた父の声である。

八月九日、「駅からむこうは地獄のごとなっとる」というのを螢茶屋の下宿できいた彼は、県庁通りから駅に出ようとして果さず、翌日、山越えして兵器工場と線路をはさんだ山手の、父と二人の女の住む家にむかったのだが、本原町の道端に自分から死骸になるために並んだような負傷者をみた時、彼はそれまでの判断をすべて放棄せねばならなかった。

「まあ、学生さん、助けにきてくれたとですか。待っとったですよ」男か女かわからぬ、頬の皮を垂らした人間が両手を動かした。

「この人たちはね、みんな赤痢にかかっとるとですよ。ずうっと下痢ばっかりして、臭うて臭うて、伝染病だから、学生さん、早う私を別のところに連れていって下さい」モンペの上からきちんと男の上衣（青年団服）を着た女がよろよろと立ち上った。

「学生さん、西山町のほうはどうなっとりますか。私の親類がそこにおるから、西山まででいいから連れていって下さい。お礼はなんぼでもしますから」片方の眼をボロ布で押さえた男がいった。

「軍隊が助けにくるというとったが、軍隊はどうしたとかねえ」

「赤痢の予防が先決ですよ。下痢してる人はちゃあんと隔離しなくちゃ、ほかの元気な人まで参ってしまう」

「助けてくれ。どこまででもいいんだ。ここにいちゃ危い」

「ここにおれば死んでしまうとよ、学生さん」

「造船所のほうはどうなっとるかねえ。造船所には息子が働いとるとだけど」

「水をくれ」

「水だけでいいんですよ、学生さん」

宇南親雄は殆ど一メートルおきにその声をきいた。そして、ふらふらと立ち上った青年団服を着た女が「私は下痢じゃなかとですよ」といいながら近寄ってくるのを、ふり払うようにして彼は駈けだした。

しかし彼はすぐ、その駈けだしたことさえも無意味だと考えられて、ねじ曲った水道の蛇口の前で足をとめた。水は出ていなかったが、なんとなく形のあるものに、生きものに出会った気がしたからである。その時、まるで彼の足元からひょいと起き上ったかのように、女学生らしい少女と連れだった老婆が坂の下からあらわれ、彼は焦げた石段を飛び下りた。彼は祖母のアマネが妹の明子と一緒に、戸島炭鉱に行っていることは知っていたが、もしやと思ったのだ。

「ああ、びっくりした」眼の前に立った宇南親雄をみて、白っぽいモンペをはいた老婆は不思議に明るい声をあげた。

「ああ、びっくりした」老婆はもう一度そういって、同意を求めるようにそばの少女をみた。

「どこも怪我されなかったとですか」彼はいった。

「ええ、ええ」老婆はうなずいた。

「どこに行かれるのですか」

「ええ、ええ、みんな聖エリザベトさまにお祈りしたおかげですよ。エリザベトさまは保護の聖人だから、おきさとどけになったとですよ」

「どこにおられて、助かったとですか」彼はいった。

「主よ、永遠の安息をかれらに与え、絶えざる光をかれらの上に照らし給え……」

老婆の死者のための祈りは、縁側ででも話すように明るく浮々していたが、側の少女は彼のほうを見ようともしなかった。

「学校はどこですか」彼は死人のような顔色をした少女にきいた。

「瓊浦《けいほ》二年」少女はいった。

「どこもやられなかったですか」

少女は顔をゆっくり横に振った。

「この娘さんのね、お母さんや妹さんたちがまだみつからんとですよ。きっと待避して助かっていなさるから、それまでこうしてお預りしているんですよ」老婆はいった。

彼は、「じゃ、さようなら」といって歩きだしたが、十歩も歩かぬうちに、あの老婆は自分ひとりで住んでいたのだろうかという思いが湧いた。身寄りも誰もいなくて、自分ひとりが聖エリザベトに頼んで助けてもらったというのだろうか。彼の眼にはつづいて、朱色のブリキ板の上に乗せられた黒い塊がとびこんできた。

「みんな死んどるんよ。みんな子供よ。そいでも、どれが誰の子供かわからんとよ。みんな一緒の防空壕でやられてねえ。このなかにうちのハツオとキミコが入っとることはわかっとるとだけど」

彼がふりむくと、短い棒切れを手に持ち、盗人かぶりのように手拭をかぶった女がすぐ後ろに立っていて、ブリキ板を指さした。

「ねえ、みなさん、これが子供の姿ですよ。そいでももう一足遅ければ、この子供たちもタドンみたいに火がついて燃え上っとったですよ。うちが防空壕にとびこんだ時はまだ、どこやかしこに火がついとったからねえ。近藤さんの奥さんが助けてくれえというのをきいたけど、何ねあんたは、自分の子供がどうなっとるかも知らんで、自分のことをそういえるねえ、とうちはいうたとですよ。ねえ、みなさん、見て下さい。これが近藤さんと村田さんとうちの子供の姿ですよ。三軒共同の防空壕を作って、そこに子供たちを入れとったからねえ」

それから何時間もかかって、これじゃもう駄目だな、子供のタドンに火がついたんだからなあと呟きながら、彼は黄色い煙の中を父の住む家の方向へ歩いていった。

彼が気づいた時、腕時計の針は午後二時四十分のところで止まっていたが、死体を焼く赤い火が点々と目立つようになって、すでに陽は傾きかけていたのだ。本原町から父の住む家まで普通なら三十分もかからぬ道を、いくら瓦礫を踏みこえてとはいえ、どうしてそれほども時間がかかったのか彼にはわからなかった。とにかく、三菱兵器の横の線路を渡って、そこから父の住む家の見える道路に立った時、すでにまわりには冷んやりとする重い空気がたちこめはじめていたのである。

わずかな時間ではあったが、彼が父と女たちと同居していた頃、見覚えのある洗濯屋と魚の配給所は、それがあたり前だというようにつぶされ、その裏に並ぶ製鋼所の社宅は、それこそあとかたもなく吹き飛んでいた。原子爆弾が投下される以前からそこにあったのか、或は誰かが朝がたにでも巻きつけたのか、見分けのつかぬような麻紐が洗濯屋の庭の立木に揺れているので、彼が引っ張ると掌の中であっさり灰になった。その時、坂の下のほうから珍らしく頭に包帯をした男がのろのろとひとりで近づいてきた。

「兄さん、死体を焼くのなら、なるべく青味がかった木のほうがいいよ。白いのや黒いのは燃えやすいようでちっとも燃えようらん。近所迷惑」頭の包帯と地下足袋だけが動いているようにみえる男は、それだけをいいにきたかのように、またのろのろした足どりで引き返した。

「おじさん、おじさんはこの辺の方ですか」彼はよびとめた。

「そう、四組」男は隣組らしい数字をいった。

「宇南というの、知りませんか。宇南康雄というんですが」彼はきいた。

「ああ、満洲からきた人ね」男は地下足袋を動かしながらこたえた。

「どうしたかしらんが、この辺の者はみんな、死んだ者も生きた者も、むこうの坂口さんのところの広場に集まっとるよ」男は彼を見もせずにいった。

「どこですか、坂口さんのところの広場っていうのは」

「あっち」男は自分の歩いていく方向をゆっくりと指さした。

「ここから近いんですか、どこですか」彼は頭の包帯にくっつくようにしていった。

男は何もいわず、体をちょっとゆすった。

「おじさんもそこに行かれるんですか」ついて来いというのかと思いながら、彼はいった。

「どっちがどうなったかねえ」

「なんですか」彼はいった。

男はしばらく地下足袋をひきずるようにして歩き、血の手形がべったり紋章のようについているコンクリートの防火用水桶のところで、またひとりごとを呟いた。

「一体、寝る時はどうして寝るとやろうかという話だったが、どうしたかねえ」

「なにがですか」

「猫撫で声を出すほうが本妻だと人はいうとったが、おれは反対のような気がしたねえ。大阪弁の猫撫で声を出すほうは、ソレ者上りだとおれはにらんどったからねえ。若いほうは気さくだったけど、ひょっとすると二人とも妾《めかけ》だったかもしらんねえ」

「二人とも死んだのですか」彼は平静な口調できいた。男は父のことをいっているのだとわかったが、彼の心はもう何を突き刺しても痛みを感じなくなっていたからである。

あんたはさっき宇南さんのことをたずねたが、あの満洲からきた人に何か関係でもあるんですか、ともきかずに、男はひとりごとのような、また彼に説明するような呟きをつづけた。

「戦局が苛烈になったので、妾のほうには配給物はやらんでもよかろうというとった人もあったが、生きとる以上そうはいかんじゃろうということになって、配給は配給でやっとったけどねえ。警防団は三人とも七班で、こりゃ七班が出動したら、火は消えるどころか燃えさかるぞと、面白いことをいうとったなあ、和田さんは」

「あそこですね、集まっているところっていうのは」まるで漁村に干してある網のような恰好に、日の丸の旗を何枚も垂れ下げた広場をみて彼はいった。そして、「和田さんはいつも面白いことをいうとった」という男の声を後にして、彼は歩を早めた。

日章旗を天幕代りにした戸板の上に、半ズボンのようにちぎれたモンペをはいた女が横になり、下着だけの男がひとり蹲《うずくま》っていた。

「宇南はここにいませんか。宇南康雄を知りませんか」彼はつづけて下着だけの男に声をかけた。

「生きとる者はみんな防空壕に入っとるよ。死んだ者はむこう」何か配給物でも分類するような声で、男ははっきりといった。

「宇南も防空壕にいますか」

「さあね。おれはここの町内の者じゃないからね。ここの者はみんな卑怯もんだから、またやられるかもしらんというて、防空壕から顔も出しよらん」宇南親雄が朝からそれまでのうちにきいたなかでいちばんしっかりした声をだして、男は真二つに裂けた立木のほうを顎でしゃくった。

そして彼は、五本の指先を折り曲げたような奇怪な立木の下の暗いじめじめした防空壕の中で、今にも息を引きとろうとする父と会うことができたのである。

「ふ（運）のよかねえ、あんたは。誰も彼もばらばらになっとるのに、こうやってみつかってねえ」父の側に並んで寝ている髪の毛のない女がいった。

「さっきから女の名前ばっかり呼びなさるから、娘さんかと思うとったら、息子さんだったとね」防空壕の入口に背をもたせかけているぐんにゃりした女が、別人のような声をだした。

「父さん、親雄、親雄」不規則な呼吸をしている父の耳に口を寄せて彼はいった。

「春江か」

「ほらね、女の名前だから、誰でも娘さんだと思うよ」ぐんにゃりした女がいった。

「父さん、ほら、親雄、ほら、親雄」彼は父の耳に自分の声を注ぎこむようにいった。

「ああ」父はうっすらと眼をあけた。「親雄、春江達はどうした、みてくれ」その言葉をいうのをそれまで待ち望んでいたかのように、いい終ってから父は重く長い息を吐いた。

「防空壕はここだけですか。ほかに父さんと一緒だった人を知りませんか」彼は父を含めて二人の男と二人の女を見まわしながらいった。一番奥にうつぶせになった男は身動きもせず、生きているのか死んでいるのかわからなかったが、髪の毛のない蠟燭のような顔をした女が顔をあげた。

「矢部さんは県庁に連絡に行ったまま戻らんけど、あんた怪我しとらんのなら県庁に行って、どこの病院に行けばよいかきいてくれんですかねえ」

「親雄」父がよんだ。

「ここにおるよ」彼はいった。

「春江はいたのか」

「ここはもうだあれもおらんよ」彼と父と、どちらに答えたのかわからぬように、ぐんにゃりとした女がいった。「みんな死んだとだからねえ。矢部さんは奥さんと子供を五人もいっぺんになくして気がちごうたよ。私はそうにらんどるねえ」

「春江……」父は満洲から連れてきた二人の女のうち、若いほうの名前を繰り返した。

「死体を焼くのはいいが、焼き方も知らんで焼くもんだから、どうにもならんよ。死体はこう、井戸みたいに燃えやすい木を組んで、その上に死体をのせて、またその上に井戸みたいに木をおくんだ。それを知らんもんだから手間ばかりかかってなかなか灰にならん」

突然ちがう声がしたので彼がふりむくと、さっきの地下足袋をはいた男が壕の中に入ってきた。

「ああ、塩山さん」髪の毛のない蠟燭のような顔をした女がいった。

「焼くのは、青みがかってぱりぱりした木が一番よう燃える。それをみんなは知らんで、白い板や黒い木で燃やそうとするからなかなか燃えよらん。そりゃ、ちょっと見は灰のごとなった黒い木のほうが燃えるようにもみえるかもしらんけど、性根のない木じゃ死体は焼けんよ」

「あんたは隠亡《おんぼう》のごたるねえ。よう死体の焼き方を知っとんなさる」塩山とよばれる地下足袋をはいた男にむかって、おしろいをつけたように唇の白いぐんにゃりした女がいった。

髪も眉もない蠟燭のような女がぶつぶつと何か呟いたが、彼にはきこえなかった。それからしばらく、二分も三分も経って、頭に包帯をした男が「おんぼう……」と腹から押しだすような声をあげた。

「あんたは私を隠亡だというとねえ。いくらみんな焼けて駄目になったというても、いうてよかことと悪かことがある。あんたは私を隠亡の血筋だというねえ」

宇南親雄にその声がひどくまともに、まじめにきこえた。自分でいう通り、地下足袋をはいた男には、みんな焼けて駄目になった神経のなかで、まだ隠亡のごたるといわれて怒る神経が残っているのだろうか。しかし、唇の白い腐ったような顔をした女は、男の言葉になんの反応も示さなかった。そして、「背中が痛くてねえ、どうしようかねえ」と人ごとのように呻いた。「春江……」祖母のアマネでもなく、妹の明子でもなく、自分の息子が眼の前にいることも忘れて、ただ女の名前だけを父は呼びつづけた。

「死体はどこにおいてあるんですか」彼は誰にともつかずにきいた。

父と二人の女の死体をつつむ、ジュッ、ジュッ、という黒い煙の中で、赤い舌のような火がめらめらと舞いあがる。宇南親雄には、その赤いめらめらとした火焔が互いにつかみあいながら呻いているようにみえた。二人の女の爛《ただ》れた皮膚を焼き、内臓を焼き、そして魂を焼きつづけている火が、父の魂を道連れにしようと奪いあい、罵《ののし》りあっているのだ。

彼は父の呼ぶ女たちを探すために、防空壕の入り口に坐る唇の白い女が自分の顔の前に人差指を一本突きたてるように教えてくれた死体置場を手初めに、それからまた一時間ほども歩きまわり、父の住んでいた家の裏手の井戸端で二人をやっと見つけだすことができた。なぜ死体置場などを探しまわらずに、もっと早くここに来なかったかと考えながら、彼は折り重なるようにして倒れている女たちの顔をのぞきこんで思わず身を引いた。爆弾でやられたというより、まるで刃物でえぐられながら長い時間をかけて殺されたような形相をした女の手に、全く同じ顔つきをしたもう一人の女の髪の毛が巻きついていた。上方弁を使う女が、春江という名前の女の半分焦げた髪の毛を引きずったまま自分も死んでいたのである。それからまる一昼夜、彼は父のことより二人の女が死んでいく時の様子ばかりを想像した。

火は黒い呻き声をたてて燃えあがる。煙は傷ついたケモノから出る血のような匂いをこめ、小さい土饅頭の墓に立てられた割箸の上をゆっくり匍うようにして流れていく。と、いつか彼が下着をとりに帰った日、家には父と一人の女だけ二階にいて他に誰もいなかったことがあるが、妙にほてったような顔をして階段を下りてきた女は一体どっちのほうだったのだろうか、という疑問の先端を横切るようにして、丘の下を音もなく歩いていく短い葬列が彼の眼に入ってきた。

先頭から二人目と三人目の人間が小さい棺を肩にかついでいて、その後ろに、これははっきり女の服装をした人間が一人、時々棺の蔭になりながら従《つ》いていく。一昨日やられたばかりだというのに、まだ二日しか経っていないのに、よくあんな真新しい棺があったな、という思いをのみこむようにして、彼はなんとなく立ち上ったが、しかし、それはおかしな奇妙な葬列だった。全体、この火葬場だらけのような風景のなかで、彼等はその棺を何処に運んで行こうというのだろうか。この死体だらけの荒野をつっきって何処の火葬場の窯に投げ入れようというのだろうか。

「おーい」

彼がふりむくと変に光った土地の上に、泥まみれのシャツを着てゲートルを巻いた男が片手を口にあてて呼びかけていた。

「おーい」

彼にではなく、声は棺を運ぶ人間たちにむけられていた。だが、三人の男と一人の女は見むきもせず、まるで暮れかかった灰色の海に乗りだそうとする一艘の船のように白い棺は進んでいく。

「おーい」

男はまた叫んだ。それから飛び込むような恰好で男は駈けだした。

宇南親雄は黙ってゲートルを巻いた男が転がるようにして丘を下りていくのを見ていた。その男が追っているのを知っているのか、知らないのか、短い葬列はやがて黒い柱だけを立てたような浦上天主堂の方向にむきを変えた。見えかくれする男の速度は急にのろくなったが、それでも横倒しになった電柱のところで棺に追いついた。先頭の人間がとまり、つづいて棺がとまった。男は何か懸命に話しかけている。するといきなり先頭の人間が男の体をこづき、男はそれまであれほどの速さで駈け下りたことが何にもみのらなかったように、あっけなく棺を離れた。葬列はふたたび動きはじめる。

男は一体何のために葬列を呼びとめ、わざわざ丘を駈け下りてまで棺をかついだ人間たちにむかって突進していったのだろうか、という考えがやっと彼のなかに湧いた。そしてふと、ひょっとしたらゲートルを巻いた男は、棺を自分にくれといったのではないかという思いが彼のどこかをよぎり、彼はだんだんそれ以外には考えられなくなってきた。確かに男は、あの棺を自分にゆずってくれといって拒絶されたのだ。確かに男は、あの棺を自分のほうが必要だと思ったのだ。お前は戸島海底炭鉱の安全灯婦、朱宝子のことから逃れようとするのかという声がきこえてきたのはその時である。突然、声は棺の行く灰色の彼方から彼を襲い、彼をとらえた。

ちょうど三年半前の冬、一坑と二坑の間にある火葬場の道を行く、同じような棺に入れた朱宝子の葬列を、彼は海につきでたボタ山の蔭から見たのである。やがてボタに埋められてしまう運命にある炭鉱火葬場の一段上に、かつては水桶を運ぶ馬車用として十数頭も飼われていた馬小屋が朽ちかけていたが、朱宝子の棺を中にはさんだ朝鮮人の短い葬列は、いまにもボタで圧しつぶされそうなその馬小屋の前の坂を一歩一歩下っていった。

繰込場の裏で、朱宝子の姉の朱宰子から、妹をとしてくれる、と迫られてしばらく経った受《うけ》銭《せん》の日、彼はモグリの坑内道具方（彼はまだ入坑規定の満十六歳に達していなかった）の十五日分、二十七円五十銭入りの袋を持って朱宰子の納屋をたずね、そのまま差しだしたのだが、朱宰子はその金を受取りもせず、妹にも会わせてくれなかった。

「いらんよ、そんなもん」朱宰子は暗い納屋の土間に立ちはだかるようにしてこたえた。

「どうしてね」彼は破れた障子のむこうに蹲っているにちがいない朱宝子を意識しながらいった。

「あんたは、金さえやればそれてすむと思うとるんね」朱宰子はいった。

「そんなことは思うとらん。そいでも今はどうにもできんから」

「今はとうもてきん？　今はとうもてきつに、いつになったらとうかてきるとね。妹のからたはそれまでもたんよ」

「それで、これで病院に行って……」

「ぴょういん」朱宰子は納屋の板戸を叩くような声でいった。「ぴょういんに行ってとする。炭鉱のぴょういんに行ってとするね。妹を笑い者にするとね。ぴょういんに行っても、とにもならんよ」

「佐世保の病院に行って、わけを話してたのんでみたら」彼はいった。

「ああ」朱宰子は両方の拳をふるわせながら自分の胸にあてた。「帰んなさい。もうあんたの顔、みたくないよ」

彼は帰り際にもう一度受銭袋を差しだしたが、朱宰子はものもいわず、それを払い落した。しかし彼は、そのまま土間に置き捨てて戻ることはできなかった。その受銭袋がなければ、それから十五日間、祖母と妹とどうして暮らしていくか、そのめどが何も立たなかったからである。なんとしてでもおれは自分と朱宝子を救いだすぞ、と呟きながら彼はニッパ椰子の繁るコンクリートの石段を海岸の朝鮮人納屋のほうに近道した。

それはちがう、朱宝子とおれじゃない。お前は自分だけをなんとか救いたいと考えていたという声が、ふたたび暗い浦上の丘から叫ぶようにきこえてきた。青い灰をいっぱいかけた夕闇に、赤いピンを次々におしていくように死体を焼く火がとろとろと燃えはじめ、すでに葬列は棺だけになっていたが、声は冷たい火と火の間を縫うように、その白い点からきこえてきた。

検定試験を受けて上級学校に入り、なんとしても炭鉱を脱けだしたい、と考えていたそのチャンスが目先にぶら下っていた時、朝鮮人の安全灯婦に子供を生ましたんじゃ、いや、朱宝子がお前の子供を妊娠したということが知れただけで、お前はもう永久に葬られてしまうのだからな、お前は必死だったのだ。……それでも事は、お前が願っていた通り、そうなればよいといちばん願っていた通りに運んだ。強いことはいっていたが、朱宰子は妹の体をどう始末してよいかわからなかった。そして朱宰子は妹と一緒に二人とも追いつめられていったのだ。しかし、それがかえってお前に幸いした。姉から毎晩のように責められ、なげかれるのに耐えかねて、朱宝子は自分で自分の体の始末をつけようと決心したからだ。

戸島海底炭鉱では夜中になると海鼠《なまこ》を取って喰《く》うバカ鳥が啼く。そのバカ鳥の声をききながら朱宝子は、お前と密会していた二坑海岸の坑木置場に歩いていった。そこには機帆船の積んできた二メートルの坑木が、粘炭積出し場の横にピラミッドのように積んであった。朱宝子はその坑木の山のいちばん勾配の平たいところを選んで這い上った。きっと心の底では、お前の名前をありったけの憎しみをこめて叫んでいたのだろう。朱宝子は坑木を這い上る時、きっとお前の名前をよんだにちがいない。それから闇の中でバカ鳥が啼くのをききながら、眼をつぶってまっさかさまに滑り落ちた。いや、もしかすると眼はひらいていたかもしれない。いっぱい涙をためながら。そして朱宝子は死んだのだ。腹の中の子供どころか、自分まで死んでしまったのだ。翌朝、捲上方から発見された時はまだ生きていたが、朱宝子はひとこともお前の名前をいわなかった。二坑の病院に運ばれてからも、ひとこともいわず、駈けつけた朱宰子もひとこともいわなかった。いえば、あんまり自分の妹が可哀そうだった。一週間ばかり、それこそ二坑の坑木置場の坑木を全部海にまきちらしたようなとりどりの噂の中で、お前は飯が咽喉に通らないほど心配していたが、ついに朱宰子はひとこともお前のことをしゃべらず、それから、本坑の労務助手が強姦したのだという噂がまことしやかに流れた時さえ、お前のことをしゃべらなかった。

……救急車のサイレンが一段と高くなり、ついで、ぱたっと鳴りやんだ。その響きの余韻のなかで、さっき、海塔新田みたいに思われたら嫁にもいけんごとなりますからねえ、といった家弓光子が、「来ましたですね、先生」といった。

「そうですね、来たようですね」宇南親雄はいった。

……あなたは、いつも自分の過去を証明するようなことばかりいうとですねえ。いろいろ理屈をつけずに、あなたははっきりいえばいいのよ。本当はお前に子供を生ませたくないのだ、いくら生みたいといっても駄目だと、そういえば誰にもわかるのよ、という妻英子の鈎のついた声が、場ちがいのように、ちょうど二十年前、彼が検定試験に受かって長崎医専に入学するため二坑の栈橋を福浦丸に乗って離れる時、大勢の見送りの人の中にかくれまじって、栈橋詰所の蔭から彼に掘進夫の持つツルハシのような視線を突きさした朱宰子の眼と交錯する。

10

「おばあちゃん、どこに行くんですか」

「便所……」

「お手洗いですか。お手洗いならそっちじゃないですよ」狭い板敷の廊下を見当ちがいの方向によたよたと歩いていくアマネをみて、宇南英子は立ち上った。

「ああ、ねえ」溜息をつくような声をあげて、アマネは英子の差しだした手によりかかった。

「もう耄碌《もうろく》してしもうてねえ。便所までわからんごとなって、ひとりでいけんようになったら、もう死んだほうがましたいねえ」

「おばあちゃん、そのままじっとして」アマネの簡単服の裾を伝って落ちてくる冷たいしたたりに体をひらきながら英子はいった。

「どうしたとね、英子さん」

「じっとしていて下さい。すぐ拭くものを持ってきますから」

「もうあたしひとりでよかよ、便所はわかったから」アマネは小便で濡れた板敷を自分の足でこするようにして歩きだした。

「おばあちゃん、おしっこが流れているんですよ」英子は高い声でいったが、思わず出たその高い声を削るように、「おばあちゃん、板敷だからかまいませんから、そこでしゃがんでしてしまって下さい。すぐ拭くものをとってきますから」とつけ足した。

「なんね」アマネはかすれた声をあげた。「あたしが、しかぶったとでもいうとね。あたしが小便しかぶりとでもいうとね」

英子は返事をせず、タオルと雑巾をとりに風呂場にいった。そしてもとの廊下に戻ると、板敷に坐りこんだアマネがあわただしく、自分の小便を掌で拭き寄せていた。

「おばあちゃん、ここは私がしますよ。はい、これで体を拭いて下さい」

「私が何をしたというとね」アマネは自分で掻き集めた小便の上をおおうようにして体をずらし、それから火がついたようにわめいた。「どがんしても、あたしを小便しかぶりにしたかとたいね、英子さんは。いくら耄碌しても自分の始末ぐらいは自分でつけられる。それを、どうしても小便しかぶりにしてしまわんと気がすまんとたいね。そりゃ、八十九にも九十にもなれば、小便は近うなる。片足を棺桶につっこんどるとだけんね。そいでも今まで小便をしかぶったことなんか一度もなかよ、あたしは。……ああ、やっぱり用のなか人間はさっさと死んでしまわんと、便所でもなかとに、家の中にしゃがんで小便せろとか、しかぶったとか、そのうちどがんことをいわれるかわからん……」

「おばあちゃん、誰もおばあちゃんを小便しかぶりだとはいいませんよ」

しかし、英子の拭こうとする雑巾をつかみとるようにして、アマネはわめきつづけた。

「もったいなか、もったいなか。年寄の小便を英子さんに拭かせてなるもんかね。あたしの小便を英子さんなんかに拭かせたら、それこそバチが当って、体も何も腫れてしまうやろたい。親雄からも何といわれるかわからん。あたしのしかぶった小便なら、あたしがきれいに拭きとろうたい」

「おばあちゃん……」と英子はいいかけたが、その先の言葉を途中でのみこんだ。今夜がはじめてじゃないですよ。私はいつも、おばあちゃんが濡らしたものは始末していますよ。……そしてタオルをアマネの前におくと、居間を通って診察室に去った。

机に背をむけるようにして投げだされているネズミ色の廻転椅子に腰をおろしながら、英子はスリッパをはいていないことに気づいた。「田沢さんはほかのことはそうでもないのに履物のことになるとひどく神経質になるね」という森次庄治の煉瓦のような声が裸の足裏からするとのぼってきて、もったいなか、もったいなか、と喚くアマネの声をはらいのけた。

森次さんの声は赤煉瓦みたいね、何だか乾いたみたいにがりがりしとるから、とは、英子と同じ共立病院事務局に働いていた同僚の女性が研究会の帰りにいった言葉だが、それから一週間後、はじめて二人きりの夜をすごした駅裏の岸壁で、彼はそういいだしたのである。

「どうして」田沢英子はいった。

「前にお寺で研究会やってたとき、便所に行く下駄がちゃんと揃えてあるのに、田沢さんはわざわざ下駄箱から自分の靴をとりだして行ったもんね。二度みたよ、おれは」

「あら、いやだ」

「田沢さんはどうして結婚しないんですか」突然、森次庄治はいった。

「どうしてって、こんなおばあさん、誰ももらいてがないからよ」

「田沢さんがそんなことというのはおかしいよ」

「でも本当だから。もうちょっとで三十よ」

「じゃ、もらいてがあれば行くんですか」

「そうね、もらいて次第ね」

「そうだろうな、もらいて次第だろうな」

彼の変に沈んだがっかりした調子の声をきいて、田沢英子は笑った。

「何がおかしいですか」

「でも……」英子はまた笑った。

その時、横手のはなれた機帆船の方角で口笛が鳴った。さっきその前を通ってくる時、船尾で七輪の火を起している男が二人をみて小さく舌を鳴らしたが、きっとあの男だ、となんとなくそう思いながら英子は、「いきましょう」といった。

森次庄次から「話したいことがある」といわれて、英子が二度目に森次庄治と〝蜂の家〟という喫茶店で会った時、彼はその日の折りたたんだ朝日新聞を前において、いきなり「たのみたいことがあるんだ」と、きりだした。

「なに、たのみたいことって」予期していたことと全然ちがっている彼の口調に、何か裏切られたように感じながら英子はいった。

「ちょっと、この新聞をみてくれ」

『ヤミに葬られた幼い姉と弟』という見出しのついた記事を英子は手にとって読んだ。

〔佐世保発〕終戦直後、幼い姉と弟の二人が米国兵に虐殺されたにもかかわらず単なる変死事件として処理されているという事件が十二日、佐世保市福祉事務所に傷害被害者補償につき問合わせに来た実母から再調査方がもちだされた。事件は二十一年六月五日午前十時頃、同市矢岳町《やたけちょう》山下キクさん（七〇）のメイ山根幸子さん（当時一四歳）―済美女学校二年生―が同市今福町旧海軍工廠光学機械工場跡に草つみに行った際、一人の米兵からチョコレートをやるからと空家に誘いこまれて暴行を受けそうになり、その悲鳴を聞いた弟健一郎君（当時一二歳）―琴平《ことひら》小学六年生―が現場にかけつけた時は幸子さんはすでに殴り殺されており、健一郎君の姿を見た同米兵は、さらに同君の頭を強打して危篤の重傷を負わせ、同君がはうようにして急を付近の人達に告げ、間もなく絶命したという内容である。当時、佐世保署ではMP立会いの上現場検証を行い、犯人捜査に当っては数回米兵の面通しを行ったが、ついに犯人は逮捕されるにいたらなかった。その間実母のミエ子さん（三八）は再三同署を訪れ問合わせたが要領を得ず半ばあきらめかけていたが、十二日再縁先の夫、同市清水町食肉販売業福島秀男（四五）とともに市福祉事務所を訪れ、当時の状況を聞きだしたところ単なる打撲変死事件として処理されていることが判明。市署保存の渉外被害事件関係書類には何ら記録がとどめられていない。……

「うちは西日本新聞だから知らなかったけど、ひどい話ね……」それで、何をたのみたいのか、というように英子は顔をあげた。

「そのアメリカ兵に殴り殺されたきょうだいの死体を解剖したのが共立病院だということがわかったんだ。二十一年の事件だから田沢さんは知らないかもしれんけど、その解剖の結果を調べてもらいたいんだ。もしその時の書類がなければ、誰か当時の事情を知っている医者とか看護婦にもきいてね、具体的な死因を知りたいんだ」

「そうね……」英子はいった。どうするんですか、とききたかったが、きかなくても彼の答えはわかっているのでやめた。

森次庄治の死を最初に告げにきた宇南親雄にだんだん彼女がひかれるようになったのは、日共の指命にならなにもかも従おうとするそういう性急さを、つねに批判するような口ぶりを彼が示したからである。

「森次は急ぎすぎたからなあ」森次庄治がそこで、戸板の上で栄養失調死したという山道で宇南親雄はそう呟いた。

森次さんの飢え死にした村をどうしても見ておきたいという彼女の希望をいれて、昭和二十九年の五月、二人はその筑後川上流の黒谷部落をたずねたのだが、二日目の夜、やや下流の護岸工事に従う土工の飯場を兼ねた川沿いの商人宿で、英子は宇南親雄に抱かれたのだ。

翌朝、「ここらはこんなものばかりしかないので」と宿の女にいわれてお膳に出された、殆ど山芋ばかりのお菜を前にして宇南親雄はいった。

「何だか、森次に悪いような気がするなあ」

英子は黙っていた。

「森次がはじめて君を愛したのは何時……」

宇南親雄はさりげなく愛という言葉を使ったが、英子は思わず「え?」と声をだした。

「いや、変な意味できいているんじゃないんだ。ただ、はっきりしておきたいと思ってね」

あの時、「おや」と思ったあの口調の蔭にかくされているものを徹底的につきとめておけばよかったのだ。そうすれば、一回目の搔爬《そうは》をする前後の彼の態度で、何もかも見ぬけたのだ、とそれから何度も考え、今もまた英子は変に所々濁った鉛色の光を放つ煮沸器のほうをぼんやり見ながら思った。

彼女はその後四回も搔爬したが、五度目の妊娠で、かかりつけの婦人科医から、これ以上搔爬すればあとはもう保証できませんよといわれて、どうしても生むとがんばった時、宇南親雄は同じこの診察室の白いカーテンの吊り輪を意味もなく鳴らしていった。

「じゃ、生めばいい」

「そう、生ましてくれるのね」英子は弾んだ声をだした。

「おれは生ませないとはいってないよ、はじめから」宇南親雄はむっつりした声でいった。

「いいんよ、そんなこと、もう。生ましてくれるんなら、今までのことはみんな帳消しよ」

「帳消しとか何とか、そんなふうに考えていたのか、今までのこと。おれは堕《おろ》せなんて一度もいったことはないぞ」

「そう、あなたは堕せといったことなんか一度もない。一度もない、ない」

「くだらんよ」

はきすてるような宇南親雄の口調は、懸命に耐えている英子の鼓膜に突きささった。彼女はそれを受け流そうとしたが、口に出た言葉がそれを許さなかった。

「どうしてくだらないんですか」彼女はいった。「今度も生ませたくないのなら、はっきりそういえばいいのよ」

「生ませたくないとは誰もいっとらんよ。君がどうしても生みたいというから、じゃ生めばいいと、いってるんじゃないか」

「そういうあなたの調子よ」英子はいった。

「…………」

「それで、今までは結局私が手を引いてしまったけど、今度は生みますよ」

「…………」

「私はいくつになったと思うの。今度掻爬すれば駄目になるんじゃなくて、掻爬してもしなくても、もう子供を生めるぎりぎりの限界だということはあなたも知ってるはずよ」

「………」

「私たちの間で子供をつくれないという理由はなによ、一体……」

「………」

「どうして返事をしないの。カーテンの金具を鳴らすのはやめて下さい」

「好きなようにしろといってるんだよ、おれは」彼は図太い、ふてくされたような声をだした。

「二度目の時もそう。三度目の時も四度目の時も、みんなあなたのいうことは同じよ」英子はいった。「おれは自分の歩いた道を子供に歩かせたくない。おれは今の世の中で、子供の責任は負えない。きいているうちは何かわかるような理屈よ。でも少し時間が経つと、全部あやふやになって、みんなどこか宙に浮いてしまう理屈よ。なぜ私に子供を生ませたくないのか、子供を生んではいけないのか、その答えにもなんにもなっていない、風船みたいに浮きあがってしまう……」

「雄弁じゃないか」

「そうよ、雄弁よ。あなたはいま、好きなようにしろといったけど、好きなようにするために、私の理屈をいってるのよ」

不意に宇南英子は、坐っている椅子を半廻転させた。一年前、やはりこうしてひとり坐っている時、所在なく開けた机の引出しに、日付だけ表紙に記されていて何も書かれていないノートが一冊入っていたことを思いついたからである。

彼女は引出しを開けた。鋏《はさみ》と新しい荷札が二枚。ガランとした引出しの中には前に入っていた診察日記や健康保険の書類も見当らず、ただそれだけが置かれていた。

「そうね、そういうことね……」考えもしないことを英子は呟いた。すると、言葉になんとなく意味がまつわりついてくるようにも感じられ、咽喉が乾いてきたので彼女は椅子をずらして水洗台に行き、思いきり水道の栓をひねった。

激しく放出する水の中に、手に持ったコップをさし入れて英子はしばらくじっとそのままにしていた。診察室の机だというのに鋏と荷札しか入っていない引出しが、なぜか彼女自身を試しているような、嘲笑しているような気がしたからである。

「あなたはそういう気持か知らないけど、私は知ってるのよ」彼女はコップの底に蛇口から出る水を叩きつけながら、そう胸の中でいった。私は、あなたが私に子供を生ませまいとして、私を流産させようとして、三年前の夏、長い時間をかけて私にあの薬を飲ませたことを知っているのよ、と英子は机の引出しの鋏にむかっていう。

「このジュース、何だか変な味ね」

「そうか」宇南親雄はトーストにバターをぬっていて、英子のほうを見なかった。

「古いのかしらんね。舌の先にドロップみたいな味が残って……」

「変に着色しているからな、いまのジュースは」

「これ、さっきあなたが開けた罐ね」

「うん。どうして？」

「泉屋さんが持ってきたものね」

同じ酒屋から運び、同じ冷蔵庫から出した同じメーカーの罐入ジュースの味がちがうのはどういうわけかと、二時間ばかり後、宇南親雄にかくれて自分であけたジュースを口に含みながら、英子はそう思ったのだが、その翌々日の午後、彼女の前にふたたび彼の作ったカルピスがおかれた。

「おかしい、このカルピス」口につけたコップを突きだすようにして英子はいった。

「なにが……」そういいながら彼はコップを手にとった。

「味」英子はいった。

彼はものもいわず、手に持ったコップから一口のみ、ちょっと間をおいて全部飲みほした。

「君の口のせいじゃないか、別になんともないよ」

それから二日経って、英子は流産した。はっきり流産だとわかった時、彼女は婦人科の病室にかけつけた宇南親雄の顔をみたが、彼は顔をそむけもせずに「気を落すな。まだチャンスはあるよ」と力をこめていった。

英子は水道の栓を閉め、コップに残った水を飲んだ。すると、またしても引出しの中の鋏があらわれ、そのむこうから宇南親雄のかん高い濁った声がきこえてくる。

森次はほんとに性急すぎたよ。何も二カ月や三カ月で、この地の底に這っているような部落を掘り起せるはずがないんだ。洪水で畑にくいこんだ石を泥虫みたいになって取り除いても、その畑の主からは玉子ひとつもらえずに、泥虫みたいに死んでしまって……

「親雄、親雄は帰ってきとっとね」

アマネの声がしたが、英子は黙っていた。

「親雄が帰ってきとるのなら、話したかことのあるが、診察室におるとね」

アマネの声がすぐ間近かにきこえたが、英子は空のコップを手にしたまま宇南親雄の声を追いつづけた。

道で会ってぷいと顔をそむけるくらいなら、おれたちが畑の石を取り除く時、どうして、その畑に手を触れるなといわないんだ。こっちが汗水垂らして働いている時は、黙って遠くのほうから眺めていて、そのくせ、たべものを少しわけてくれとたのみに行くと、麦一合も持っていけとはいわないんだ。うちはいいけど、もしうちがあんた達をかまったことがわかると部落の者がねえ、といったきり、炉端にうずくまったまま腰もあげん……

「いわすことにもほどがある、なんのあたしが小便しかぶりなもんか」

しかし英子はそこを動かなかった。

11

マッチをすって投げこむと、燃えあがりはせぬがジュッとかすかな青い煙をあげるような重くじめじめした埋立地と、その埋立地につづくバタ屋部落の夜が次第に明けていった。

家弓親娘を乗せた救急車と同道して市民病院に行き、鉄工所の長い塀と倉庫にはさまれた港が音のない静かな白い沼のようにみえる時刻、宇南親雄は自分の診療所に帰ってきたが、朦朧《もうろう》としながらも、どこか脳細胞の一部が歯車でも廻しているようにはっきりしていて、なかなか寝つかれなかった。そしてその朝、少量の鎮静剤を服用してようやくうとうとしかけた頃、引込線横の交番の駐在巡査によって真夜中、海塔新田に起った事件の第一報がもたらされたのである。

まだ高校を出たばかりと思える若い顔をした駐在巡査は、訓令そのままを暗誦するような口調で、玄関にでた宇南親雄に昨夜、福地徳子という女性が健康診断書をもらいに来なかったかとたずね、彼がこたえると、その通りのことを復誦しながら、手帳を出してメモした。

「はあ、そうすると福地徳子は夜十時頃、十時すぎお宅に診断書を書いてもらいにきて、すでに診察をしてもらうには時間が遅すぎたので、五分位で帰った。そういうことですね」

宇南親雄はうなずき、そしてきいた。

「何かあったんですか。あの娘が何かやったんですか」

「どうせ新聞に出るでしょうから、いってもかまわんでしょうが、海塔新田で殺人事件が起きたんですよ」駐在巡査はいった。

「海塔新田で……あの娘が殺されたのですか」彼はせきこんでいった。

「くわしいことはまだわかりませんがね。なんでも、ひどい死に方だったらしいですよ」

「誰から殺されたんですか」あの一緒にいた青年が、おれを理由もなく侮辱し、おれの顔を殴りつけた青年が犯人ではないか。そうすると面倒なことになるぞ、ととっさに思いながら彼はいった。

「海塔新田の男にですよ。犯人がつかまったのか、つかまらんのか、まだよくはわからんのですがね。海塔新田の男だということは判明しています」駐在巡査はいった。

しかし、それから二時間あまり経って、チリ紙を買いに行ったアマネは、諸式屋《しょしき》の女主人からもう少し別のことをきいてきた。自分の店で使っている今年成年式をあげた夜間高校生の店員と、あまりうちとけているから何か関係があるのじゃないかと噂されている女主人が、自転車で通る豆腐屋の男から今朝方きいたのだという話を、アマネは患者のいない診察室で宇南親雄に伝えた。

「昨日の夜中、海塔新田にエタの連中が殴り込みをかけて、大勢怪我人やら死人が出たそうばい……」

「ばあちゃんエタというてはいかんよ。エタなんていう人間は世の中にはおらんとだからね」

「うん」アマネはなんと思ったか、ひどく慌てた声をだして先をつづけた。「その……男衆《おとこし》たちがなんで海塔新田に殴り込んだか、それはわからんが、ひどい怪我人やら死人が出て、もう警察やら消防やらが海塔新田にはいっぱい集まっとるというよ。あの豚のハラワタを売りにくるばあさんも海塔新田に住んどらすとだけど、怪我でもせんとよかがねえ。選《よ》りにも選って真夜中に、何で殴り込んだか……ずっと昔、三河内《みかわち》の皿山でやっぱり同じ……男衆たちが殴り込んだ喧嘩をきいたことがあるが、それはひどかったとよ……」

町はすでにその噂でもちきっているらしく、十一時頃きたどこの健康保険にも加入していない新患が歯医者さんのところできいてきたという話を、まるで自分が見てきたように待合室で得々と語っていたが、それはベニヤ板のドアを通して、診察室にいる宇南親雄の耳にもはっきりときこえてきた。

「海塔新田で大喧嘩があったと人はいうとるが、それはまちがい。エタのもんは殺人事件がすんでしまってから集まってきたとよ。海塔新田でエタの女が殺されたから、エタのもんが大勢で殴り込みをかけようとしたんだ。しかし、その時はもう警官が待ちかまえておったから何にもおこらんやった」宇南親雄が受付の小さな窓口でみた、額の奇妙にふくれあがった四十年輩の男がしゃべっていた。

「エタの女がどうしてまた殺されたとですか」うちの父ちゃんはサラリーマンだから、と口ぐせのようにいう胃下垂症の女がきいた。

「なんでも、海塔新田の男に疵《きず》ものにされたとかいうんで、ひとりで乗りこんだらしかね。どうしてくれるというつもりだったらしいが、男は知らん存ぜぬで相手にせん。そのうちカッとなった女が刃物をだして切りつけたが、それを逆手にとられて腹を刺されたんだ」

「へえ、ひとりで乗りこんでねえ」胃下垂の女はぎしぎしするような声をあげた。

「それで、女を殺した男は、やっぱり海塔新田の男ですか」自転車のチェーンで膝を怪我したという若い男が、自分も一枚加えろというふうにいった。

「そりゃ海塔新田の男が犯人ですよ、ねえ」胃下垂の女はいった。

「なんといいよったかな。宮地なんとかというとったな、男は。体じゅうケロイドができて、嫁にきてがないから、思い余って娘にいたずらしたのが運のつき。いや、運のつきだったのは、その娘のほうになったわけだけどねえ。いくらコレでも、疵ものにされた上に返り討ちにあったんだから、なんか可哀そうな気がするけどねえ。そうそう、その宮地なんとかという男は、夏でも冬でも、いつも手袋をしとったとかいよったねえ。冬に手袋するのは当り前だけど、夏でも手袋しとったといいよったねえ」

いくらコレでも、というところで、男は親指を曲げてみせたのだと宇南親雄は思った。あの青年は宮地という名前だったのか。全身にケロイドができていたので嫁にきてがないと男はしゃべっているが、あのおれを殴った青年はそうだったのか。

「へえ、夏でも手袋をねえ……」胃下垂の女がいった。

「海塔新田のもんは、いつもろくなことはしよらんから」宇南親雄に裸の背をむけている煉炭商の主人が呟いた。

「その殺した男はつかまったとね」自転車のチェーンで理由不明の怪我をした男がいった。

「つかまった。男は逃げなかったからね」額のふくれあがった男はいった。「しらせをうけて警官が到着しても手袋しとったそうだ。なんといいよったかなあ。女がありもせんことをいうてむかってきたから逆手をとったら、こがんことになったといいよったそうだ」

「ありもせんことて、何やろうかね」胃下垂の女がいった。

「なんていいよったかなあ」男は口ぐせのように前おきをつけた。「海塔新田は、部落より悪か部落じゃないか、というたらしいなあ。それをきいて、その夏でも手袋をしとる男がカッとなったんだ」

あの青年は手袋をしていただろうか、と宇南親雄は思った。そして裸の背中をむけている煉炭商の主人に、「どうもはかばかしくないですねえ」と、さっき海塔新田のもんはろくなことをしよらんから、といった言葉に対する仕返しのようにいった。

だが、額のふくれあがった男の話もまた正確ではなかったのである。

福地徳子が海塔新田の入口にある市の塵芥《じんかい》焼却場の広場を左に折れて、川のような狭い海の見える道にさしかかったとき、後ろからついてくる津山信夫が、「どうもいかんなあ、おれは」といった。

「なにが、どうしていかんとね」彼女はふりむいた。

「なにか、わからんけどね……さっきから考えとるんだけど、なんか裏切っとるような気がしてきてね」

「誰を?」

福地徳子はきいたが、彼はこたえなかった。

「誰をね、あの宮地とかいう男を裏切っとるような気がするとね」

「そうじゃないけどね」彼はいった。「宮地のことはどうでもいいけど、海塔新田の人やなんかのことがね……」

「海塔新田の人がどうして……」海塔新田の家々の明りはすぐ間近かに見えていたが、彼女は殆どゆるめぬ歩調で歩きながらきき返した。

「あの二番目の家。あれが宮地」

彼女はうなずいた。

「おれはもう行くよ。さっきもいったけど、おれがお前を海塔新田に連れてきたことは、誰にもいうなよ」

まるで急に人が変ってしまったような津山信夫のおびえた声をききながら、福地徳子は返事をせず、互いに寄りかかった漁師小屋のような家々の灯す明りの中を、黒い海に沿うてまっすぐに目ざす家にむかって行った。

「ごめん下さい」という彼女の声を待ってでもいたかのように、もう六十歳はとうにすぎているふうに見える眼を患っているような男が出てきて、土間のすぐ上り口にある部屋の電灯をつけた。

「宮地さんの家ですね」福地徳子はいった。

入口の声に応じて出てきはしたものの、上り口の部屋に坐った男は何か信じられぬような顔をして彼女をみた。

「宮地さんですね」彼女はまたいった。

「うちは宮地だが」男は疲れ果てた顔の感じに似合わず、はっきりした声をだした。

「息子さんがいますね」彼女はつとめておだやかな口調でいったが、語尾が少し揺れた。

「吉輝ですか」

「手袋をしとる人です」

「手袋……ああ、そんなら真《まこと》だ」

「その人を出して下さい」なにかいおうとすることよりも、声の方が先に出てしまうような感じで彼女はいった。「その手袋の人を出して下さい、用事があるんです」

「あんた、誰ですか……こんな真夜中に、一体どがんしたとですか」男は二つのことをいっぺんにきいた。

「福地徳子。うちが何しにきたか、その手袋をはめた人はわかっとるはずです」彼女は父親のべたっとした眼の中から出てくる光を見返していった。

「ふん、こんな真夜中にね」男は呟いた。そして、「おい、真、出てきてみろ」と首を曲げてよんだ。

彼女は唾をのみこんで待ったが、手袋をはめた息子はなかなかあらわれず、「真、出てきてみんか」と父親はまた高い声をだした。

それから五分ぐらい経って、真と呼ばれる息子がやっと出てくる間に、「こんな真夜中に……」と父親は何かいいかけようとしたが、何と思ったのか途中で言葉を切り、そのまま黙りこんでしまった。

宮地真は手袋をつけずに出てきて、彼女の前の上り口にむっつりとした顔で坐った。

「うちをおぼえとるでしょう」福地徳子はその白い、額になにか浮き出たような顔を見据えていった。

「知らん」彼女の眼の前の男は甲高い声をだした。

「知らん?」

「知らんよ、おれは。なんにもあんたなんか」宮地真は彼女の声にかぶせた。

「うちを知らんというとね」彼女は何かひどく慌てる思いで男の白い額をみた。

「知らんねえ」男はいった。

「何だ、この人は何をいうとらすとか」

「何も知らんよ、おれは。なんか知らんが帰ってもらわんと……」男は横から口をだした父親をちらとふりむいて、立ち上ろうとした。

「手袋は」

「え？」

「手袋はどうしたとね。手袋はなぜはめんとね」彼女はたたみかけた。

「坐っとけ、真」父親はいった。「この人はなんか誤解しとんなさるようだが、きくことは、はっきりきかんと……」

「手袋をいつもはめとるんでしょう、あんたは。その手袋を出してみせてくれんね」福地徳子はいった。

「知らんよ、おれは」額の白い男は彼女をはっきり見もせずに繰り返した。

「手袋とか何とか、一体あんたは真が何をしたというとね」父親はいった。

「暴行されたとです」

「ぼうこう？……」

「この人から強姦されたとです」彼女は父親のほうをむいて、はっきりといった。

「こりゃあきれた」父親は本当にびっくりした声をだした。「それであんた、こうして……」

「おれは何も知らんよ、そんなこと」

「知らんとはいわせんよ。あんたは、かすれた声だしとるけど、うちはあんたの声をちゃんとおぼえとるよ」

「馬鹿なことをいうな。おれは、あんたが誰かも知らんとに……」

「あんたは自分のいうたことをおぼえとらんのね」

「そりゃ、いつの話ね」父親はいった。

「一週間ぐらい前」

「一週間も前のことを、どうして今頃、こんな夜更けにいいにきたとね」父親はいった。

「一週間も前のこと、おれは知らんよ」

「うちが来ないと、うちの者や親類のものがここにくるかもしれんから、うちがひとりで来たんです」福地徳子は眼の前の男の言葉をはねつけて父親にこたえた。

「あんたに自分で行ってこいと、あんたの家のもんがいうたとね」

「なにも話す必要はないよ。おれには何も関係ないとだから」男は父親の声をさえぎるようにいった。

しばらく誰も言葉を出さぬ数分が経過し、時々ちらちらとする上り口の部屋の電灯の明りを上半身にうけた福地徳子が、少し前かがみになっていった。

「あんたは、埋立地のところでうちを押し倒して、それからいうたことをおぼえとらんね。うちはあんたの声をようおぼえとるよ。あんたは、うちがあんたのしたことをいうたら、うちが部落だということをばらすぞって、そういうたとよ」

「部落……」その声が終るか終らぬうちに、父親が仰天したような声を短く口の中であげた。

「あんたはどこの人か知らんが、うちの息子に因縁をつけにきたとね。息子は何も知らんというとるのに、あんたは何の証拠があって、そがんことをいうとね」

突然、せかせかした口調に変化した父親の言葉をききながら、福地徳子は額の白い男の手をみた。その手にはめていた手袋が闇の中で彼女の口をふさいだのだ。

「おい、真。こりゃはっきりさせせんといかんぞ。部落というたとかなんとか、こんな取り返しのつかぬようなことをいわれて黙っとけば、それこそ取返しのつかんごとなるぞ。さっきからきいとると、この人はとんでもないことをいいよらすとぞ」父親はべたっとした眼をいっぱいに見開くような声をだした。

「おれは何もいうとらんよ。第一、きいた話じゃ、その事件の真犯人はもう警察にあげられるとかいうことじゃないか」

「警察?」彼女は歯を鳴らすような声でいった。「あんたは誰のことをいうとるんね。あんたは自分のしたことを人にかぶせるとね。あんたは、ここの海塔新田に住んどる津山さんが警察に引っ張られたことを知っとって、そういうことをいうとね」

「津山」「おれは知らんよ」父親と息子の声は重なった。

「津山さんはもう警察から出てきたよ。でっちあげということがわかったからね。真犯人が誰かはうちしか知らんとだから……真犯人は手袋をして、それをいえばうちを部落だとばらすといった男よ。あんた、これでもまだ知らんといい張るとね」

「恐ろしかことをいう人だ。あんたは私たちになんの恨みがあって、そんな恐ろしか事件にまきこむとね」

「まきこむ？　うちは別に何もしとらん人をまきこんだりはせんよ」彼女はその声を押し戻した。「うちは家の者やなんかがわあわあいうのは好かんから、ひとりで来たとよ」

「なんにもしとらんのに、あんたの一統に押しかけられてたまるもんか」男の父親は彼女の言葉のひびきを逆に受け取った。

「あんたの一統？」彼女の声はまた、その言葉にかぶさって重く反転した。

「しかし、よう娘ひとりで海塔新田まで夜更けに乗り込んだもんだなあ。それがあんた、まだ十七か十八の小娘だからねえ」

戦前は博多で永らく髪油を扱っていて、今もポマードを田舎の理髪店に卸している小松仲買人が、午後の診察時間すれすれになってあらわれ、「海塔新田の交番からじかにきいてきた」という話を、たてつづけに語っていた。

「そいじゃ、あの福地という娘は、そこにいって、海塔新田にいって、強姦した相手を探したんだな……」そうすると、自分を殴った青年が犯人じゃなかったんだ、と何となくほっとして宇南親雄は呟いた。

「しかし可哀そうなことするねえ。男も知らん娘を強姦して、その上、母親まで殺すとだから
ねえ」小松仲買人の声は急に現実的なものになった。

「母親？」宇南親雄はいった。「母親までというと、娘と母親と二人殺されたんですか」

「ちがうよ。殺されたのは母親だけ。娘のほうは別になんともなかった。もっともいまは気ちがいのごとなって泣き叫んどるそうだけどね。警察に保護されとるよ」

「ほんとですか」

「何が？」

「いや、その母親が殺されて、娘は無事だったという話が……」

「どうして……何と思うとったとね」小松仲買人はきき返した。

「いや、娘のほうが殺されたという話だったから。さっきはそうきいて……」

「ちがうよ。殺されたのは母親のほう」小松仲買人は断言するようにいった。「どうして母親が娘のあとを追って海塔新田に行ったのかわからんが、その母親が宮地の家を探しあてた時は、もう娘のほうは、知らんといい通すつもりならいい通してみろ、こっちにも考えがある、とかいうて帰ってしまっとったらしい。宮地という男はそれでもう、何が何かわからんようになっとった。いくら口ではやっとらんというても、心はそうはいかんからねえ。その時、娘の母親がまた乗りこんで行ったとですよ」

夜掘人でもいるのか、黒い川のような海のむこうに、ゆっくり動きながら明滅する明りを背にして、「中に入れなさいよ。外では話もできんよ」と、福地松子は圧し殺した声でいった。

「なんのためにあんたを家の中に入れにゃいかんとね。この夜更けにつきあいもなか人を家に入れるわけにはいかんよ」真の父親の重夫は、ついさっき福地徳子を追い出した戸口の前に立ちはだかった。

「私はね、徳子が、娘がさっきここに来たことは知っとるとよ。はじめから海塔新田のもんとはにらんどったが、釈放されたとかなんとかいうから、じいっと見とったら、海塔新田は海塔新田でも別口だったとだからね、わからんはず……」

口の中にいっぱい泡をためながら、福地松子は、海塔新田の家々の戸口を叩きあけるような声をだした。

しかし、もう人々は遠くから二人をとりまいていたのだ。ひそひそした話し声があちこちからきこえるようになり、「強姦」というその中の、ひとつのささやきが宮地重夫の耳に入ったとき、彼はいきり立った。

「実際、娘も娘なら、親も親だ。いきなり何の関係もない家に、強姦したとかなんとかいうて怒鳴りこんできて、やっぱり部落のもんはどこかちがうねえ」

「部落のもん……」福地松子は最初、殆ど聞きとれぬぐらいの低い声で、それを反唱した。

「部落のもん……」彼女はいった。「そいじゃ、部落のもんと知っとって娘を疵ものにしたとたいねえ……」彼女は自分にいいきかせるようにまたいった。

この地方で「貝が啼いとる」といわれる、干潮の流れる音までがきこえてくるような深い沈黙が、一瞬あたりを支配し、その沈黙に耐えきれなくなって、闇の中の人々の吐く息がふたたび、ざわざわと揺れはじめたとき、福地松子の黒い何かをしぼり取るような声が、あたりを切った。

「あんたは、この海塔新田が世間でなんといわれとるか知っとるとね。知らんことはなかろう。あたし達がエタなら、あんた達は血の止まらんエタたいね。あたし達の部落の血はどこも変らんけど、あんた達の血は中身から腐って、これから何代も何代もつづいていくとよ。ピカドン部落のもんといわれて嫁にも行けん、嫁もとれん、しまいには、しまいには……」

その時、うっ、うっ、と呻くような声を出している宮地重夫の足もとに、どこからか飛んできた石が鈍い音をたててはね上った。つづいて、またひとつ。石は滑るような音をたてながら福地松子の左肘をかすめた。

「なにするとね」福地松子はあたりを見廻した。「卑怯かよ」彼女は叫んだ。しかし声はなく、宮地重夫が素早く家の中に身をかくしたあと、石は次々に暗い納戸の方向から単なる脅しではなく兇器のように鋭くうなりをあげて彼女にむかってきた。石は彼女の膝にあたり、彼女がしゃがみこむと同時に、彼女のコメカミに、したたかに命中した。

福地松子の裂くような悲鳴を、津山信夫は自分の耳ではなく、人の耳できくような感じできいていた。

「あんなことをいわなければよかったのだ。血の止まらんエタとかなんとか、あんなことをいわなければよかったんだ」とぼんやり考えながら、彼は握りしめていた石を地面に落した。その石が初めてつかんだものか、すでにひとつを投げ終えて二度目につかんだものか、はっきりわからぬような気がした。

徳子、さあいわんか。お前が事情をはっきりいわんと、松子に石を投げたもんたちのいう通り、みんな海塔新田のもんに都合のよかごとなって、誰が松子を殺したか、何もかもわからんごとなってしまうぞ、と昨夜からずっとつづいているような口調でいう伯父の声を、どこか遠いところでききながら、福地徳子は眼の前の灰皿の中で死にかかっている羽蟻をみていた。

濃い灰色の水に片方の羽を浸して、羽蟻はくびれた胴体を懸命に幾度も持ち上げるのだが、そのたびに羽の水が重くなるようであった。羽蟻は最後の力をふりしぼるかのように水につかっていないほうの羽を垂直に立て、長い先のとがった胴体を横に振った。

「はじめ海塔新田の宮地の家に君がいった時、もう近所のもんは集まっとったかね」机をへだてて坐っている、ひげの剃りあとの青い人の好さそうな顔をした刑事がいった。

「徳子、さあ返答をせんか。お前がこれこれだと事情をいわんと、かあちゃんは殺され損になってしまうかもしれんぞ。さあ、はっきりお前の気持を刑事さんにいわんか」彼女の耳に自分の口をすり寄せるようにして、伯父の福地駒一がいった。

事情? 事情をいうて何になるね、と福地徳子は胸の中でいった。かあちゃんはもう死んでしもうたのに、いまさらうちの気持をいうてみてもなんにもならん。彼女は手をのばして灰皿の中にもがいている羽蟻を指でつぶした。

「なに、どうしたんだ」刑事がびっくりした声をあげて、灰皿の中をのぞきこんだ。そして「なんだ蟻か」といった。

その時、刑事の隣りの机においてある電話が鳴り、制服をきた年輩の警官がそれを取った。

「えッ、逃げたッ。えッ、誰、津山信夫ね。えッ、何。わからんな、どうもそっちのいうこと。あれほど海塔新田のもんは誰も部落から出しちゃいかんというとったじゃないか。えッ、何。そうじゃないよ。えッ、よしわかった、すぐ手配してくれ。こっちも連絡するから」

福地徳子は受話器をもとに戻した警官をみた。

「どうしたんですか」彼女の眼の前の若い刑事がきいた。

「馬鹿な奴だよ」年輩の警官はちらと彼女のほうをみて、吐き捨てるような口調でいった。「津山信夫が逃げたんだ。自分から殺しを白状しやがった」

「津山が逃げたんですか。いま逃げちゃおしまいなのにね、馬鹿だな、あいつは……」刑事は半分憐れむような声をだした。

「ちがいます」彼女はいった。

「ちがう？　何がちがう」刑事がいった。

「うちのかあちゃんを殺したのは津山さんじゃありません」

「ほう」電話にでた警官が歩み寄ってきた。「じゃ、誰が殺したというとかね」

「それは……」福地徳子はつまった。津山さんじゃない。かあちゃんはみんなから殺されたんだ。直接手をくだしたのは海塔新田のもんかもしれんけど、本当はみんなから殺されたんだ、という考えが断片的に入りまじって頭をよぎったが、彼女はそれをうまく口にだすことができなかった。

「やめんか、ばかたれ」福地駒一が彼女の内心をつかみとるようにいった。「勝手なことをいうと、死んだかあちゃんまでが行くところに行けんごとなるぞ」

「おじさんたちが、かあちゃんをあそこにやったとよ。おじさんたちが、かあちゃんを海塔新田におしやったとよ……」彼女はつづいて起った考えを咽喉からおしだした。

「何をいうとか」自分が犯人とでも名差されたように、福地駒一は先の割れた太い声をあげた。

「海塔新田のもんがお前に悪さしたことがわかったから、それで松子は……」

「そこで、そんなことといいあってもはじまらんよ」制服を着た警官が制し、「さあ、手間とらせんで、みんな話してくれんかねえ」と若い刑事がいった。

「現場には血のついた瓦の欠片が、いくらも落ちとったそうだけんねえ。……娘は警察で、宮地という男を死刑にしてくれ、かあちゃん達がそんなふうになるような気がしたからひとりで行ったのに、これじゃなんにもならんというて、泣き喚いとるそうだけど、どがんした意味かねえ」

小松仲買人のため息をつくような声を宇南英子は診察室の手前できいた。

「瓦の欠片をぶっつけられて死んだのか」宇南親雄の低いひきつった声がカーテンの向うからきこえてきたが、英子にはそれが何か作りもののように感じられた。いつか彼は、頭に腫れものができたという少年の家に往診した夜、よくあんなになるまでほっておいたもんだな、いくら金がないからといって、いろいろ方法はあるんだ。今頃いってきたんじゃどうにも手の打ちようがないじゃないか、と喚いて酔い狂いしたことがあるが、あれからずっと英子は彼の声の裏側ばかりをみるようになってしまったのだ。

お前は、おれのはだかの顔を知っているのか。お前は、おれがどんなことをして生きてきたか知っているのか。

ふん、と彼女は心の中で嘲笑《あざわら》う。なにが、はだかの顔よ。なにもかも信用できずに、自分の妻に流産薬まで仕込みながら、何が、今頃いってきたんじゃどうにもしようがないのよ。

「そうさ、瓦でねえ。口でいわれたばかりだというのに、なんでそんなに、海塔新田のもんは怒ったのかねえ」

英子が診察室に入ると、痩せた右の手首をちょっと折りまげる小松仲買人のしぐさが眼についた。

なんだ、というふうに宇南親雄が英子のほうに首をまわした。

「あの娘さんのところに行ってみられたらどうですか」英子はいった。

「えッ、誰のところに……家弓さん、何かいってきたのか」

「家弓さんのこともそうだけど、昨日の晩きた娘さんのことは、そのままほっといていいんですか」

「どうして、おれが……」

「あの娘さんはうちに診断書をもらいにきたんでしょう。そしてこんな事件になったし、ただ黙っていて、何もいってやらなくてもいいんですか」英子は血筋の浮いた宇南親雄の眼を見返していった。


（初出：「文藝」1963（昭和38）年7月号）

鬼池心中

1

一九六九年二月上旬、佐世保市比良町《ひらまち》で四十五歳の売春婦が自殺し、海塔新田《かいとうしんでん》の妊婦が痴情の果てに、年下の青年から殺害されたというたて続けに起った事件のあらましは、どんな経路でか三日も経たぬうちに警察留置場の五号監房に伝えられた。比嘉稲安《ひかいねやす》は便所から戻ると、まるで目撃者のような口調で、妊婦殺しにまつわるもう一つの真相を語る男の話をきいていたが、突然隣の監房で「畜生、こうしてやる」という声が上った。看守たちの慌しい足どりをききながら、津森愛十は天から降ってきたチャンスを無にする法はないというふうに、膝の下から手品のような手つきで煙草を取出して口にくわえ、間髪を入れず横合いから差出されたマッチを擦って火をつけた。煙草は二日前、釈放された大工が残しておいた一本のピースを床板の綿ごみと混ぜ合せて倍にふやした、いわば共有物の最後のものであった。

「早うまわせ」千曳仁《ちびきひとし》は手をのばした。真昼間、映画館の事務室に侵入し、盗みだす品物を物色していたところを発見されて突きだされたのだが、彼は頑強に電話を借りに行っただけだといい張り、調べから留置場に戻ってくるたびに「いくら、前科があっても、証拠のない者をぶち込むわけにはいかんよ」と、うそぶいていた。

奇妙に濃い紫の煙を吐きだす手製の混入ピースは千曳仁から外川善太郎に渡された。もう何年も前からそうしているのだというふうに、板についた坊主頭の彼は、自分の書いた猥本《わいほん》を夜店通りの広場で酔っぱらいに売りつけている現場を、私服に押えられたのである。

あれは殺されたんじゃなくて、まあいうてみれば心中みたいなもんさと、さっきまで手真似入りでさかんにまくしたてていた旗月勇は、坊主頭がひと口多く煙草を吸い過ぎたといって怒った。彼は自分のやったことを大物めかしてあれこれ脚色したが、万引常習犯だという尻はもうとうに割れていた。

煙草を喫《す》わぬ比嘉稲安を通り越して、殆ど二センチにもみたぬピースはふたたび津森愛十の鼻の下で燃えた。その時、隣房で幾度か板壁に頭をぶつけるような音が起り、「芝居なんかしやがって、こいつ」という看守のかすれた声がきこえた。

騒ぎが一段落し、煙草が千曳仁の口にむしゃむしゃと飲み込まれてしまうと、旗月勇はまた膠《にかわ》を固めたような唇を際限もなく動かしはじめた。

「ほんとのことをいうと、妊娠しとるはらみ女の亭主は、以前から青年を弟みたいに可愛がっとったんで、三人は奇妙な関係になっていた。初めから話さなければわからんが、女と無理心中した年下の男は、中学をでるとすぐ海塔新田の女の家に住込んで、亭主の商売を手伝うようになっとったし、いわばまあ家族同様のくらしをしとったんだ。青年は子供の頃から血のつながらない親類に転々と養われるような境遇だったんで、食事も風呂も同じだというような扱いをしてくれる夫婦に、それはもう住込みの雇われ者という気持を離れてなついとって、亭主の方でも、青年が定時制の夜間高校を卒業する頃を見はからって、行く行くは共同経営者にして、もっときちんとした屑鉄商をやろうと考えとった。そんな矢先、こともあろうに女房が青年とくっついたんだからこりゃもうどうしようもない。しかも最初のうちは、結婚して十一年目に子供ができたというんで、気違いみたいによろこんどったんだ。それが自分の子かどうかもわからんということになれば、これはもう悲劇を通り越してしまうような出来事になるからねえ。……」

その嘘何番ホーム、という千曳仁の半畳にもかまわず、旗月勇はまるで芝居の筋書でも話すような口調でつづけた。

「男にとっちゃあ、今、男といったのは亭主のことだが、解決する道はひとつしかない。それは女の腹にできた子供を自分のものだと信じ込むことだ。嘘でもいい、もし女が接吻位はしたが、体の関係は絶対になかったといい張れば男はそれで、亭主はそれで救われたかもしれん。だが、馬鹿正直に女はみんな喋ってしもうたんだ。女とすれば知られてしまった以上、もうどうでもしてくれ、場合によっては青年と一緒になってもよい位の気持だから、そんなふうにいったんだが、亭主にしてみれば、それでもう何処にも逃げ場がなくなってしまったわけ。いよいよどうにもなるもんじゃない。お前等を叩き殺しておれも死ぬ、と喚いたり、死ぬのはおれひとりでいい。後は雄と雌と思う存分いちゃつくんだな、といってみたり、そんな昼と夜が三十日も続いとった。……」

だんだん馬鹿らしくなってきたので、比嘉稲安は自分が二週間ばかり前までそこにいたカルメラを焼く部落のことに考えを移した。むろん正規の土地名はあるに違いないが、もしかするとそれも失われてしまったというような、奇妙な場所に部落の天幕はかたまっていた。彼は初め涸れた貯水池の土手に立ってボタ山の裾に蹲いつくばった天幕の群れを眺め下ろしたのだが、一瞬、眠る時あれでは斜めになってしまうが、頭を上にして寝るのだろうか、と考えた程土地も天幕も歪んでいたのだ。そこまで足を運ぶと、思ったより平たくはあったが、それでも天幕の突端は乱視の角度に傾いており、懶《ものう》げな顔をして徘徊する飼い犬さえ、しょっちゅうびっこを引いているような足どりに見えた。それで天幕からきた男に、彼は真先にきいたのだ。

「どうしてこんな坂道みたいな所に住んどるんですか」

「ほかにどんな場所があるかね」コール天のズボンと灰色の徳利セーターを着た年輩の男は問い返した。

いわれてみれば確かに、見渡す限り凹凸《おうとつ》の激しい斜面がつづいており、ちょうど陽の落ちかかった山間《やまあい》の手前に生い茂る背の高い雑草さえもうねっていた。

「おれたちは此処を月の砂漠と呼んどるんだ」男は先廻りするようにいった。「誰が何のために仕組んだか、古生《ふるお》炭鉱が閉山した直後に満俺《マンガン》の原石がでるという途方もない噂が飛んで、山師たちがわあっと押しかけてこんなあばた面《づら》みたいな土地になったらしいがね。満俺どころか、掘り崩した穴からはあっちからもこっちからもガスの臭いのする水が吹きだす始末。石油がでたあと、頓狂《とんきょう》な声をあげた奴もおったらしいが、元々そんなものがでるくらいなら、古生炭鉱がもう先にみつけとるはずだからね。みんな頭がどうかなっとったんだよ」

それから男は、今頃何処に行くのかとたずね、別に決めてはいないと彼が答えると、それならおれたちの所で少し働いてみないかといったのだ。天幕の中の、工場ともいえぬ工場では、ドラム罐を改造した長火鉢のようなコークスの火床を取り囲んで、十人余りの女や子供たちがそれぞれ、カルメラを作っているのであった。赤砂糖を煮立て、ソーダを混えながら掻きまわす昔ながらの手法で。唐津《からつ》の菓子屋で一年ばかり前から「日本の菓子」というシリーズみたいな菓子を売りだしており、そのカルメラ部門を担当しているのだと、男は百貨店にでも勤めているような口調で説明した。月の砂漠の外れにもうひとつ、ねじりん棒を作っている天幕があり、三日毎に唐津から近くの三股まで受取りにくる三輪車は材料と引換えに、それもまた運んでいくという話だった。

比嘉稲安はそこに二十日ばかりいて、水汲みの仕事をしたが、慣れるに従ってだんだん正体がわからなくなるような奇妙な部落であった。ざっと計算して十人余りの男と同じ人数の女。それに年寄りと子供があわせて二十人位そこで生活していたが、現実にカルメラを焼いているというほか何もはっきりしなかった。そこにくる前は何処にいたのか。何時から何のために天幕でくらすような生活をはじめたのか。誰にきいても曖昧な返事しかしないのだ。まだ夜も明けぬうちに天幕から出かけて行く男たちは、毎晩十時過ぎにならないと帰ってこず、道路工事にでも働いとるんですかときいても、さあそうじゃなかろうという言葉しか戻ってこなかった。

だからといって特に彼に対して敵意を持っていたり不親切だったわけではない。共同の食事場では炊事当番がいつも碗にあふれるくらい汁を抄《すく》ってくれたし、彼の居住する天幕の片隅には、何時の間にか携帯ラジオさえおかれていた。そしてどうせマルタン（炭鉱離職者）の流れ者だろうという彼の推測が揺らぎだした頃、これもまた意味不明の事件が起った。ある日の午後、珍しく出かけなかった男たちと女子供の前に、もう五十は過ぎていようと思われる漁師のような顔をした背の低い男がまるで裁判にでもかけるように引きだされ、いきなりバリカンと剃刀《かみそり》で頭を丸められてしまったのである。取囲んでいる者たちに笑い声ひとつ起らなかったことに、かえって彼は無気味な感じを受けた。前夜酔い過ぎたというだけで制裁される真相はわからないままに。

穴ぼこの到る所に黒い水が溜っているのに、飲料水や洗い水の湧く井戸まで二キロ近くも歩かねばならない。彼はそれを苦にしなかったが、決して底を見せようともしない人たちとのくらしは、ようやく窮屈になった。それで彼が徳利セーターを着た男に、此処を出たいというと、それは残念だが止めるわけにもいかんなと、眉間に皺をよせながら、二十日分の日当として五千円くれたのだった。

「おい、お前は確かつけ火をしたんやったな」

比嘉稲安が顔を向けると、「とぼけた面して、お前も相当な悪だな」という千曳仁の声が踊った。旗月勇はどういうわけか、憮然とした面持で板座に背をもたせかけており、外川善太郎はまるめた毛布を抱きしめるようなしぐさをしながらくっくっとしのび笑いを洩らしていた。

「つけ火なんかしとらんよ、おれは」

「そいじゃ無実か」千曳仁がうれしそうな声をだした。

「マッチは擦ったが火はつけなかったというわけか」

「おれはほんとに何もやっていない。おれはただ現場に落ちていた電気アイロンを拾っただけだ」

「そうかそうか、電気アイロンを拾っただけか」千曳仁は小指で唇の端を掻きながらいった。「そりゃいいぞ。立派な無実の証拠だ」

「おれは放火なんかしない。橋の向うに火の手が見えて、火事だというのでおれがそこに行った時は、もう寄りつきもできんように燃え上っとった」

「確かに無実だよな、そりゃ」千曳仁の声は浮き浮きしていた。

「電気アイロンがまずかったな」津森愛十もからかい始めた。

「無実の罪で叩き込まれるのは辛かろう。こりゃ辛い。……」と、千曳仁。彼は口のまわりに無数の面皰《にきび》を膿ましており、指先でしょっちゅうつまんでいるので無精ひげの間にひからびた脂肪がこびりついていた。

比嘉稲安は、もう何をいわれても答えまいと思った。外川善太郎が「何もやっとらんのがいちばん危ない。よっぽどうまくやらんとな」と、ぼそっとひとりごとのように呟くのをききながら。木造アパート一棟《むね》と酒屋の倉庫を燃えつくした火勢がようやく納まった時、比嘉稲安は河岸の遊園地のベンチに坐っていた。すると暗闇の中で突然、「あいつだ」という声がして、滑り台の陰から飛びだしてきた四、五人の男にいきなり殴りかかられたのである。それ以上考えると気分がわるくなりそうだったので彼はもう一度カルメラを焼く人々を思い浮べようとした。しかしどういうわけか、頭の中にあらわれた顔は足泊《あしどまり》の潟《かた》で頭のない鰯を焼いていた少年のものであった。

「どうしてまた電気アイロンなんか拾ったのかね。ゴム管でも持っとけばよかったのに」

「ゴム管ならなぜいいんだ」

「そりゃ消防夫に間違えられるからさ。つけ火したなんていわれずにすむやろう」

「はい、できました」

比嘉稲安は自分に向ってくる言葉にかまわなかった。カルメラを焼く部落に滞在する一カ月ばかり前、屋根のない番小屋下の黒い潟で少年と出会ったのだが、一瞬猫のような目つきで彼をみながら、少年は自分の焼いている鰯を顎でしゃくった。

「食べたいなら食べてよかよ」

貝殻のまじった泥と石で作った少年の炉に近づくと、少年はなおも警戒するように体を浮かしたが、彼はわざと気づかぬふうをしながら「わあ、こりゃご馳走だ」といった。

「一昨日、浜に打上げられたとよ。まだいくらでもある」

少年が傍の錆びたバケツを指さしたので、彼は口笛を吹いた。そして肩に下げたズックの袋から味パンをだすと半分にわけて片方を少年にやった。

「少し早いが結構な晩めしになったな」

「鯨か鱶《ふか》に追われてきたというとった。一昨日の朝はずっとこの辺いっぱいに打上げられて点々としとったよ。千尾位もおったかもしれん。足泊の何処からあれだけの人間が出てきよったかという位に、見知らんような者がでてきて、あっという間に拾われてしもうたけどね」少年は頭のない鰯を指で裏返しにした。

「惜しかったな、そりゃ」彼は舌なめずりしながらいった。

「おれの前に、もうひとり鰯を拾うとる女がおったが、まあいうてみれば、その女とおれがいちばん初めに見つけたようなもんだからね。朝の六時半か七時頃だった。普段より少し早う目を覚ましたんで、顔を洗おうと思って海岸の方に下りていったんだ。そうしたらちょうど向うの倒れた柵の所までくると、白く光ってきらきらするものがいっぺんに目の中に飛び込んできよった。そこまで駈けて行って、鰯が打上げられたんだということがわかったけど、走っとる間は昨日の晩のうちに、何か大住《おおずみ》教の者がいうとるような証しが起ったのかもしれんというような気がして、何か足が宙に浮いとるような気色だった。大住教の者たちはいつも海の向うから幸せがやってくるといいよるからねえ。朝の光に照らされて鰯はきらきらしとったし、鰯とわからんうちは何か大住教のいうとるようなことが本当になったのかもしれんと考えたとよ。鰯はすぐ死ぬから打上げられとった鰯はみんな死んどったけど、あんなふうに千尾も散らばっとると、真中の辺りでびくびく動きよるように見える。女はしばらくぼやっとして眺めとったが、おれがきたことを知ると、それから気違いみたいな手つきで風呂敷に鰯を突込みよった。いくら拾うても拾いきれるものじゃないのに、時々おれの方を仇《かたき》みたいな目つきで振向きながら、まるで自分ひとりのものだというふうに掻込んどった。それでも足泊の者が押しかけてくるまで、女は四回か五回、風呂敷の鰯を何処かに運んどったよ。……」

少年はまるで話すことに飢えてでもいるように一方的に喋りまくった。その間、比嘉稲安はふうふういいながら頭のない鰯を手づかみで食べたが、少年は惜しみのない手つきでバケツから二尾の鰯をつかみだして、石の上に渡した針金にのせた。十一か十二歳位になるだろうか。小さい目鼻立ちをした顔色のわるい少年は見かけのわりに、しっかりした声でつづけた。

「四回目か五回目の時、女はまだ小学校にも上っとらん位の女の子を連れてきた。さっきもいうたようにその時はもう足泊の者たちが押し寄せとったから、何処にでも打上げられとるというふうにはいかんだったが、女は舟虫みたいに駈け廻って連れてきた女の子の両手に二尾ずつ鰯を持たせよったよ。後で考えてみると、その時はもう風呂敷一杯にならんようだったから、女の子を連れてきただけ足手まといになって、かえって損したようなもんだけど、見とったら何かおかしゅうなってきよった。……」

その晩、比嘉稲安は少年と一緒に過した。ねぐらにしている廃鉱の坑口について行ったのだ。のべつ幕なしに喋る合間に少年は平良《たいら》光雄と名乗ったが、沖縄の名前に似とるなと彼がきいても、いささかの反応も示さなかった。少年は平べったい罐入りの蠟に火を灯して、絶え間なく口を動かした。

「去年の夏、口石《くちいし》の海岸に酔っぱらった男の屍体《したい》が上った時、町ではちょうど三夜祭をやっとったんだ。あんた三夜祭を知っとるね」

「知っとるよ」と、彼はいった。「去年の夏はおらんやったが、三夜祭は何べんも見た」

「去年の夏見とらんのなら何もわからんよ」少年は自分の領分を犯されでもしたような口をきいた。「三夜祭は去年で打止めになったんだからね」

「酔っぱらいが死んだというとったな」彼はただ調子を合わせるためにそういった。「誰かに殺されでもしたんか」

「殺されたかどうかわからんが、警察では事故死というとったからそうかもしれん」少年はいった。「おれが話そうと思うとるのはそれから先のこと。……」

その時、右足の裏がひどくむず痒くなったので、比嘉稲安はズックを脱いで足指の股に爪をたてて、ごしごしと掻いた。

「潟に寝せられて蓆《むしろ》をかぶせられとった酔っぱらいの屍体が、夜中に蓆もろとも消えてしもうたとよ。誰がやったかわからんがこりゃ溜飲の下るような出来事だった。三夜祭の中日に、サーカスか魔術のごと跡形もなくぱっと消えてなくなったんだから、こりゃ誰でもびっくりするよね。酔っぱらいの屍体が消えてしもうたという朝、おれは口石の神社におったが、朝っぱらから焼酎の四合瓶をぶら下げて賽銭箱の付近をうろついたった奴なんか、ああ堂々の輸送船なんか歌いよったからね。よっぽどやりよったと思うたに違いなかよ。三夜祭というても御輿《みこし》ひとつかつぎだすわけじゃなし、何年か前から腐れたええがんちょうみたいになっとった祭りに、そんなサーカスみたいな事件が起ったとだから、誰もがうれしゅうなって、歌でも歌おうかという気になったんだ。……」

　肩をこづかれたので彼は顔を上げた。津森愛十の首ごと大きく廻す視線に誘われるように、彼が格子《こうし》に近づくと、便所によく行かせてくれる看守の顔がすぐ間近にあった。

「おい比嘉、お前は運がいいよ」と看守は囁《ささや》くようにいった。

「つけ火をした犯人が自首したんだ」

「そいじゃ無実だ」津森愛十は自分の容疑でも晴れたような声をだした。

「だしてもらえるんですか」と彼はいった。

「今すぐというわけにはいかんよ。まだ上から何もいうてきとらんからね。おれは親切でお前に知らせとるだけだから」

「おおきに」と彼はいった。

　看守が顔を引込めると同時に、「頼みがある」という別々の声が、「あの看守、点数稼ぎやがって」という千曳仁の声と重なってきこえ、比嘉稲安は両方の掌を顔の前にひろげて、照れ隠しのように自分の臭い息を吐きつけた。

2

翌朝、留置場から釈放されると、比嘉稲安はなんとなくバスに乗って駅前まできた。それから西肥バス発着所の便所で用を足し、長崎行ビジネス特急を待つ人々の列の後尾に並んでみた。別に長崎に行くつもりはなく、待合室のベンチに坐る場所が見つからなかったのだ。昨夜ひそかに津森愛十と外川善太郎から頼まれた伝言をどうするか。とにかく伝えねばならないが、引受けた時はそうでもなかったのに、ひどく億劫な気分だった。

「次のバスにした方がよかったかもしれんな」

「どうしてですか」

「どうしてって、これで行ったんじゃ向うに着くのが少し早すぎはしないかね」

「葬式は一時からですよ」

「だから早すぎるじゃないか。まだ始まりもしないうちから宮子さんたちと何やかや話しあわねばならんのはたまらんからね」

「そんなことというてもこの次の特急なんかに乗ったら間に合わんでしょう」

「特急なんか乗らずに普通の急行に乗ればよかったんだ」

「そいじゃそうしますか」

「宮子さんだけじゃない。向うに行けば高野の一統も早々ときとるだろし、中島の者たちだってきとるわけだから、体裁のよいことをあれこれと話しあわねばならんのは辛いよ。みんな腹の中で考えとるのとは違うことを喋るのだから……」

「そんなに気に病むなら仕様がありませんね」

「何が仕様がない」

「いえ、あなたがそういうからですよ。親類の者に顔をあわせずに葬式にはでられませんからね」

「葬式には行くんじゃないか。だからこうして……」

「次のバスにしますか」

「そんなことじゃなかろう。おれがいうとるのは、今日集まってくるみんなの気持をいうとるんだからね。ほんとはそれみたことかと舌でもだしたいくせに、表向きは殊勝な顔をして宮子さんにお悔みをいうみんなをみたくないんだよ」

「そんなら少し早く行こうと、ぎりぎりの時間に着こうと同じじゃありませんか。お悔みをきくのが嫌なら葬式にだってでられないわけだし……」

「そんなふうにいうのか」

「あたしは何もいうとりませんよ。どっちみち、高野や中島の者たちはくるんだし、それをあなたのようにめくじら立てていちゃ、どうにもなりはしませんよ」

「定次さんがこんなふうにならなかった前、高野が何というとったか知っとるのか。中島だって同じことだ」

「喧嘩しに行くんじゃないですよ。葬式に行っとるのを忘れないで下さい」

「喧嘩みたいなもんさ。腹のさぐり合いをやりに行くんだからね。この先、宮子さんがどうするかの問題もある」

「宮子さんはこのままでしょう。決っとるじゃありませんか」

「ところがそうはいかんのだな」

「何がですか」

「このままでは納まるまいというとるんだよ。高野だってこのまま黙って指をくわえたりするものか」

「あなたが考えることは何もないんですよ。宮子さんがこれから先、お店をどうしようとうちには何も関係ないことだし構わないじゃありませんか」

「元々、お前は高野贔屓《びいき》だからな」

「何いうとるんですか。馬鹿馬鹿しい」

「あんな奴の顔もみたくないよ」

青色のバスが来たので比嘉稲安は列を離れた。話の具合で、これから葬式に参列するらしい後ろの夫婦連れは怪訝な顔をして彼を見たが、結局早すぎるというビジネス特急に乗込んだ。待合室の電気時計は十時十八分のあたりを差しており、その下にかけられた広告板は、家具店という文字を残して真白く塗りつぶされていた。比嘉稲安は売店で温めた牛乳を飲むと、鉛筆とメモ用紙を借りて、伝言を頼まれた女二人の名前と所番地を書き付けた。そうしておけばほかのことを考えながらいちいち記憶を確かめずにすむと思ったからである。

大輪信子と外川増江。彼は小肥りの店員に鉛筆を返すと、「白南風町《しらはえちょう》というのはどの辺ですか」ときいた。売店の女はすぐには返事をせず、それまでの口調とはまるで違う不愛想な声をだして、「この上ですよ」というと、投げやりな手つきで顔を前に向けたまま、自分の後頭部の方を指差した。

比嘉稲安は売店の横から待合室をでると、女店員の背中の方角に位置するかなり急な坂道を上って行った。自分が留守の間に田中組の方から何とか調子のよいことをいってきても絶対に乗るんじゃないぞ、それから此処にいる間は、もっとひんぱんに弁当を差入れてくれという津森愛十の伝言を口ずさむように思いながら、彼はコンクリートと石畳の境目を選んで歩いた。津森愛十の口ぶりから察すると、大輪信子は、ちょっと何とかいう女優に似た顔つきで、泊めた客に味噌汁を作ってだすような情のこい女であるらしかった。津森愛十はほかにも冗談めかしてお礼代りにちょいの間《ま》位なら抱いてもいいぞ、といったが、声にあまり弾みはなかった。

彼は坂を上りつめた角の豆腐屋で番地を確かめ、さらに理髪店の横の石段を上った狭い分れ道を左に折れた。

片方に石垣のつづく道の途中で、派手な格子縞のボストンバッグを下げた娘に、宮下という家を知りませんかときかれて、自分も探しとるんですよと彼は答えた。金網で囲われた運動場を見下ろす場所で、彼はもう一度その娘と出会った。娘はボタン飾りのたくさんついた赤いオーバーを着ており、襟元には鮮やかなブルーの絹マフラーをのぞかせていた。彼は平たい石段の隅に体を寄せるようにして立ち止ったが、娘は会釈もせず、彼の近くだけを小走りで通り過ぎた。

金網で囲われた運動場の後方に、町の屋根と重なりあって、佐世保港の薄っすらとした細長い海と三角形の山が見える。あれをボタ山だとすれば、さしずめこの建物は鬼池中学だ。一九六〇年夏、矢ノ浦炭鉱が閉山するまで通った中学校の運動場には、金網こそ張ってなかったがそのかわり校舎に上る土手には、春から夏にかけて生徒の植えた青いイヌゴヤシや赤のまんじゅしゃげが咲き乱れた。家族ぐるみ筑豊の小山に移住する手筈に決った日の午後、彼は人気のない運動場を訪ねて、何時間もそこに坐りながら、二学期からもうここにはこれんなと考える一方、一晩中つづいた両親のすさまじい諍《いさか》いをぼんやりと反芻していた。この上もう行先の真暗な筑豊の炭鉱に移るのはご免だという母に対して、長年慣れた仕事を離れて、ほかにどんな働き口を見つけろというのかと、父は焼酎を入れた牛乳瓶をらっぱ飲みしながら反駁するのだったが、どっちみち筑豊に行かなければどうにもならないことはわかっていた。母のいう通り、佐世保にでたとしても鼻糞みたいな退職金では弟妹を合わせて家族五人、一カ月も食べて行けなかろう。

ボストンバッグを下げた娘の姿が垣根の陰に見えなくなってから、比嘉稲安はゆっくりとした足どりでその後を歩いて行った。豆腐屋で教えられた番地はこの近くだと思われたが、石段の両側には取りつくしまのないような家ばかりが建っており、津森愛十の女が住む所としてはひどく場違いのような感じだった。子供の手を引いて前方から下りてくる労務者風の男にきくと、頭を振ったきりものもいわず去って行った。森産婦人科と書かれた電柱の看板に片手をあてがい、彼は所在なげに廻りを見廻したが、道下に屋根だけのぞいている家がふっと目に止った。石段の坂を背にして、何か見えないものにへばりついているようなその家は、ビニールの窓隠しだけがいやに目新しく、ベニヤ板を張ったドア式の戸口には表札さえでていない。彼はしばらく戸口の前に立ち、それからまるでそうだと決めてかかった口調で「大輪さん、大輪さん」と声をかけた。かなりの時間が過ぎて、音もなくドアが開いた時、比嘉稲安は思わず目をみはった。奇妙にちぐはぐな化粧をしていた眉毛の薄い女の口もとがびっくりするほど自分の母親に似ていたからである。顔つきだけではなく痩せた体つきや恰好までがそっくりだった。彼はそう感じたのだ。厳密にいえば三年前から母親に会っていないので、女の方が少し若いのかもしれなかったが、固そうな顎まで、母と同じように突張っていた。

「大輪信子さんですね。津森さんの言伝《ことづて》があってきたんですよ」彼は息を呑みながらいった。

女は心持ち顔を上げるようにして彼の方を向いた。眼でも不自由なのか。女の目尻にはかすかにぼんやりと涙のような紅が刷《は》かれており、伏せた睫《まつげ》の下のふくらみを帯びた皮膚にまったく張りはない。

「津森愛十さんから頼まれてね」彼は繰返した。「大輪信子さんでしょう。おれは今日あそこからでてきたんだから」

「信子さんはおりません」女は瞼を閉じたまま低い声でいった。

「おりませんというと、あんたは大輪さんじゃなかとですか」

「信子さんはもう此処にはいませんよ」

「そいじゃ……此処におらんというのはどういうこと。おれは津森さんから伝言を頼まれて、それで訪ねてきたんだけど……」彼の言葉は何故か乱れた。

「信子さんはもうおらんようになったとです」

「おらんというのはわからんな」彼はいった。「それで、大輪さんは何処に行かれたとね」

「信子さんが何処に行かれたか、うちにはわかりません」女は閉じたままの瞼を左右に振った。

「何処に行ったかわからん……」

いいかけた途中で比嘉稲安はあっと気づいた。女はまったく盲目なのだ。それであいう紅のつけ方をしているのか。しかし、目が見えなくてどうして化粧をするのだろう、という思いを飲み込むようにして彼は言葉を足した。

「大輪さんは何時戻ってくるとやろうか。おばさんは今ひとりで此処におるんね」

おばさんと呼ばれて、女は少し口許《くちもと》をゆるめた。よく見ると、唇にも白い口紅が塗ってあり、平均台みたいだと、彼はわけもなくそう感じた。

「信子さんはもう戻ってこないでしょう」女はそこだけ浮いたような唇を動かした。

「戻ってこないって、逃げたんか」自分でも思いがけぬ言葉が彼の口からでた。

女の唇はかすかに顫えたが、何をいったのか彼にはきこえなかった。子供がスキップでもしているのか、道の石段に調子のついた足音が響き、つづいて甘えたような意味不明の声が伝わってきた。

「仕様がないな」と彼は呟いた。それからまた「ひとりじゃ困るよね」といった。

「津森さんから頼まれてきなさったとですか」女はいった。

「そう、津森さんは今、留置場におるからね」

「信子さんは四日前まで此処におったとよ。でももう戻ってはこないでしょう」

「どうして」彼はいった。「あんたをひとりおいて、どうして出て行ってしもうたとね」

「信子さんはまだ若いから、何処にでも行くところはあるんよ」

「そいでも、ひとりじゃ困るやろう、めしなんか」

「慣れとるからね」

金網を張った運動場と思われる方向で、突然嬰児《えいじ》の泣き声が起り、五秒も経たぬうちにぴたっと止んだ。

3

バスに乗って運転手と同じ位前方を見渡せるいちばん前の席に坐った時、比嘉稲安は先程の女の名前をきいておかなかったことをなぜか激しく後悔した。外川増江の住む町の近辺に向うバスはやがて発車したが、二つ目の停留所を過ぎる頃、彼は運転手の奇妙なひとりごとに耳を留めた。車掌の合図や信号に受けて答える特有のものではなく、運転手は声をだしていることに自分でも気づいておらぬふうに呟くのだ。

昨日だな、昨日だな、昨日だな……とか、あの野郎のいいわけも落ちたもんだ、というような言葉が彼の耳に入ってくる。くさださん、くさださんの店。田中さんとぱったり会った金物屋。比嘉稲安はなるべく運転手の方に顔を向けず、運転席からきこえてくる声の断片をできるだけ捉えようとして首を前方にのばした。間違いないよ、田中さん。信号がでとるんだからさっさと通ればいいんだよ。

一緒に勤務していながら車掌は気づいていないのか。彼が二度ばかり振向くと、制服全体がはちきれそうに肥った車掌は「切符ですか」ときいた。「何でもないよ。切符は買ってある」彼は慌ててジャンパーのポケットから切符を取りだしたが、その時思いもかけぬような運転手の言葉が彼に向ってきた。

「用事もないのに話しかけちゃ困るよ」

「話しかけちゃおらんよ、何も」彼はとっさに反駁した。

「切符かときくから、切符は買ってあるといっただけじゃないか」

「しかしあんたは、車掌に用事があるような素振りをされたとでしょう」

彼はあきれて運転手の顔を見た。少しばかり顎の張った外はごく普通の顔立ちで、グリーンの皮手袋をしていた。

「おれは何もそんな、変な素振りなんかしとらんよ。車掌さんにきいてみればわかる」彼はいった。

「変な素振りとは誰もいうとらん。わけもなく車掌に話しかけてくれるなというとるんだから」

運転手は前方を見つめながら、ハンドルをわずかに右に切った。

「誰がわけもなく話した。おれはただ切符のことをきかれたので……切符は持っとるから持っとるとそう答えただけだ」乗客たちの視線が自分に集中するのを感じながら彼はいった。

「とにかく困るんだよ。こっちは勤務中なんだからね。大事なお客さんを預かっとるんだ」

「何をいう。初めにやっておらんことをいいだしたのはそっちじゃないか。おれがどんな素振りをしたか、そこにおる車掌さんにきいてみろ。おい車掌さん」彼は高い声で車掌を呼んだ。

「ちょっとこっちにきてくれんか」

「勤務中ですから」

車掌がそういうと、乗客たちは声を立てて笑った。運転手は口を半ば嘲《あざけ》るような恰好で開き、必要でもないのに警笛を鳴らした。バスは停留所に止り、客のひとりが降り際に車掌にむかって何かいったようだった。

「お前は屑だな」彼はむかむかする声を抑えきれず、運転手にだけきこえるような低い声で毒づいた。「お前はさっき、あの野郎も落ちたもんだとかひとり言みたいに人の悪口をいうとったが、ちっと頭の方がどうかなっとるんじゃないか。田中さんとぱったり会った金物屋なんて、運転中に譫言《うわごと》みたいなことをいうたりされたら、安心して乗っておられんぞ」

運転手の顔色はみるみるうちに変った。それからいったんハンドルに覆いかぶさった体を立て直すと、固く食いしばった口のまわりに、耐えるような表情を浮べつづけた。そして次の停留所でブレーキを踏むと、そう決意していたような動作で、座席からすっと立ち上ったのである。「この人に降りてもらってくれ」運転手は上ずった声で車掌と乗客に訴えるようにいった。「この人は運転手の屑だといった。みんなにはきこえなかったかもしれんが、こいつはわたしのことを気違いだといったんだ。さっきからずうっとそんなことばかりいうとった。運転しとる者の横で、そんなでたらめな気に障《さわ》ることを耳に注がれたら、落ちついて車も動かせんからね。降りてもらわなければ運転することはできんよ」

「警察にいうんだな。こっちだって危なくて乗っとられんよ」

黒いオーバーを着た乗客がそういうと、肥った丸顔の車掌がそれに力を得たように、彼に近寄ってきて「規則ですから降りて下さい」といった。

比嘉稲安は席を立つと、運転手のひきつった顔を睨みつけながら、捨台詞《すてぜりふ》をいった。「気違いだと、いいもしないことを自分からいいだしやがって。お前こそ車を降りて、病院で診てもらえ」

ステップを降りた時運転手が何か叫んだようだったが、彼は振向きもしなかった。あのままバスの中にねばってもよかったが、警官にでも告げられると留置場をでた日が日なので、面倒なことになると考えたのだ。彼はタクシー営業所の角を左の通りに折れ、大きく迂回し、あの運転手は今頃どんな顔をしているか、と考えながら、ふたたび元の降りた停留所に戻った。田中さんとぱったり会った金物屋がぐさっときたんだ。彼はもう一度、運転手のひきつった顔を思い浮べて含み笑いをした。

彼はしばらくそこに立っていたが、日野行きのバスは間隔が長いらしくなかなかやってこなかった。外川善太郎の伝言はちょっと複雑で、自分は三、四日うちに白状するつもりだから、医者のことを書いた本だけ十冊ばかり残して、残りはみんな他の安全な場所に移せ。それからまだガサをやられていなければ、机の中のノート類や資料も全部、ほかの見つからない場所に隠すこと、というのであった。外川善太郎は彼に二万円の謝礼を約束したが、そんなふうにいわれたというだけで、家族は果してそれだけの謝礼をだすかどうか。

歩道の端に捨てられた綿菓子のこびりついた棒を、比嘉稲安はズックの靴底でへし折った。それから薄っぺらな化繊のジャンパーを探って、売店で書き記したメモ用紙を取りだしたが、その拍子に折畳んだ五百円札がぽとりとすり落ちた。水汲みの報酬はもうそれだけしか残っていなかったのだ。彼は折れた綿菓子の棒をさらに蹴飛ばし、身を翻《ひるがえ》すようにして薬局の方に歩いて行った。「切らずに治る痔の薬」と書いた貼紙の前に立っていた妊婦が鶏のような恰好で手招きをしたので、その方を見ると、身形《みなり》のきちんとした中年の男が横断歩道を渡ってくるところだった。彼ははずみのついたような足どりでそのまま中に入り、出鱈目《でたらめ》の薬品名をあげて、おいてあるかどうかと尋ねた。

薬局から出てきても、バスはなかなかやってこず、紙袋をいっぱい積んだ買物車を引張る金髪のアメリカ人の娘がにこやかな顔をして彼の脇を通り過ぎた。約束通り、外川善太郎の女房が二万円くれるなら、今日は肉を食べてもいいな、とぼんやり思いながら彼は停留所の標識を軸にして、ぐるぐると二、三回廻った。もし二万円手に入れば、肉を三百グラムも買って盲目の女に持って行ってやればいい。彼はさらに停留所の標識をつかんでぐるぐる廻りながら、自分の思いつきを固めるように足をぱたぱたと踏み鳴らした。

やっとバスがきたので飛び乗ったが、彼の脳髄はすでに女と一緒に食べるすき焼のことでいっぱいにふくらんでいた。前の車掌とはまるっきり違う体つきをした脚の長い痩せた車掌から切符を受取ると、比嘉稲安は片肘を窓の縁にくっつけて、走り去る町を眺めながら、津森愛十の言葉から窺い知った大輪信子という女と同じように、あの女も体を売って生きているのかと思った。その途端にこらえていたひとつの場景がぐらりと傾く。

夜目にも派手な化粧をした女が声をだしたので、彼ははっきり自分の母だとわかった。三年前の夏、直方《のうがた》のパチンコ屋の店先で掻っぱらったスクーターを解き屋で処分した後、その金を持って飯塚まで足をのばした夜のことである。一年ばかり福岡の自転車店に住込んだ後、そこを飛出していったん八幡《やはた》に行き、一週間前から彼はふたたび筑豊に舞い戻っていたが、家族の住む宝月《ほうげつ》に寄るかどうか、考えていたところだったのだ。宝月炭鉱もすでに閉山しており、大方の鉱員は離散していたが、彼の両親は何人かの坑夫たちと一緒に退職金代りに残された宝月の炭住に住みながら、隣接する古賀炭鉱で働いているはずであった。

比嘉稲安の十五メートル程先で、母はふたたび酔っぱらった業者ふうの男を相手にパントマイムのような動作を繰返した。片手を振りながら去ろうとする男の腕を、母親がつかんで離そうとしないのだった。男と母はもつれあいながら、屋台の横手からブロック建材を積み上げた広場まで歩いて行ったが、電柱のぼんやりした明りの輪の中で、母の首筋はひどく白いように見えた。

もしあの男があらわれていなければ、彼は自分の母親に遊ばないかと声をかけたかもしれなかった。ホルモン焼と染め抜かれた赤い天幕の光に、半身を映すようにして佇んでいた女は、彼の足音をきくと立ち上ったが、その時、天幕をくぐってあの男がでてきたのだ。彼は舌打ちをし、それから数歩天幕の方に近づこうとして、思わず立ちすくんだ。男の体に擦り寄った女の横顔にぎくりとするものを感じたからである。しかし、まさかと彼はその思いを否定した。そして今、まぎれもなく、自分の母親を見たのだった。

母は懸命に男を誘っていたが、彼にはまるっきりきこえなかった。まだ八時を過ぎたばかりなのに、町全体が死んでしまったように、静まりかえっており、赤い天幕の明りさえ、作り物のように、見えた。それでいて不思議なことに男の吐く息の酒臭いけもののような匂いだけは、顔をそむけたくなるほど強く流れてくるのだった。男は袖をまくり上げた白いワイシャツと、膝のふくらんだズボンをはいていた。以前、何処かで今目撃しているのと同じ場景のテレビか映画を見たような気もするが、あれは何だったか。彼は自分の口に拳をあてながら、母と男の動きに連れ、そこから二、三歩、針金の柵を背にして右手の暗がりに体を移した。

やがて男はかなり強い力で女を突き放した。するとなおも女は男にすがりついたのだ。ズボンのバンドのあたりに手をかけ、それを振り離されると母はさらに男の持っている風呂敷包みをつかんだ。男は奪い返した風呂敷包みで女の顔を殴った。しかし、まだ、それでも母は男から去ろうとしなかったのである。執念深い淫売《いんばい》だな。そういう声が男の口からではなく、何処か遠くの方から、飯塚駅の方角から呟くようにきこえてきた。

バスは長い坂を迂回して造船所の見える道にさしかかった。右端のドックには煉瓦色の巨大な船体のあちこちに熔接の火花を散らしており、クレーンの下を小型の運搬車がこま鼠のように走り廻っていた。次の停留所を知らせる車掌の声をききながら、比嘉稲安はしきりに小指の爪を噛んだが、眼の前の場景はなかなか消えようとしなかった。ものもいわず、母親を殴りつけた後、筑豊ボタ颪《おろし》と呼ばれる飯塚の生臭い風の中を彼はむちゃくちゃに走って行き、あたしの名は三池たん子よっという ふざけた女を拾った。泊りという約束で行きつけらしい小さな旅館に、三池たん子は彼を連れ込んだが、わざと燭光を弱めた部屋で見ても、女の年齢は母とあまり変らなかった。彼は笑いだしたくなるような気持で女の要求するままに前金を払い、ついでに焼酎とビールを注文すると、コップで混ぜ合せながら、たてつづけにあおった。「兄さん、何かあったとね」女は何度もそうきいたが、彼は答えなかった。やがて、女は断わりもせず階段を降りて行き、逃げたかもしれんと思う頃、焼鳥を山盛りした皿を抱えて戻ってきた。

「これはうちのおごりよ。何があったかしらんけど、辛い時は食べて忘れろというのが、三池の掟《おきて》だけんね」

「そんな掟があるもんか」

「ほら、すこうし元気になってきた」

彼が「飲むか」とコップを差しだすと、女は焼酎入りのコップを一気にあけてから「飲まずにこんな商売ができるもんね」といった。

女は口紅をこってりとつけていたが、顔全体の化粧は赤い天幕のところにいた女ほど濃くなかった。片方の頬にできものが根を張っていて、このところだけ厚く塗っているので、よけい腫れ上ったように見えた。

「にきびをつぶし損ねたんよ。うちは皮膚が弱いからいつもこうなる」女は自分の方からいった。

「炭鉱からきとるんか」彼の口から不意にいちばんさわりたくない言葉がでた。

女の顔を一瞬、固いものがよぎったが、すぐそれは消えた。「決っとるじゃないね。三池たん子という位だもん」

女は水玉模様のワンピースを着ており、見るからに安物だとわかるぴかぴかした硝子の指輪を左手の薬指にはめていた。それからしばらく二人は声をかわさず、彼が追加のビールを注文すると、女は焼鳥を頬張りながら出て行った。部屋の片隅に枕を二つ重ねた煎餅蒲団が重ねてある。十センチ程の風通しを開けた窓硝子にちらちらするのは、向いの二階でうつしているテレビだ。彼が狭い廊下の突当りにある便所から戻ると、女は顔を上げて、それを考えてきたというように「蒲団を敷きますか。それともおもしろか話をしようか」といった。

彼が黙っていると、女は別に持ってきたコップで自分も飲んだ。

「そいじゃおもしろか話ね。まだ寝るには早かもんね」女は片膝を立てて、坐り直した。

「今夜、家に帰らんでもいいんか」彼はまたしてもいいたくないことを口にした。

「どうして。泊りの約束でしょう」女はいった。

「そんな気がしたもんだからね」彼は弁解するようにいった。「帰りたいのならそれでもいいんだ」

「何いうとるんね。あんたはうちに金を払うたとだから、つまらんことは考えんでよかとよ」

女はいった。

それから女はもう一杯自分のコップにビールを注ぎ、さらに焼酎を入れて話しだした。

「おもしろか話というても、ひょっとしたらおもしろくもおかしくもない話かもしれんとよ。誰でも好き嫌いがあるから、山のことばかり考えとる者に海のことを話しても仕様ないからね。つまらんと思うた時は止めろといいなさい。何時でも止めるから。……」

彼は空けたコップに焼酎だけを注いで飲み、窓硝子に明滅するテレビの方に視線を投げた。

「何処か遠い所で起った話と思いなさい。女で売れるものを男に売れんことがあろうかといいだす者がおって、ほんとに冗談みたいな言葉を実行に移した者がおるんよ。それも女の恰好して行くわけじゃない。ただ小ざっぱりしたシャツなんかを着て、髭なんかも剃って、まあみればみられるというふうにして町の中にぼやっと立っとったんよ。金はないから喫茶店とか映画館とか、そんな場所には行けないし、そんなら何処に立ったったのかというと、バスの停留所に立っとったり、マーケットの中をうろうろしとったというんよね。そんなふうにして五日も六日もぶらぶらしとったもんだから、初めはあの冗談好きがとか、やけになって町の者をからかいよるとやろうと男に味方するようなことをいうとった者が、あいつはほんとにここにきたといって、頭をこづくようなことになっとったんよ。それでも男はしゃあしゃあとした恰好で毎日町に出て行く。男の住んどる所から町までバス代が片道六十円もかかるので、往復だとすれば百二十円というわけよね。いくら何だというても一日にまるまる百二十円損して町の者をからかいに出掛ける者が何処におる。みんなはそんなふうに噂して、家の者も泣き喚くし、女たちやなんかもわあわあいいよった。ところがあんた、二週間ばかりもそんなことがつづいた日の翌朝、一晩町に泊った男が、ぱりっとした色着きのシャツと真新しいズボンをはいて戻ってきたんよ。みんなはわっと羽虫みたいにその男を取り囲んで、ききたいことを口々にきいた。そのズボンは誰に買うてもろうたのかとか、玉屋のデパートで買うたのかとか、やっぱり一緒に泊った女に買うてもろうたとかとか、男の女房までが、それはいろいろなことをきいたんよ。しかし男はにやにやしたきり、かんじんのことは何も答えない。いえば誰か自分を真似する者がでてこんとも限らんというふうにね。しかもそれからまた二、三日経って、男はやっぱり朝方戻ってくると、今度はマーケットの袋に食パンとか罐詰とか、あふれる位につめこんだのを二つも抱えてきたんよ。その時も何にも喋ろうとしない。いくらみんなにきかれてもはぐらかすばかり。それでなおみんなは知りたがろうとしてあれこれ穿鑿《せんさく》しだした。そしてとうとうある日、男の後をつけて行った者がおるんよ。男を尾行した者は同じバスに乗ったんだけど、まさか自分の後をつけてきとるとは思われんから、男は二言三言話しただけで町に近づくにつれてだんだん知らん顔をするようになったそうよ。それから、バスを降りてからどうしたかといえば、男は川端をどんどん歩いて行って、アーケードというのかしらん、天井のついた町の中の喫茶店のドアを押した。後をつけた者は金もなかったし、喫茶店に入るわけにもいかなかったので、近くの本屋の中で待っとったら、それから間もなく男と肥ったおばちゃんみたいな女が一緒にでてきて、後をつけとる者の目の前をすうっと通って行った。……」

「やめろ、つまらん」彼はいった。

「止めろというなら止めるよ」女は唾をためたような声をだした。「今からずっとおもしろうなって、気色のわるうなるような話だけどね」

「坑夫の淫売なんてどこがおもしろいもんか。自分は炭鉱から稼ぎにでとって、よくそんな作り話ができるな」

「作り話じゃないんよ。うちがいうとるのは実際にあった話だから。それも淫売なんかじゃなくて、もっと気色のわるい話になるんよ。あんたが止めろというからそれでもいいけど、今までうちが喋ったことは序の口みたいなもんやからね。今まで話したことなんかみんなひっくり返るから、それで何かこう世の中がわからんような筋書になって行くんよ」

「ふん」彼は鼻から声をだした。「どうせ結末の決っとる話じゃないか」

「何が決っとるんね。あんたはうちの話を最後まできかんからそんなふうにいうけど、ああそうかというて、簡単に終ったりする話じゃないんよ。それでうちは序の口というたり、そこまで行く前の方をずうっと引張って話しとるんだから」

彼は飲み干したコップにふたたび焼酎だけを注いで飲み、「おれは十九だけど、あんたはいくつね」ときいた。

「意地のわるいことをいう人ね」と女はいった。「よっぽどどうかしたことがあったらしいけど、人にあたるもんじゃないよ」

「三十八か九か」彼はコップの縁に額をこすりつけるようにして「三十九なら、おれのおふくろと同じ年だな」

女はひと切れ手許に臓物を残した焼鳥の串で歯をほじくると、底にたまったビールを口に流し込んでくっくっと笑いだした。

「そんなにうれしいかね。おふくろと同じ年だというたことが」

「あんたにおもしろか話をきかせてやろうと思うたが、今晩は何をいうても受けつけないみたい」女はちり紙をだして口許を拭いた。「一カ月に一度か二度、仇討《あだう》ちみたいな客にとっつかまるんだけど、あんたは誰の仇を討ちたいんね」

急にぞんざいな口調になった女の腫れぼったい顔を遮蔽物《しゃへいぶつ》の陰からのぞくように彼はコップの底を傾けた。

焼酎が揺れるとザボンみたいな黄色い女の顔も歪む。

「おふくろなんて代物じゃない。腐ったザボンだ」と、彼が悪態をつくと、「みんなおんなじことをいうんね」と女はいい返した。

「以前は、あんたみたいな客を取ると、あたいのことをいくら軽蔑してもいいが、おふくろさんの悪口はいいなさんなというとったけど、この頃はもう、そんなみえすいたことはいわないようにしとるんよ。考えてみれば馬鹿馬鹿しい話だけんね」

「お前、おれぐらいの息子がおるならそいつにいうてやれ」彼はいった。「飯塚の屋台の近辺をうろつくな。うろついたらろくなことにならんぞって。……」

「紙芝居みたいな台詞をうちは好かんよ」女は瓶に残ったビールをすっかり自分のコップにあけた。「うちにもしあんたのような子供がおったら、こんなふうにいうてやるかもしれん。自分だけ辛抱しとるなんて思うな。世の中からはみでたと思うた瞬間に、その人間ははみだされたことになるんだから。そうじゃないね、兄さん」

「お前ははみでとらんのか」

「うちはあんたにいうとるんよ。辛抱してきたというても、たった十九年しか生きてきとらんのに、紙芝居みたいな台詞を吐くなって……」

いくら飲んでも彼の頭は熱くならなかったが、女はそれこそ酔った芝居でもしているように振舞いはじめた。顎のあたりに流れる涎《よだれ》ともビールの泡ともつかぬものをちり紙で拭き、それをまるめるとわずかばかり開けた窓の風通しを目掛けて投げたりした。それから自分勝手に、銚子と漬物の皿を運び、焼酎は炭住の便所みたいな匂いがするから虫が好かん、と贅沢なことをいった。

「折角おもしろか話をしとったのに。あんたはききもしなかったけど、喫茶店で女と会うてから男が何をしたか、あんたは知っとるんね。知っとるはずなかろう。初めは冗談みたいな話だというたが、しまいまできくとそんな笑い話みたいなもんじゃなかとよ。肥ったおばちゃんみたいな女と喫茶店からでてきた男は、自分をつけとる者がおるとも知らずにどんどんと歩いて、アーケードの通りを過ぎると、それから川の方に折れて、女と一緒に何とか外科という病院の中に入って行った。尾行しとった者はびっくりして、そうするとあの肥っちょの女は外科病院の奥さんかもしれないとも考えたりして、どういうつもりかなんて思うたりしとった。家がそのまま病院になっとるようなところなら、亭主の留守に男を連れ込むというふうにも考えられるけど、そこの何とかという外科病院は、住いのついていない病院だけの建物だったので、よけいわからんごとなったよ。……」

「止めろよ」彼はコップの底から、ぼんやりと揺れる女の赤い唇を見つめた。「男が何をしたかしらんが、くだくだした話はききとうなか」

「男は自分の血を売っとったんよ」女はそこだけきっぱりした声をだした。「マルタン（炭鉱離職者）が血を売る位、珍しくも何ともないことかもしれんけど、その男は絶対に病院で血を売っとることをそうだといわなかったんよ。それで、おもしろいというか気色がわるくなるのはそれからの話だけど、男は飽くまで女に体を売って金を稼いでいるといい張ったわけ。まあいってみれば体も血も同じだから、男のいうことは間違ってもいなかったわけだけど、いつも朝帰りしては、女と寝てきたような顔をしとった。その時はもう、みんな男が血を売っとることは知っとったから、あの人も無理しとるなというふうに考えて、しーんとしとったらしいけど、みんながそんなふうな目でみるようになると、男の方じゃよけい女から金を貰うとるみたいに振舞うようになった。考えてみれば馬鹿みたいな話だけど、男の気持になってみると、それはそれでわからないこともないんよ。初めから血を売ったといえばすんだものを、嘘をついたばかりに、後にも引けんようになるし、今更、あれは血を売っとったのだといえば、それこそみじめでたまらんような話になってしまうからね。……」

「糞おもしろくもない。ありふれた話じゃないか」彼はいった。

女は二本目の銚子をコップに注ぐと、それを手に持ったまま「ありふれた話かもしらんけど、男は死んだんよ」といった。

その男がお前の亭主じゃないのか。彼は口の先まででかかった悪態を引込めた。もしかすると、本当にそうであるかもしれないと考えたから。

「馬鹿臭くて、笑い話にもならんような話よね。男は血を売りすぎて死んだんよ。みんなが知っとることを自分だけが意地を張って、町の女と寝とるような顔を作りつづけたばかりに血をしぼり取られてしもうた哀れな男。……」

その晩、比嘉稲安は何もせず、ただ噛みつくように力をこめて女の体を抱きしめつづけた。そんなに強うしたら痛いよ、といいながら、女はじっと彼の胸に顔を埋めていた。割合にしのぎ易い夜だったが、それでも汗はとめどもなく顎から鳩尾《みぞおち》にかけて流れた。しかし、女は自分の方からは決して体を離そうとせず、彼の腕の中で、寝返りさえあまり打たなかった。

港のかすんだ岸壁が見えなくなった瞬間、バスはがたがたと揺れ、乗降客のいない停留所を通過すると、やがて日野精神科とモダンすぎる字体で書かれた広告板の前を走り、赤い小旗を掲げた勤務員詰所のある終点に近づいて行った。

4

四角な古い硝子の金魚鉢のなかで、もう何日も前から死んでいるらしい鮒が二匹、汚れた白い腹を浮かせていた。蒲鉾板に外川と横書きした小さい表札には、判じ物のように糸巻きがぶら下っていて、比嘉稲安が手を触れた途端にぷつんと切れた。バスの終点から十分ばかり溝に沿う窪んだ道を下りた場所にあるその家は、外川善太郎の口ぶりから彼が想像していたのとはまるで違い、近辺に群がる屋根と入口の見分けがつかぬような家々よりも、一層みすぼらしく陰惨だった。

用件を伝えると、内側から戸が開いて、彼は躓《つまず》きながらズックを脱いで暗い部屋に入った。しばらくすると目が慣れたのであたりの様子が見えてきたが、六枚か七枚かの畳を敷いた細長い変形の一間に、よく似た顔つきの女が二人、彼の方を睨みつけるようにして坐っているのだった。確か家内だときいた筈だが、外川増江は娘だったのか。そう思わねばならぬ位、留置場にいた男にくらべて目の前の女は若く、しかも二人、姉妹のように並んでいるのだ。一方の板壁には蜜柑箱で作った本棚にかなりの書籍や雑誌類が雑然と積み重ねられており、週刊誌からでも切抜いたらしいグラビアが、天井と屋根の隙間からかすかに、ぼんやりと差込む光線に浮きでていた。彼が声をだすまで、女たちはひと言も口をきかなかった。

「外川増江さんに直接伝えてくれといわれてきたんですよ」彼はどっちが当人かというふうに

二人を交互に見た。

「あたしが増江です」束髪の女が固くて抑揚のない声をだした。

「此処で話してもいいですか」

「どうぞ、これは妹ですからかまいません」と女はいった。

比嘉稲安の胸にふたたび怪しげな、曖昧な気分が生れた。外川善太郎が家内に伝えてくれといったのは、やはりきき違いではなかったのか。妹という以上姉妹のわけだが、こんな狭い部屋にこれまで留置場の男と一緒にくらしていたのだろうか。二人の女はそれぞれ黒いスカートの上にまったく正反対の色調のハーフコートをまとっており、増江と名乗った方の顔だちが少し長かった。彼が何となく圧迫されるような思いで外川善太郎からの伝言を告げると、妹の方が先に「そう、わかったよ」とうなずいた。

「それで、あの人は……」外川増江が口ごもるようにきいた。

「元気でしたよ。心配するなというてくれといわれた」彼は勝手に脚色した言葉を伝えた。今、この女は、あの人といったのだ。

「まだながく、あそこにいるんですか」今度は妹がいった。

「どうかわからんよ」と彼は、あの人という言葉を頭の中でぐるぐるとまわしながらいった。「かんじんな調べはまだ何もすんではいないようだったからね。外川さんは重要なことは何も喋っとらんし、今もいうたように、大事なことをきちんと始末してから、それから検事の気に入るようなことを少しずついうていこうと考えとるようだから。……」

「ほかに何も」

「何を」彼は外川増江にきき返した。

「あの人は胃腸が弱いし、固いものは何も食べきらんから、どうしとるかと思うとるんよ」

留置場の春本書きが家内といったのは事実だったのだ。彼は妹の半ば開きかけた口に視線を走らせ、それから姉の暗い眉と眼のあたりを窺うように見た。どちらも二十五か六歳にはなっていようか。それにしても、もう五十はとうに過ぎているはずの外川善太郎とは年が違いすぎる。

「一度お粥を差入れしようとしたんだけど、特別の許可がなければできないというので、そのまま帰ってきたんです。普通の差入れ弁当ではどうせ食べられないし、どうしようもなくてね」

妹の口は魚みたいに動いた。外川善太郎の食べていたものを不思議に覚えていないが、この姉妹はこんな暗い部屋に坐り込んだきりで、一体今まで何をしていたのか。

「差入れをしなかったのは、あの人が何もしなくていいとそういったからです。親切な警官がおって、そう伝えてくれたんですよ。どうせ何を食べても味はないのだし、よく嚙んで食べれば何でも同じだから、特別に心配することはいらないって。あの人がいつも飲んどる漢方薬を差入れすることができれば、それがいちばんいいんですが、あんな場所で漢方を煮ることは到底できんでしょうしね」外川増江がいった。

「別にどうしたってわけじゃないから、すぐ戻ってきますよ」彼は姉妹のどちらからも視線を外した。

「折角こられたのに」妹がいった。

「おれはすぐ帰るけど……」比嘉稲安は空しい気持になりながら思いきって口にした。「外川さんはおれに二万円礼をするってそういうたんだ。いうたことを外川増江さんに伝えてくれればきっとお礼をするはずだと。それで、おれはこうやって……」

「二万円なんかあるもんか」

「あの人がそういうたんですか」

姉妹の声はからみあうようにして、殆ど同時にでた。二万円なんかあるもんかといったのは妹の方だったが、彼が謝礼のことを口にした途端、はっきり二人の表情は分れた。

「言葉だけならどうでもいえるよ。二万円でも三万円でも、五万円やろうが……」

「清子」外川増江が首をまわして妹を制し、それから彼の方に向き直った。「あの人が二万円というたのならそうしなければならんのでしょうけど、今すぐとてもそんな金額の金はできんのですよ。……」

「家に行けば二万円だすなんて、勝手よ、そんなこと」清子と呼ばれた妹は外川増江の言葉の途中で、留置場の男ではなく彼を難詰するような口を入れた。

「おれは外川さんからいわれたことを伝えとるだけだから」彼はいった。

「あの人は何でも自分の都合のよいことしかいえんのよ。することも同じ。自分さえよければ人のことなんかどうでもいいんだからね」

外川増江は妹に哀れむような一瞥《べつ》を与えると、彼を促すようにして立ち上った。

「あたしと一緒にきて下さい。二万円はとてもできんけど、気持だけのことをするから」

彼は外川増江よりも一足先に家の外にでた。すると「そんな金がある位なら……」と語尾不明の争う声がきこえ、つづいてはっきりと「ふん、自分だけが夫婦面して」という妹のあびせる言葉が彼の耳を打った。

外川増江は戸口から飛びだすと、まるで追われでもしているような足どりで、ものもいわず彼の先に立って歩いた。そして窪んだ道をじぐざぐに上り、振返っても地面に匍いつくばったような家々が視界から消えた時、横倒しのドラム罐を背景にして初めて立ち止った。

「あれは畜生のような女よ。夜中までずうっと目を覚ましとって、人が寝とるときわざと歯ぎしりを立てるような女だからね」

外川増江はそれだけいうと、くるりと向きを変えて焼却場の裏を横切った。勾配のついた道はそこから三方に分れていたが、彼女の足はためらいもせず行方に朽ち果てた倉庫の見える道を選んだ。

「何処に行くんね」彼はふと、不安な気持になってきいた。

外川増江は返事をせずに歩きつづけた。陽光の下で見ると、化粧をしていない彼女の顔にはまったく色艶《いろつや》が失われており、頬のあたりは売れ残った野菜を思わせた。

「自分のものか他人のものか見境さえつかない。泥棒猫みたいな女よ」外川増江は不意にまたひとり言のようにいった。「あの人が親切にしてやるもんだから、よけい図に乗って、そういう権利もないのに自分勝手に理屈をつけて、あたしを邪魔扱いするんですからね」

「ほんとの妹さんね、あんたの」

「そう。口惜しいけど、血のつながっとる妹よ。清子が生れる時分、母は何度も自殺しかかったというから、黒い血が何処かにたまっとるんよ。とても人間のできることじゃないことを、平気でやったりする恐ろしい女子《おなご》。……」

「あそこにずうっと一緒に住んどったんね、三人で」

外川増江は答えず、サンダルの形をした茶色の古い皮靴で道端のひしゃげた空罐を蹴った。

二人はやがて傾いた倉庫のすぐ手前まできた。彼はそこで彼女が何か謝礼についての条件をだすのではないかと思ったが、外川増江は黙ったまま両手をついて道筋だけできている左手の傾斜を上りはじめた。

「何処に行く」

「此処を通ると誰にも会わずにすむんよ」彼女はいった。

女と同じく両手を地面について足を運びながら、彼のなかに突然、性欲に似た衝動が起った。ひょっとすると、謝礼の代償として倉庫で体を横たえるかもしれないという思いを彼女が裏切ったからだ。彼は四つん匍いのまま外川増江の体を追い越し、その途中で「あんたは外川さんと結婚しとるんか」といった。「決っとるじゃないね。あの人がそういうたとでしょう。外川増江に伝えてくれって」

雑草さえもあまり伸びていない、荒い土くれの斜面を上りつめると、彼の乗ってきたバスの通る道路が広場のようにひろがっており、それを突切ると、さらに低い軒並の並ぶ家の間を通って、狭いコンクリートの道がかなり急角度の勾配で上方につづいていた。外川増江は道路を横断した場所で、此処に待っていてくれというしぐさをした。そして狭い道路を二十メートル余りも小走りに駈け上ると、掲示板の見える角からあっという間に姿をかくした。

比嘉稲安は仕方なく、バスの通る道路をぶらぶら行ったりきたりした。まさか騙したのではあるまいが、外川増江はなかなか戻ってこず、三十分はとうに過ぎたと思える時間になっても、まだあらわれなかった。さっき彼女がその角から曲って消えた掲示板のところまで彼は上ってみた。小さい石段の向うには石畳の道を挟んで幾軒かの古びた二階家が時代劇のセットでもあるかのように並んでいるが、外川増江はそのうちの一軒にでも入っているのか。

掲示板の向い側には、坂道との境に金網を張った三角形の遊園地があった。彼はそこのベンチに坐ると、時々体をねじって掲示板の角を窺いた。そこに坐ってから、さらに頭の中で十五分程の時間が経過したが、小さい石段にはことりという音さえ鳴らなかった。だが、待ちつづけるより仕様がないので、彼はブランコの前で陣取りをしている子供たちに近寄った。するとそれまで気づきもしなかった浮浪者風の男が滑り台の陰にあるベンチから不意に体を起したのだ。

「何か胸のすかっとするようなことはないかね」彼より三つか四つ年上の男は同僚にでも口をきくように、慣れ慣れしい声をかけてきた。そしてよれよれの作業衣に手を突込むと、ポケットからつかみだしたものを掌にのせて、彼の前に差出した。銀メッキの月輪に赤く一労という文字を配した小さい徽章《きしょう》。

「金を持っとるなら、百円でこれを買うてくれんかね」男はいった。

「どうしたとかね、これは。何処のバッジや」彼は知り過ぎていることをきいた。彼のいた鬼池中学校は月隈《つくま》炭鉱も通学区域に含んでいたのだ。矢ノ浦炭鉱の閉山が決定した時、月隈は組合が分裂してからもなお闘争をつづけていたが、一年半も会社の雇った暴力団とたたかったあげく、第一組合も第二組合もわずか二カ月分の退職金で壊滅したという話は筑豊できいていた。

「月隈炭鉱第一労働組合。……そういうてもわからんやろうね」男はいった。

彼は黙って百円札を二枚だすと、それを徽章の上にのせた。

「百円でいいよ。そういうたんだから」

「カンパ」

「そうか、それは助かるな」男は顔をくしゃくしゃとさせて、徽章を指の先でつまんだ。

「それはいらん。大事なもんやろう」

「そんなわけにいくもんか。これはもうあんたのもんだ」男は月の輪の徽章を彼の手に押しつけた。

「大事なものやろうから持っとけよ」

男はちょっと未練そうな手つきをしたが、手を引込めると顔を大きく横に振った。「それを握っとると、今までは何かしらん身顫いするような気になったが、こうなったらおしまいさ。顫えもきよらん。顫えどころか近頃は邪魔になってきた」

「邪魔になった。どうして」彼はいった。

男は顎のあたりを汚れた爪で掻き、わざとらしく鼻の下を延ばした。比嘉稲安は親指と人差指の間に丸い徽章を挟み、片方の指で一回転させた。

「そいつを持っとると、持主のおらん自転車も持って行かれんからね」男は徽章から目を離さずにいった。

「あんたはおかしなことというね」彼は反撥した。「第一組合の徽章持って自転車を掻っぱらうのがなぜわるい。どうせみんな盗み合いじゃないか。盗むなとか、手段だとか、第二組合みたいなことをいうちゃいかんよ」

男は鼻孔に親指の腹をあてて、くすんと鼻を鳴らすと、鋭い偏《かたよ》った視線をブランコのあたりに走らせた。

「やっぱりこれはあんたが持っとくことだな」

「売ったものは売ったものだ」男はそういうと、首をぐいと掲示板の方に曲げた。「ほら、早う行かんと、あんたの待っとる人が出てこらしたよ」

比嘉稲安は月隈労組第一組合の徽章をじっと握りしめながら咽喉の奥にかかった唾を飛ばすと、坑内帽の白さのまだ残っている男の額をみつめた。

「自転車でも三輪車でも、これからは安心して掻っぱらわれるというわけだな」

「まあね」と男はいった。「ほんとのことをいえば、あんたに貰った金を叩き返してもよいが、今日のところはまあそのままにしとくよ」

「今日のところだけじゃなくて、明日のところもじゃないんか」

彼はそういうと、掌の中の徽章をいきなり、力まかせに方向も定めずに放り投げた。「そういうこと」男は吐き捨てるようにいった。そして一度は作業衣にしまい込んだ二枚の百円札を取りだすと、にやりと笑いながらそれを縦横に幾度もそれ以上小さくは裂けぬというまでに裂いた。

比嘉稲安は散々にされた百円札の塊が今にも自分の顔を目掛けて投げつけられるのではないかと思った。しかし、男はそうせずに、百円札の塊を拳にしたまま、彼を睨みつけた。「お前ははらわたまで腐っとるんだ。口先だけきいたふうなことをいうが、お前は人間でもマルタンでもない。腐った死体ばかりを嗅ぎまわる犬だ。……」

「浪花節みたいなことをいうなよ」彼は何処かできいた台詞を真似した。「おれが犬ならお前は蝙蝠じゃないか、掻っぱらう時まで理屈をつけようとしやがる」

男が破った百円札を地面に盛り上げたので、彼はぷいと横を向いて走りだした。きっとあれに火をつけて気障《きざ》な文句でも吐くつもりだったのだろう。お前は盗人専門の役者になればよかったんだ。比嘉稲安は声にださぬ悪態を吐くと、駈け足で女の後を追った。

外川増江はバス道路に立っていたが、彼を見るとあっという顔をして二つ折りにした封筒を出した。

「あの人のいった金額にはとても足りませんが、これで辛抱して下さい」

彼はその封筒を受取った。すると女は呆気にとられる程の素早さで、彼から離れたのだ。紺色とも茶色ともつかぬ奇妙な色のハーフコートは、紙人形でも走る恰好で、彼の視野をだんだんと遠ざかって行き、黒幕に倒れ込むように消えた。

5

封筒には千円札が二枚と、よれよれの五百円札が一枚入っていた。比嘉稲安は肉を買おうと思ったが、盲目の女の家に行くにはまだ早すぎるような気がして、ふたたびバスで町に戻ると百八十円の外国映画を見た。がらんとした座席に坐って彼は海岸の道路を疾走する旧式の自動車を追ったが、眼の奥ではずっと日野の暗い部屋で争う陰惨な姉妹のことを考えつづけた。留置場にいるあの太平楽な五十男を挟んで、姉妹の黒い火焔のような愛憎の終末。

ひとりも見知った俳優のでていないイギリス映画は、始まってからまだいくらも時間が経っていないのに、幾つかの場面が進行しても、誰がどんな役割を果しているのか、彼には全く筋がつかめなかった。岩場に並んで何人かの男が深刻な表情をして魚を釣っており、その背後を十歳位の少年とシェパードが遊びたわむれる場景から、一転して、うねりつづく砂丘の陰に激しく抱擁し合う男女を映しだした。それからふたたび岩場になり、鳥打帽をかぶった中年の髭男の顔がスクリーン一杯にクローズアップされた。男の魚籠の死にかけた魚の目、多分、砂丘で喘ぐ脚の長い白いスカートの女は髭男の妻なのだろう。きっとそうなのだ、と彼は思ったが、ストーリイが進行するとそれもまた曖昧になった。漁村の納屋で逢引する別の男女があらわれたからである。漁師らしい青年は皮の肘当をした上衣を着ており、青年の髪を愛撫しながら、顎のきつい女は絶望的な眼差しで接吻を繰返すのだった。そして確かにこの女こそ、岩場で釣りをする髭男の妻だったのだ。天井の梁《はり》だけが目立つがらんとした部屋に、髭男と妻、それに二人の子供が食卓を囲んでいる。岩場でシェパードと走りまわっていた少年だ。その隣はそれより二つ位年長の痩せた少女。髭男が祈りはじめた瞬間、妻の視線はちらっと少女のおびえたような顔に投げられる。

あの奇妙に対立した色合のハーフコートを着た姉妹は、外川善太郎と毎晩どんな形で寝ていたのか。夫婦だという以上、外川増江が男とひとつの床に寝るのかも知れないが、その時、妹は何を考えて耐えるのだろうか。

髭男と家族の食事がすむと、少年は手摺りのついた階段を踏んで中二階に去り、娘は母親と一緒にフォークや食器を台所に運んで、後始末の手伝いをした。髭男は終始沈黙したままだ。

母親が何か冗談をいうと、少女は無理に笑顔を作るが、みるみるうちに乾いて行く。髭男は壁にかかったジャンパーの袖に手を通す。釣りの時着ていたものである。今から何処に行くんですか、と妻がきくが答えない。恐怖におののく娘のひきつった顔は殆ど極限に達する。クローズアップ。

そして朝。鉛のような空に覆われた漁港の細長い突端を一匹の老犬が地面に鼻を擦りつけながら歩いて行き、その飼主らしい妊婦が繋柱に腰をかけて、じっと海の彼方をみつめている。女の顔も犬と同じくかなり老けているが、それでも明らかに妊娠しているのだ。白い前掛けの下に西瓜《すいか》を抱えたような服。

昨夜、髭男は何をしに外出したのか。髭男の家族があらわれてこないのに苛々しながら、彼はスクリーンの妊婦と一緒に、突堤の標灯を横切る三本マストの貨物船を眺めた。操舵室と煙突を船尾に集めた五百噸《トン》余りの小さな貨物船は自らの能力を越える重量でも積んでいるような恰好で、のろのろと進んでいたが、やがて低い吃水線《きっすいせん》の甲板に舞い降りる海鳥の群れをカメラは望遠レンズで捕えはじめた。嘴《くちばし》の長い、人間のような目つきをした海鳥の羽には鎖に似た斑点があり、故意か偶然か、そのうちの一羽は片方の翼が付根から折れていた。

恐らく留置場の男は、毎夜外川増江に足をからませながら、妹の乳房に手をのばしていたのだ。そして妹が寝息をたてると、そっと寝返りして、お前だけが好き、と囁く。突堤の妊婦が立ち上ると、老犬が頭を上げ、横幅の広いランドセルを背にした髭男の家の少年が、友達の名を呼びかけながら、両手に鋏の長い蝦《えび》を持った漁師たちの間を、懸命に駈け抜けて行った。

スクリーンの銃声が響いた時、彼はうとうとしていたが、目を開くと、さっきの妊婦が岸壁に立ち止って、銃声のきこえてきた方角にゆっくり首をまわすところだった。するとあれからまだいくらも時間は経っていないのか。そして彼がそう思った瞬間、映画は終っていたのだ。

比嘉稲安は落着かない気持を振切るようにして映画館を出た。それから貧弱で不潔な緑地帯を通って、青い屋根の安売りマーケットに行き、肉を三百グラムと焼豆腐、葱、糸蒟蒻を買った。彼は二つの袋を抱えて白南風町の家に向ったが、すき焼を一緒に食べることを盲目の女が拒絶するかもしれぬ、とは考えてもみなかった。彼は軽い足どりで信号機のある横断路を渡り、作り醬油屋の壁際に担い籠を並べている野菜売りの前に立った。

「兄さん買うてよ、負けとくよ」もう七十には手のとどいている老婆は声をかけた。

「夏蜜柑はいくらね」

「三つで百円」

「三つもいらんよ。ひとつくれ」

「そういわんと、三つ買うて行きなさい。可愛か人のよろこばすよ」

リヤカーの台に金物類をひろげている男が、「売れんねえ、今日は」と呟くのをききながら、彼は「ひとつでいい」といった。

「そいじゃ二つ持って行きなさい。六十円に負けとくから」

彼は老婆から古新聞にくるんだ夏蜜柑を二個受取ると、それを葱の包みと一緒にした。

「ああうまかった。また買うてきてと、可愛か人のいわすよ」

「そんなもんがおるもんか」彼はいった。

「嘘つきなさい。兄さんの持っとる包みがちゃんとものいうとるじゃなかね」

教会のコンクリート塀に沿った道で彼は包みを持ち変えようとした。その途端に夏蜜柑が二つとも転がり落ち、附近を通っていた三人連れの女がそれを拾い上げて彼に渡した。「おおきに」と彼はいった。すると何を思ったか、揃いの買物籠を下げた女たちは声を立てて笑い、彼と行き違いに十メートルも歩いてから、そのうちのひとりはふたたび、こらえきれぬというふうに笑いだした。


ひとりでいると、どうして私の絶ち切られた網膜には荷馬車屋の老人ばかりが最初に映しだされるのだろうか。もしかすると老人は私を騙していないかもしれず、それから二十五年という遠い時間が流れているのに、暗い瞼の底で、なぜ私の足はいつもあのけもの臭い丘をさまようのか。長い木陰から出ると、前方の堤は赤茶けた地面に嵌《は》め込まれたビー玉の欠片のように見えた。私は殆ど午後いっぱい同じようなところを歩き続けており、実際にどの位の時間が経過したものか見当もつかなくなっていた。歩いてきた道がどこかで狂ってしまったのか。私は通り過ぎたいくつかの丘の重なりを振返って見たが、今となっては、そこを歩いてきたのかどうかさえ曖昧に思われた。教えられた通りの方角を進んできておれば、とっくに駅のある町に辿《たど》りついていてもよかったのである。私が山間のくろずんだ家々を後にした時、陽は真上からずり落ちていたが、それでも私の肩の辺りには濁った空の一角から届く掌のようなぬるい感触があった。そのぬるい重さをずっと後肩に背負って進んでいるなら、間違いなく町へ近づいていたに違いない。いつの間にか、私はそのことを忘れ、自分は仰向けになった巨大な動物の腹の上に迷い込んだのだという考えにとらえられてしまっていた。私の歩いていく道は一向に広くなる様子もなく、景色も変らなかった。村を出はずれてから間もなく、後ろ向きに蹲った背中を思わせる丘が右手にあらわれ、私はふっと、かすれた記憶の中からそれと似たものを探しはじめた。それは誰の背中というわけではなかったが、見えない瞼に似た白濁した空の下に樹木一本なく盛り上っている丘の形から、苛立たしい感じを呼び醒まされたのだった。その記憶はどこに埋まっているのかと、私は休みなく足を運びながらしばらく思い続けた。その時から、背後にあった陽の位置が変ってしまったのだ。火山灰の混った錆色の道と、ずっと前方に鋭い断面を見せて立ちはだかっている切り通しのほかには私の興味をひくものは何一つなくて、私はかなりしつこく自分の中の記憶を掘り起すことに熱中した。私の中には泥土の上でひっくり返されるメンコのような図柄がいくつもあらわれるのだが、どれ一つとして、先程の気分を解き明かしてくれるものはなかった。呼び戻したいくつかの記憶は、私の中にあらわれたかと思うと、全く忘れられたメンコそっくりにぺらぺらと裏返ってしまう。ようやく徒労に気付いた時、私は同時に方角の感覚を鈍らせてしまったらしい。それからは歩いても歩いても、私の前にあらわれるのは、草地と匍いつくばったような雑木ばかりだった。何の変哲もない丘はあきれる位次から次とあらわれた。斧で一搔きしたような裂け目を見せている切り通しの道へきた時、多分ここから先風景は一変するだろうと期待したが、下り加減の道は切り通しの裏側から、またしてもゆるやかな勾配で上りはじめ、道端の草だけがいくらか種類を変えたに過ぎなかった。どういうわけか、その時突然、私の耳に異変が起きた。急に異物でも詰め込まれたように上顎から耳たぶにかけての一帯が固くなり、声のない風景のなかから、鋭い叫び声をあげて、名も知れぬ一匹の獣が襲いかかってきたのである。そこの場所だけ湿った柔らかい土をまたぎながら、私は底のない恐怖感におびえた。ここから抜けでる手がかりをどうして捕えればいいのか。現実には何もきこえない耳の奥に、次々と不安な音響が生れて私を揺り動かす。遠い汽笛、薄暗い路地に消えて行く自転車のベル。どこか一室に詰め込まれた人々の荒々しい息。泡をたてて吸込まれていく溝川《どぶがわ》の水。急激にふさがれてしまった耳の外側で、自分を誘う音響が舞い狂うのを感じながら、私は半分破れたズック靴の爪先で短い黒ずんだ雑草を踏みにじった。あっという間に陽が冷たくなる。目を上げてみても、太陽がどのあたりにひそんでいるかわからない。魚の白子のようにどろりと重たい気配の中にじっと立っていると、はじめから自分は騙されていたのではないかという気がした。どんどん歩いて行けば子供でも駅のある所に行き着くさ、と教えた荷馬車屋の言葉がまるっきりでたらめだったとしたらどうするか。途中に野っぱらみたいな場所があるにはあるが、とにかく何が何でも東の方へ進めば間違いはないんだから。人の好さそうな老人はそうもつけ加えてみせた。そうすると、陽が落ちるのと反対の方向に行けばいいんですね、と私はきき返した。そういうことになるかな、と顎にいくつも痣のある荷馬車屋はいい、それから煙草にむせたように咳き込んだのである。荷馬車屋の言葉通り、灌木《かんぼく》のまばらに生えた野っぱらに出会った時、私は空を見て太陽の場所をしっかり確かめたが、かえってなんだかだまされたような気分になった。幾時間か前、見るからに深い井戸をのぞき込んだ後、「荷馬車御用いっさい引受けます」と書いた木札を指でなぞっていると、暗い土間からけえっという鳥に似た声がきこえてきたのだ。鳥でないことは羽目板を掻く無器用なあがきでわかったが、犬にしては啼き声の根元が割れていた。見定めようとして片足を土間に入れた時、背後にすうっと老人が立ったのである。何しとる、と老人はなじるような声でいった。犬かと思うたんです。私は足元に転がっている山芋を見ながらいった。老人はじわりと私の脇をすり抜けて家の中へ入り、息をつめるようにして暗がりの動物を眺め廻した。何も触ったりなんかしとらんよ、私はいった。老人はすぐに表に出てくると、触ったりされてたまるか、といいながらじろじろ私を見た。そして、私に駅の方角を教えた後も、どこかにひっかかったような視線をはずさず、はじめてきた娘じゃないな、と呟いたのである。私がおどろいて見返すと、追い打ちをかけるような有無をいわさぬ語調で、一昨年の暮れ、馬車を頼みにきたのはお前だったろうが、というのだ。私は違うといった。いや、おれはおぼえの悪い方じゃないからな。一度会った人間は頭にたたき込んどるから見間違いはしないよ。そうだ、あの時お前は病人の女と一緒にきて町まで運んでくれと頼んだんだ。確かそうだったな。私は面倒臭くなったので黙っていた。すると老人はうれしそうにうなずき、そうかお前はあん時の娘かと、三度も繰返した。それから老人はまたしても疑い深そうな顔になり、開墾村の者が今頃何処に行くと問いただした。岩井の親類に不幸があったので、両親の先に取りあえず自分が行くのだ、と私は滑らかに説明した。その時、若い女が家の横からあらわれ、私たちの立っているところをわざと避けるように遠廻りしながら前の畑に入って行った。ぶくぶく肥った二十歳ばかりの女の物腰が何処となく異様だったので、私はずっと首を廻して見ていた。女は畑の隅に枯れ残っている赤紫蘇《あかじそ》の葉をあきれるような忙しい手つきでむしり取り、それがすむと、さっさと立ち上って、いろいろ雑多なものの作られている畑の中を踊るような恰好で歩き廻った。突然、乾いた声が耳元でした。お前、いくつになる、と老人はきいたのだった。十四、とこたえながら、私はなおも女の方を見ていた。肥った若い女は、頸の辺りで白い肉がだぶつき、幾重も紐を巻いたようだった。あんな紫蘇、もう食べられはせんよ、と私は教えてやったが、老人はただ、お前は十四か、低い声で呟いたきりであった。十四だけど、本当は十五といってもいい位なんよ。十二月二十六日に生れたのを、親たちが一月六日生れに届けたんだからね。たった五日で二つになるのはひどすぎると思ったからだって、と私はいった。老人は受け答えをせず若い女のいる畑と、白っぽい道路を見つめていた。私は咽喉が渇いたことに気付いたので、水を飲ませてと頼むと荷馬車屋は顎をしゃくって先程女がでてきた家の横手を示した。石で囲った井戸から汲み上げた水は少し硫黄《いおう》臭かった。井戸の傍に、物を運ぶのか子供を乗せるのかわからない手押車らしいものがおいてあり、くろずんだ柄につぶれた蜻蛉《とんぼ》の死骸が乾涸《ひか》らびていた。井戸を離れて間もなく、細く高い叫び声のようなものがきこえ、私はあの若い女に違いないと思いながら、荷馬車屋から盗んできた唐もろこしを嚙んだ。井戸と向き合った炊事場の板敷には大豆を煮た丼がおいてあり、私を甘い匂いで誘ったが、一口位食べても仕方がないので、唐もろこしにしたのだ。醬油をつけて焼いた唐もろこしはおそらく前の日のものに違いない。ひどくかたい上に焦げた醬油の苦味が舌を刺した。そして、手摺にあちこちひび割れのできた木橋を渡ろうとして振向くと、荷馬車屋の前から道路の真中まで出てきた老人が、見届けるとでもいうふうにじっとこちらを眺めていたのだった。やはり計られたのか。堤に向って小石を蹴とばしながら私は思う。あの白痴のような女のせいで私を憎んだのかも知れない。青黒い水面が小さい衝撃を受け、水輪はそれを段々と遠くへ伝える。私が教えられた通りに歩きだすのを確かめたあとで、荷馬車屋はきっと肥った女を手招きしてこういったのだ。あの娘を騙してやったぞ、うれしいか。これであいつは日が暮れてしまうまで、町にも何処にも出られないんだ。どろんとした堤の水面を見つめながら、私は次第に老人の憎悪を信じかけた。低い土手の向うにはひねこびた雑木が奇妙な恰好で立ちはだかっていたが、咲子お、咲ちゃーんと私を呼ぶ綱原道幸の声はその時きこえた。しかし、その声もまた現実のものではなかったのだ。或日、私におかしな振舞いをしかけて以来、自分をとうさんと呼ばせたがった綱原道幸は、まず誰よりも私の失踪を思い当るに違いないが、三十五円の金を持ち逃げしたとわかった時、もんおばはどんな顔をして騒ぎたてるだろうか。三十円を赤湯鉤《あかゆかぎ》の畳屋に払い、残りの金で腫物薬《はれものぐすり》を買ってくるように私はいわれていた。とにかく綱原一家のけちは漆谷でも知れ渡っており、養女とかいう名目で連れてこられた私でさえ、丸二年の間現金を持たせてもらったことは一度もなかった。その朝、私の頭に漆谷失踪の考えがひらめいたというのも、三十五円の金を手にしたからこそである。綱原道幸は四、五日前から尻の横にできた腫物のため寝ていたし、もんの方は中風の老母と赤ん坊の世話でとても外へは出て行けなかった。いいか、赤湯鉤に着いたらまっすぐ畳屋へ行かねばいかんぞ、と綱原道幸は幾度も念を押した。薬屋の方が道順からいえば先だが、大金持ってうろうろしとったら碌なことはないからな。畳屋に金を渡したら忘れんように受取を書いて貰う。あとでついでの時にとか何とか向うがいっても、いいえ今書いて下さいとはっきりそういうんだぞ。布団に腹匍いになった道幸の頭越しにもんも口を入れた。薬屋にはゆうべいってきかせた容態をはっきり話して、いちばん効く薬を貰っておいで。そしてお金はまだ残るはずだから、その中から塩鯨を二百匁、わかったね。くどくどしい二人の言葉を宙に浮かすような気持で、私は一度だけ連れていかれたことのある赤湯鉤の町並を思い浮べていた。塗物屋の店先で、綱原道幸が漆を納めて出てくるのを待ちながら通りを眺めていると、自転車に竹籠を積んだ若い男が口笛を吹いて目の前を通り過ぎたのだ。自転車は郵便局の先から横にそれてすぐに見えなくなったが、口笛はしばらく私の耳の中で躍っていた。その時、もんが言葉をつけ加えなかったならば、私は財布に結ぶ縁起飾り一個をごまかす位で、そのまま漆谷の家を出て行ってしまうなど、思いもしなかったろう。私がモンペの下に金の入った袋を巻きつけるのを見ながら、もんはしゃぶるような声で注意した。道で誰かに会っても金をあずかっとるなんて喋るんじゃないぞ。そうだ、いっそ裏の林を抜けて行けばいい。そうすれば村を出る間、あんまり人に会わずにすむ。家の後ろから小高くなって谷の一方の端まで続く雑木林は、漆掻きの人もこないので道というほどの道もなかった。湿った泥の匂いの中に綱原の家に年中籠《こも》っている空気と同じものを嗅ぎとりながら、あとわずかで谷を出る地点まできた時、不意に、鳥肌立つような気分になったのだった。入り組んだ梢《こずえ》の間から、塗り固められた壁みたいな空が窺き、その鮮やかな青い色にからみつくようにして、ここにはもう帰るまいという考えが湧いたのだ。私は林を通り抜けて漆谷の外へ出ると、開墾村ができるのと同時に北西へ向って開かれた道路を辿った。以前はもっと小さい道が谷川沿いに通じており、所々湯の湧きだす川の傍には農閑期だけ開く湯治宿もあったそうだ。漆谷から遠ざかるにつれて両側の杉林は次第に濃くなっていき、時々、忘れられたような斜面に蕎麦畑が開かれているほか、何一つ変化のない景色が続いた。目をつぶって、それらの通過してきた道順を考えると、出発のはじまりからして私は荷馬車屋の罠に落ちていたような気がする程だ。綱原一家については、離れてから半日しか経たぬというのに、何の感慨もない。綱原道幸と妻のもん、中風と喘息で寝たきりの老婆、五つになる娘とこの春生れた赤ん坊。みんな虫の好かぬ人間ばかりだった。特に老婆は、いつも私に対して理由のない軽蔑を投げつけてきた。暗い板敷に寝たきりでいながら、家の中のことは何もかも見えているような口をきき、汁の注ぎ方が少ないとか飯が固すぎるとか絶え間なく文句をつけた。嫁のもんは、老婆の目の前では決してさからわず、まあばあちゃん今度だけ我慢しなさいよ、などと優しい口をききながら、離れた途端に舌打ちをまじえて、猛烈な悪態をつくのだった。老婆の大小便の世話と較べれば、伊万里のうどん屋でやらされた子守の方がまだ我慢できた。町なかと違うて淋しいかもしれんが、辛抱して一生懸命加勢すれば、うちから嫁にもやってやるから、と新しい下駄を買ってくれた後で、囁くように私の耳に吹き込んだ綱原道幸の声。私はふふんと笑ったが、それはうどん屋から出られることがうれしかったのではなく、嫁にやってやるという言葉がおかしかったからだ。私は、ずっと昔呼子で見た嫁入り行列を思い浮べていた。その頃、母はどうだったのか、ともかく父だけは一緒にいて、家の前の路地に花嫁の行列が入ってきた時も家で仕事をしていたような気がする。多分商売道具の鉋でも砥《と》いでいたのだろう。花嫁行列は路地の一方の端から尺取り虫のようにじわりじわりと進んできたが、すぐ近くまできた時、花婿の前に揃えた手が小きざみに顫えているのを見つけた。それは誰の目にもはっきり映っており、花嫁さんよ、今晩だけは勘弁してね、と誰かが作り声を上げるのを待ち構えて一せいに不遠慮な笑い声が起った。そのことを一瞬のうちに思いだして口を歪めたのだが、何と勘違いしたか、綱原道幸は途端に後ろめたい目付になった。私たちは何回か汽車を乗換え、たくさんの貨物車が並んでいる駅で弁当を食べた。それからまた固い木の座席に坐ったのだ。もうこれ以上奥はあるまいと思われるほど迫った山肌の間に滑り込みながら、ふたたび開けた小高い畑地に出る。そういう経過を繰返しているうちに、汽車は本当に線路の終りまできて停った。私のなかの白いぼんやりした暗闇のなかに、またしてもあの痣のしみた老人の手首があらわれる。堤の低い土手を越えて行くと、ひょろ長い松が一列に並んでいる窪地へ自然に道は進んでいったが、赤土の上に鳥が巣作りする時にくわえてくるような草くずがいっぱい散らばっていた。だがどんなに気を付けても、鳥の巣なぞ見当らなかった。窪地の中にはところどころ植えつけたみたいに草の茂ったところがあり、足を踏み入れた途端、草の間からじくじく滲み出ている水のためにぬるっと滑った。いつの間にか丘は後方に退いて低い山なみが野原を縁取っていた。道の片側に掘り起されたような大石がごろごろ転がっているところまできた時、やっとわかる位の枝道がみつかった。半信半疑のままそこを分け入り小高くなった笹藪を突切って進むと、突然墓のある場所にでた。笹藪を背に点々とした古い墓石のなかに、一つだけ花が供えられていた。それは散らばっている墓の中でも一きわみすぼらしく地面に埋まりかけたように見えたが、花筒と花だけはなまめかしいほど真新しかった。もしかしたら人に会えるかもしれない。私はほっとしながら墓石の一つに腰掛けた。急に狭くなった空の感じから日はすぐにも暮れそうだった。墓地から離れるとまたわけのわからない場所へ迷い込みそうな気がしたが、ぐずぐずしてはいられないので私は腰を上げた。見廻すと、墓地の向うは行き止りになっている。まばらな雑木を透かして空の色が見えるが、おそらくあそこは崖になっているのだろう。刻々縮まってくる空にせかされながら墓の間に立っていると、その時不意に私の後ろでがさっと草が動いた。ぎょっとして飛び退ると、一匹の野良犬が、しかめたような顔をしてのそりとあらわれた。腹のたるんだ茶色の犬は墓の間をしばらくうろうろしていたが、そのうち見きわめをつけたというふうにひとかたまりの草むらに頭をむけてとっとっと歩きだした。私は急いで犬の後を追った。笹藪と雑木に覆われた急な斜面にはかすかに細い道筋がついており、それを伝わって行くうちにやがてはっきり靴跡のついた畠地にでた。

私はやっと丘の迷路から抜けでることができたのだ。それから先はもう間違わなかった。屋根に板廂《いたびさし》をつけた低い家々が間もなく前方に見えだし、小さい木橋がすぐ間近にかかっていた。水の涸れた河原へ下りたまま一向に戻ろうとしない犬にさよならを告げると、私は伐採した木の積み上げられている道をどんどん進んだ。両側の家々の間隔が詰ってきて、夕暮れの匂いが空にも地面にも漂いはじめ、家のなかから女たちの声がきこえると、一そう夜が近づいてくるように思われた。私は殆ど小走りになって歩きながら、うどん屋でもないかと探したが、見つからぬまま、家が跡切《とぎ》れるとそこが行き止りの柵になっていた。煤《すす》けた駅舎の向うに屋根のないプラットホームが見え、材木を積んだ貨車が停っていた。その時、表で誰か呼ぶ声がした。大輪さん、大輪さん。若い男の声がそう呼ぶ。

マッチの置き場所を変えないようにとあの人に頼むのを忘れたので、私は長いことかかって探さねばならなかった。それからマッチを擦ってガスを出し、出汁の入った小鍋をかけた。もうあの人は戻ってこないだろうという気がふっと起きる。比嘉稲安。ちょっと思いつきそうにない名前だからきっと本名なのだろう。戻ってこなければそれで元々なのだが、今朝方写真を燃やしていたのが気になってくる。何を焼いとるんねときくと、おれが行っとった中学校の写真とこたえた。折角持っとるものを燃やさんでもいいじゃないねというと、わざわざ布団の傍まできてあの人は足の指で私の膝裏をこすった。その時私は変に頭が重く起きるのが嫌だったのでもう一眠りするつもりで毛布を頭にかぶった。そうしたらあの人はけけっと笑って、あんたは変っとるね、といったのだ。眼が醒めた時、今度はあの人の方が眠っていた。そっと起きて便所に行き、ついでに表の鍵を調べると、掛かっていた。昨夜私から離れた後で、ちょっと外へ出てくるといって三十分ばかり出て行ったのだったが、忘れずに戸閉りしてくれたのだ。ラーメンでも食べてきたんね、ときくと、食べるならおれだけこっそり食べたりはせんよ、と投げやりな声を返した。何となく気まずい感じがしたので、残りものの昆布茶を作ってやると、熱いせいかあの人はしきりに洟《はな》をすすり上げた。一口毎に舌を鳴らすのが、見たことのない動物と向き合っているみたい。昨日まで二晩、そんなことはいいもしなかったのに、今朝二度目に目が醒めてから、誰か今日予定があるんねときいた。そのいい方がおかしかったので、笑いをこらえながら私が、そんな人おらんから大丈夫よというと、そいじゃまた帰ってくるかな、とあの人は少し気弱そうな口調でいった。うれしいことというてくれる。私はわざとはしゃいでみせた。するとあの人は膝にかけた私の手を払いのけて、馬鹿にしとる、と呟いた。なぜか急に落着かない気分になって私が坐り直した時、あの人の立ち上る気配がした。帰るんね、と私はきいた。わるかったね、というつもりだったが、また怒らせるかもしれないと思ったのだ。あの人は障子の前に立ったままの距離から、大輪という人が帰ってくるかもしれんな、といった。帰ってくるもんですか、と私はあの人の声を撥ねのけた。それからあの人は出て行ったのだ。四時頃帰ってくる、鰯でも買うてくるよ、という言葉を残して。出汁が煮立ってきたところでうどん玉を一つ入れ、揚げかまぼこを切りかけたが、急に油の匂いが鼻についたのでやめておく。鍋に醬油を垂らしかけた時、屋根に強く物の当る音がした。丼にうどんを移して部屋に運んだが、何だか食欲がなく、いい匂いばかりしておいしくない。しかし食べなければ一層辛くなるような気がして無理に食べ続ける。何が辛くなるのか、よくわからないが、食べてしまえばはっきりした気分になるのかもしれなかった。丼を片付けてからかなり長い時間、私は信子さんが残した週刊誌の写真に指先をあてていた。時間が一向に経たないのはうどんのせいだろうか。胃だけがやけに重く、その分だけ気持が浮いて定まらない。四時といったが、まだ一時にもなってはいないはずだ。こんな時、予定の客でもあれば落着くだろうけど、と考えながら私は忘れていたことに気がつく。今日は火曜日ではなかったか。指を繰ってみると違っていた。あの客がくるのは明日。山澄倉庫会社の夜警をしとるというのは嘘かもわからんね。こないだの晩、戸尾市場のそばで賭け将棋をやっとったんだけど、客の中にあの人がおったんよ。信子さんはそういったが、別に嘘を吐く必要もないのだから、本当に夜警だろうと思う。火曜日が大たい休みで、時々変更になることもあるが、前もってわからないんだから困るよ、と男はいつもこぼしていた。そう若くもないが、体つきはがっしりしており、肩の肉がびっくりする位固い。もしあの人がこのまま明日までいても、夜警がくるのは昼過ぎだから都合はつくが、そのことを考えると面倒臭い気持がする。窓に近づいて耳をすましても、石段を下りる足音さえきこえない、窓硝子は夕方のように冷えており、私は時計の音を一つきき違えたのではないかと思ってみた。信子さんは本当にこれっきり帰ってこないのか。私は指を組み合せて風呂を作る。右の小指を左小指にひっかけ、次に薬指と中指をその小指の下からくぐらせて左の同じ二本にかける。それから上に持ち上げた人差指と左の親指、人差指を突合せて風呂ができるのだ。いつだったか、まじないでもしとるんね、と信子さんがいうのでまじないと違うよ、これは風呂。あんた入りなさい。と私は強要した。何か気持わるいみたいね、といいながら、信子さんは三本立てた指の間にそっと自分の人差指を入れた。ぬるいね、と私はきく。え、と信子さんがきき返す。ほら、今わたしの指はゆるく触っとるやろう。ぬるかったら熱くしてやるから。ああそうか。はい。ぬるい、ぬるい、うんと熱うして。と信子さんがいう。私は指先でぎゅっと締めつける。まだまだ。そんならこれ位でどう、といって爪を立てると、信子さんは痛い。あら違った、熱い、と大げさな声をあげた。誰も相手がいないので、私は指先を締めることも爪を立てることもできない。だから何度も同じ形を作ってみる。私の手をとってしつこい位熱心に指風呂の作り方を教えてくれた女の重たくてぼんやりした顔。その家は暗い川に向いており、年齢の定かでない女たちが三人ばかり、所在なさそうに煙草を喫《の》んだり破れた雑誌をめくったりしていた。そこからは見えなかったが、時々二階に上る階段がぎしぎしと鳴る。そんな時、店にいる女たちはきまって舌打ちした。どれ位の時間、私はひとりでそこに腰かけていただろうか。開いたままの表戸から暗い道に明りの影がひろがり、向うから人が歩いてくるとまだその姿が見えないうちから影でわかった。すると女がのろのろと立ち上るのだ。しかし、店へ入ろうとする男は滅多にいなかった。父が女と一緒に二階へ上ったあと、私は小さい二つのテーブルといくつかの木の椅子の間をうろうろ歩き廻っていた。そしてふと気がつくと、卵色の着物を着た女が、階段に近い奥のテーブルにおいてある父の道具箱に手を触れようとしていたのだ。私は急いで女のそばへ行き、駄目、といった。それは父ちゃんの大事なものだから。病気ではないかと思われる程体の細いその女は、びっくりして道具箱から手を離すと、少し唐突にきこえるほど嗄《しゃが》れた笑い声を上げた。そこから白く濁った時間が流れて、私はその女から指の風呂を習っているのだ。私を連れて町々を渡ってきた父はその晩いなくなった。道具箱と私を置き去りにしたまま、便所に行くふりをして外に出ると、それっきり店に戻ってこなかったのである。翌日、いや翌々日だったかもしれない。朝、表へ出て川を見ると、夜と少しも違わないような妙に黒々とした水が動いていた。対岸には錆びたトタン板で囲われた家とも工場ともつかぬ建物がごちゃごちゃと寄り合っており、右手の海に向ってひろがる河口の石垣に、一艘の小舟がつないであった。それから十五、六年も経って私が自殺に失敗した時、河口の情景は記憶していたものよりも生々しく、私の見えない瞼の裏によみがえった。冷たい刺すような空気が体の周りに流れるのを感じながら、私はひとりで灰色の小舟に乗り移り、今にも漕ぎだそうとしていた。その時、卵色の着物を着た女の声がきこえて、私はやっと石のように重い頭を浮び上らせたが、幾度目かにそれは階下のおかみさんの声だとわかった。あ、気がついた、と誰か違う声がいった。それでもまだ河口は跡切れ跡切れにつづいており、小舟の中はぞっとする位に寒かった。吐気とまじりあったひどい渇きのなかで、息をするのさえやめたい程の激痛が、ずっと私の頭を襲いつづけていた。何がどうなっているのかはっきりしないまま、私は泣いた。すると男の声が、お、泣きよる。助かったぞ、といった。煎餅屋の職人の声らしかった。小舟のまわりで五、六人の人間がしきりに何か喋っており、それが海の方からきこえたり、すぐ耳許に近づいたりした。煎餅屋のおかみさんと職人、それから同じ二階の間借人であるひとり住いの老人の声をどうやらききわけることができたが、あとは誰ともわからない。暗い河口に舞う雪片のように飛び交うそれらの声の下で、私は自分が死のうとしたことをやっと思いだした。流れだすガスのおそろしさ。躍りかかる獣の口から洩れるようなその音に耐えられなくなって、私は布団から飛びだそうとしたのだ。しかし膝を細引できつく締めていたので、立ち上ることができずに私は倒れた。その時にはもうガスは部屋一杯に充満していた。鼻を衝き上げる甘い匂い。私は寝巻の袖で口元を覆いながら、咽喉へ流れ込むガスを防いだが、ガスは閉じた瞼の間からも侵入した。苦しさのあまり私は眼を開いていたのだ。昨日一日納まっていた痛みがふたたび睫に沿って走り、それは次第に乱れかけた意識の底で、二十年前の灼けるような眼球に移り迫って行く。暗い空から雨に似た音をたてて焼夷弾《しょういだん》が降ってくる。待避、たいひー、と叫ぶ声が熱せられた空気の中から幾度も伝わり、私のいる壕の奥から、耐えきれぬように南無阿弥陀仏の声が起った。私は岩盤を刳《えぐ》った防空壕の中程にいたが、人々のうごめく影の向うに明るいトンネルのような入口が見え、あんなふうにぱっぱっしとるところをみると、こりゃ上の小学校もお陀仏だな、というきき覚えのある図太い声がきこえた。それから嘘のように静かな一瞬が過ぎた直後、音響とも激しい色ともつかぬ衝撃が壕を襲ったのだ。わあっという金切り声にまじって、外へ出ろ、外に出るんだ、と誰かが口うつしのように叫び、此処は危ないぞお、というメガホンの声に引きずられて、私は間近にしゃがんでいた男の後から壕を出た。その途端、赤いクレヨンのような光が私の全身に降りそそいだ。気の遠くなるような痛み。やっと見開いた眼にうつるすべてのものに紫の膜がかかり、動いている人間の誰もが海底の人魚か何かのような感じだった。私を捨てる時、伊川良友は、あんたの眼はきっと元通りになるよ、と繰返してみせた。とにかく最近の医学はすすんどるんだからね、ともつけ加えた。十年間何ともなかったんだから、ちょっと位、くもったからといって大袈裟に考えることはないさ、ともいった。あの医者は少しどうかしとるんだ。第一そんな……診断が、前の話と矛盾しとるじゃないか。そして彼は去って行ったのだった。田舎の兄貴が別に世帯を持ったからおれに帰ってこい、といってきた。という理由をこしらえて。しかもあろうことか、馬鹿らしくなるような作り話を添えたのだ。田舎の家にはおれの嫁になる娘が子供の頃から養われてるから、おれの行先は自分でどうすることもできんようになっとる。おれはそれが嫌でとびだしてきたんだけど、親父が病気というし、兄貴がおらんようになればいうこときくより仕方がないからね、といったのである。眼にかかった鱗のような曇りは日が経つにつれてひどくなっていたから、鱗の向うで彼がどんな表情をしているのか、いっぱいに見開いてもたしかめることは難かしかったが、おぼろな人影に向って私はいった。そうね。親からの頼みならどうすることもできんね。その娘さんのことさえなければ、わたしは田舎でも何処でもあんたについて行くつもりでおったけど、そんな事情なら仕方ないよね。私は声も顫えず涙さえ流れなかった。伊川良友と別れた日から、おそろしい位急激に視力は弱まっていった。働いていた福住食堂では、通うのが不自由なら眼が治るまで二階で泊めてやるといってくれたが、私は断わった。毎日、間借りの煎餅屋の部屋で何もせずに坐っていたが、腹も空かないし眠ろうとも思わなかった。荒れ狂う暗い波に弄《もてあそ》ばれながら、じっと体を縮めていたのだ。最後に見た伊川良友の影が、夜昼もわからない時間のなかで揺れ続けていた。伊川良友の影はそれから何度か私を嘲るために戻ってきた。私は彼の影を追い払おうとして自殺を繰返し、病院に入れられた。そして梅雨に入ったばかりの蒸し暑い夕暮れ、そこの売店で大輪信子と出会ったのである。牛乳代の小銭を忘れたのを売店の女に妙ないいまわしで催促されていた時、掌の中に五十円玉が押し込まれたのだ。自分と同じ病棟だというので、日が暮れるとすぐ私はそれを返しに行こうとした。廊下で看護婦の足音と擦れ違ったので、私は、この病棟にいる大輪さんというんですけど、何号室かしりませんか、ときいた。大輪さん、とそう若くない看護婦がきき返すのを、もう一人のぎすぎすした声が引取って答えた。ああ大輪さんね。六号室の、ほら。二人の看護婦は互いにうなずき合うのか、かすかに身じろぎする気配があった。六号室ですね、といって私がそこを離れ、部屋に沿いながら歩きかけた時、シュンシュンのくせに遠慮会釈もないんだから、とぎすぎすした声がきこえた。シュン、シュン。それは私のことではなく、売春の春だということを後で知った。はじめて客を取るようにほのめかされた時、私は指の先がじーんと冷たくしびれるのを感じたが、黙ってうなずいた。病院で知り合って以来、強引すぎる位の誘いに引きずられて一緒に暮しはじめた時から、いつかはこうなるだろうと思わないでもなかったのである。留守番とか掃除位してもらえば何とか食べる位の面倒はみるから、といわれ、帰って行くあてもないままに同居するようになって二月近く経っていた。留守番といっても何をするわけでもなく、大輪信子の考えがはっきりわからないので落着きにくかったが、無理に頼んで造花屋の簡単な内職をやるようにはなっていたのだ。それは鳥の子紙を折って電灯や電気スタンドの笠を作る作業の最初の工程で、慣れれば見えなくてもできる仕事であった。勿論、その内職で食べるというところまではいかなかったが、何もしないであてもなくまっているという時間を埋められるだけでも助かった。そういうのが性に合うんね、と大輪信子は笑ったが、別にやめろとはいわなかった。もう少し手先が慣れたら、こみ入ったものでもやれるだろう。そしたら自分ひとり位の養いは人に迷惑かけずにやっていける。そう考えている矢先のことであった。あんたがどうしても嫌というなら無理にすすめるわけにもいかんけど、年取ってどうにもならんようになってから、やろうと思ってもやれるようなもんじゃないからね。ものは考えようよ。大輪信子はそういったのだ。ちょうど十三年前。

6

何もかも消滅しつくしたなかで、安全灯室のコンクリート床だけが残っている矢ノ浦廃鉱の坑口から、今はない鬼池中学校に向う途中、比嘉稲安と中原咲子のまわりを、あばら骨をむきだした一匹の野犬が見え隠れについてきた。流浪するマルタンにみつかれば忽ち針金の輪を飛ばされる地帯で、人間の後をつける野犬も珍しかったが、駅から矢ノ浦と鬼池に分れる水のない溝端で、盲目の女が投げ捨てた菓子パンの屑のせいに違いなかった。

二人の行手には、小さい丘とも見える程、枯草に覆われた楕円形の台地がひろがっており、その彼方はそれこそ鉛の山脈のようなボタ山が二つの瘤《こぶ》をこしらえていた。それにしても、かつては整備されたグラウンドの中央がなぜあのように盛り上っているのか。彼は奇異な思いで前方の台地を見つめたが、目の錯覚ではなく、確かにそれはかなりの厚味をつけて、平べったい乳房位にも、こんもりとふくらんでいるのだった。

彼と家族が筑豊に移って行く前年の夏、すでに閉山を予知されていた炭鉱労組の主催する最後の運動会が開かれたのである。開会式の選手代表宣誓の言葉から早くも異様な雲行を漂わせていた運動会は、昼過ぎ、各地区対抗綱引競技に入った途端に、深夜を照らすコークスのような黒々とした火焔を吹き上げた。ぜ、ぜと咽喉を鳴らす野犬の吐息をうかがいながら、比嘉稲安は、グラウンドいっぱいにひろげられたそれからの騒動を、手を引いた女に話してきかせた。

「……食休みの休憩時間が終るとすぐ、何か気色のわるいパン食い競走があったんだ。それが各地区対抗の綱引の前にあったんだが、めしを食べた後のパン食い競走だから、さっぱり気勢が上らん。あれはなるべくパン代を節約しようという魂胆やろうとか、会社に対してわざと皮肉っとる者もおったが、誰が考えだしたのかとにかくおかしな競技で、普通パンは上からぶら下っとるのに、その時のパンは地面においてあるんだ。両手を後ろにしばったまま、犬か猫みたいに餇いつくばってそれを食うわけだから、あまりみっともよい恰好じゃない。はじめは普通のパン食い競走を考えとったのかもしれんが、途中で気が変ったのかもしれん。それでもみんなきゃあきゃあ喚いて、中にはパンを口にくわえたまま、犬の小便する真似をする者もおったりしたが、綱引はその後でやられた。おれは三区中月から出ることになっとったんで、出場門の辺りで屈伸運動をしとった。出場門というても別に何も立っとるわけじゃない。前の運動会の時は、そこにアフリカの何とかいう塔みたいなものが立っとったが、閉山が決っとるのにそんなものを作るわけはないからね。地区対抗の綱引は初め一区の天堂と二区の満月との間でやられた。天堂とか満月というのは地域の名前だ。勝負は簡単に天堂の勝ちに決ったが、騒動はそれから起った。

「負けた満月の組のなかに鶴賀昭和という掘進夫がおったんだ。この男がつかつかとテント張りの前まで歩いて行って、そこに坐っとる者に喚くようにこういいだしたんだ。おれ達は天堂に負けたが、今度はあんた達とやろう。あんた達というのは、会社のお偉方や家族で、最初はまあまあとなだめとったらしいが、鶴賀昭和はなかなか帰ろうとしないで、そのうちやりとりを知った満月組の者が、やろうやろうと押しかけて行ったので妙なことになってきた。ほんとのことをいえば、テント張りの中に坐っとる者も、お偉方というのはほんの二、三人で、後はみんな経理の職員とか売店の店長の家族みたいなもんばかりだったんだ。鶴賀昭和は少し焼酎も入っとったらしいけど、むしゃくしゃしとる気持を何処にも持って行きようがなくて、テント張りにぶっつけたんだが、その男だけじゃない、みんな先行きのない自分たちのくらしに苛立っていたもんだから、そんな気持がいっぺんに爆発したとよ。

「テント張りの中にも焼酎を飲んだ者はおるから、おい、お前ら自分たちばかりが閉山するとでも思うとるんか、といいだしたりして、こりゃ殴り合わなければ納まらんなと思うとった。騒動が起きるとすぐ、おれは出場門から飛びだしとったから、みんなが怒鳴ったり喚いたりすることは全部きいとったが、誰が誰にむかっていうとるのか、何の文句があるのか、さっぱりわからんやった。お前ら叩き殺してやるぞとか、おいおれ達をどうしてくれるんだとか、テント張りの者も同じようなことを喚いとるから、どっちがどうなっとるのかさっぱりわからん。畜生、こんな運動会があるかなんて、泣き声みたいな声をだす者もおったり、やけっぱちの顔でげらげら笑いだしよる者もおる。そのうち、まあ最後の運動会だから仕様がないじゃないかと、わけのわかったような、何かよくわからん納まり方で、テント張りのまわりは一応静かになった。……」

彼に手を引かれながら、時折首をかしげるようにして、盲目の女はじいっときいていた。二人はそこだけ掻きむしったような赤い土くれの坂道を下りて行き、グラウンドの共同便所跡を通って、恐らく水道管を掘り起したらしい深い溝を渡った。

「それで終ったんね、運動会は」と、女はきいた。

「終るもんか」比嘉稲安はそういうと、鼻を鳴らす野犬の方を振り向いた。「ほんとの騒動はそれから起った。騒動というより、狂って気違いじみた、やけっぱちの祭りみたいなもんだったけどね。綱引の後で、障害物競走とかリレーとかやったんだけど、それはもうむちゃくちゃに乱れた。満足に走る者は誰もおらんようになったんだ。先頭を走ってきた天堂区の選手のバトンを横取りして、中月の者が走りよるし、それをまた満月の応援団が妨害したりして、リレーをやっとるのか、棒取り競争かわからんようになった。いちばんひどかったのはマラソンで、これはそこのグラウンドを一周してそれから大山神社の鳥居を折返してくるんだが、誰も真面目にやる者はおらん。初めから自転車に乗っとる者がおるかと思えば、組合の赤旗を肩にかけた者もおるし、何処でそんなものをこしらえてきたのか、勝手に炭鉱をつぶすなと書いたムシロを持っとる者もおる。マラソンというより仮装行列というた方がぴったりするような騒ぎになった。それだけならまだよかったが、大山神社まで走った者たちが、こんなものもういらんと叫びながら、お御輿までかつぎだしてきたんで、ほんとのやけくそ祭りになってしもうた。「そのうち、誰かがグラウンドの真中で新聞紙に火をつけた。すると、あっちからもこっちからも、弁当の殻や段ボールの箱や、中にはまだ新しい板切れまで投げ込まれて、炭鉱をそのまま燃やしとるようにごうごう音をたてて燃え上りよった。そんなにやりたいことをやっとっても、一方じゃスプーン競走をやったりしとったから、おかしな気分だった。もちろん一等賞も二等賞もありはせんが、とにかくスプーンにボールをのせて走る競走は、次から次に二十組余りもやったろうかね。いつもの運動会じゃ、スプーン競走というのは、普通PTAとか職員とか、上品な者がやるもんと決っとるし、あれをいっぺんやりたかったという者や、皮肉るつもりでわざとやる者が、燃えさかる火のまわりで、インデアンみたいにいつまでもぐるぐる廻っとったとよ。後から後からどんどんと火の柱は高うなるし、しまいには誰が持ってきたか、真二つに切った坑木まで投げ込まれたので、まだそう日も傾いてはおらんのに、誰も彼も真赤な顔をしとった。もちろん、火のせいばかりじゃなかったろうが、みんな酔っ払ったみたいになっとったからね。子供たちははじめぽかんとした顔をして大人の騒ぎを見とったが、何をやってもかまわんことがわかると、それから大威張りでテント張りの横においてあるオルガンを弾いたり、組合のラッパを鳴らしたりしとった。

「何もかも焼きつくしてしまうような騒動はそれからもずっと、三股から消防自動車と駐在巡査が駈けつけるまでつづいたが、消防車がきても本当は手の打ちようがなかったんだ。運動場の火は確かに消えたが、すぐまたあっちこっちで新聞紙が燃え上る。その火が飛び散ったり、走り廻ったりするので、消防車がこない前よりも、よっぽど危険な状態になった。話は後先になったが、消防車の駈けつけるちょっと前に、おもしろい出来事が起りよった。その頃何処からか戻ってきた川村というランニングシャツを着た坑内機械工が、悠々とした足どりでグラウンドを半周すると、テープを張ってもいないのに、両手を万歳してゴールに飛込んだような恰好をすると、そのまま労組の書記や、労務係なんかの坐っとる進行係の机に歩み寄って、今年度の運動会でマラソンに優勝したという証明書を書いてくれといいだした。おかしなことをいう。マラソン競走はもうとうに終っとるはずなのに、今頃ふらっと戻ってきて何をいうとるのか。それでどういうつもりか、と労組の書記がきくと、その川村という坑内機械工はしゃらっとして、マラソンはまだ終っていない、おれがゴールインするまで続行中だったといいよったんだ。坑内機械工はつづけてこんなふうな理屈をこねた。自分はちゃあんとスタート・ラインに並んで、ピストルの合図とともに走りだしました。グラウンド一周もやりましたし、定められたコースに従って大山神社の鳥居の折返し点も無事通過致しました。坑内機械工はそういうとズボンの尻ポケットから折り畳んだ便箋を取りだして、この選手は完全に折返し点を通過したという証明書みたいなものをだしてみせたらしい。誰が証明したかしれんが、印判まで押してあったそうだ。それで坑内機械工が何というたかといえば、自分はこんなふうにして折返し点通過の証明書も持っとるし、もちろん、途中で自転車に乗ったり、人に引張られてきたわけではない。途中、脇腹が痛くなったんで、遅れてしもうたが、棄権もしておらんし、落伍もしていない。しかも最後まで走って、現在只今ゴールに到着したのだから、自分の前に誰もゴール・インしていない以上、自分が優勝したわけである。きくところによれば、自分の前には誰もゴール・インしていないはずだから、どうか優勝したという正式の証明書をいただきたい。川村という坑内機械工はまあそんなふうな理屈をいうて、証明書の発行を要求したわけ。

「理屈はその通りだが、どうしてそんな万歳みたいな証明書が欲しいのかと進行係の書記がきくと、坑内機械工は真顔で、冗談でいっとるのではありませんと答えた。騒動が起きてからおれはずうっとがらんとなったテント張りの中におっていろいろのことをやっとったから知っとるんだけど、川村という坑内機械工は執念深い声で何度もマラソンに優勝したことを正式に確認してくれと繰返した。何というかね、要するにその男は、矢ノ浦炭鉱が閉山になった時のことを考えて、何でもいいから自分を証明してくれる書き付けが欲しかったんだ。それも最初から考えとったわけじゃない。マラソンがあんな騒動に巻き込まれてしまうとは思うてもおらんやったろうし、初めは冗談のつもりで折返し点まで走っとるうちに、マラソンもそっちのけにして御輿をかついでくる者をみたりして、ふっと思いついたのかもしれん。再就職のために役立つからというてしまえば、何か話がすうっと妙なふうにそれてしまうけど、グラウンドのなかで、新聞紙や坑木までがどんどん燃えとるときに、マラソン優勝の証明書をくれというて談判しとるんだから、何かこうそれをみとるおれまでぞくっとしてくる見世物だったよ。しまいに面倒臭くなった書記が、やっぱり冗談のつもりで、わかった、それじゃマラソンでどん等になった証明書を書いてやろうというと、その坑内機械工は本気で怒りよったけんねえ。……」

盲目の女が何か呟いたようだったが、比嘉稲安にははっきりきこえなかった。グラウンドの盛り上った中央にはまだ少しでも焦げついた地面の色が残っているだろうか。中原咲子は長すぎる程の間をおいて、「それはおもしろか運動会ねえ」といい、しばらくしてからまた「うちもおもしろか運動会を知っとるよ」と言葉を足した。

「ふーん」彼はいった。話す途中で何だか急に喋りたくなくなり、さっきから生れかかっていた嫌らしいような気分がいっぺんに頭をもたげたのだ。

「あれは何年頃だったかね。目が見えんようになってからあたしはその運動会を見たんよ。一度きりだったけど、あたしはあんたの訪ねてきた信子さんと嬉野《うれしの》温泉に行ってね。そこの運動場を借りきって、市村製陶という有田のやきもの会社がひらいた運動会を見たんだけど、それはおもしろかった。今どうしとるこうしとると、信子さんに話をききながら、ああそうかとずっと思って行くんよ。姿形が見えないから、かえっていろいろなことが思われるんよね。人生競走というのがあったんだけど、それは、赤ちゃんから葬式まで、たくさんの障害物を乗り越えて行くんよ。小学校に入るとランドセルを持って走ったり、それから結婚すると、女の人と二人三脚になって……葬式の時がいちばんおもしろかった。死んでから葬式をするんだけど、どんなことをしながら走ると思うね。……」

比嘉稲安は話をろくにきいておらず、別のことを考えていたが、女が問いかけたので「ああ、そうか」と見当違いの返事をした。しかし中原咲子はそのまま、自分にいいきかせるような口調で言葉をつづけた。

「あれはほんとにおもしろかった。木魚を叩きながら走ったり、それから二人組んで蜜柑箱の棺桶を担ぎながらなむあみだぶつを唱えたり、運動場にいるみんなが腹を抱えよったんよ。運動場に撒かれている紙の番号で、木魚を叩いたり、坊さんの恰好をしたりするんだけど、ぽこぽこという音とわあわあいう笑い声をきいとると、姿形を見るよりもっと滑稽な気がしてね。……」

比嘉稲安はぶつぶつした灰色の斜面から矢尻のような形をしたボタをつかむと、いきなり朽ちたトロッコの陰からでてきた野犬を目掛けて投げた。ボタは野犬の体をかすりもせず、はるか彼方に飛んだが、途中で三つか四つに分裂した。握りしめた時の固い感触からは思いもかけぬふうに。

「犬はまだついてきよるんね」中原咲子は振り離された手を差しのばすようにしていった。

比嘉稲安は斜面に片足を踏んばりながら、しばらく自分の方にむけられた白い顔を見ていたが、嫌らしいような気分は一層ひどくなった。なぜこの女のいうことなどをきいて、こんな石だらけのむかつくような地帯を匍いずり廻らねばならないのか。あんたが燃やした写真の中学校に行ってみたかね、という言葉にひっかかったばかりに。一度も手を通したことがないような四角張った煉瓦色の服と黒い靴の配合が、それこそ女のおもしろがった運動会の葬式競走を連想させ、片方の腕に抱えるレインコートの筋目さえ彼を苛だたせた。彼がわざと息を殺して体を二、三歩片方に寄せると、生臭いような顔に描かれた赤い唇もまた、ゆっくりと彼に連れて動いた。

「急がないと、夕方までには戻れんよ」彼はいまいましそうな口調でいった。

「何処に戻るんね」中原咲子は真すぐ彼の方に歩いてきた。

「決っとるじゃないか。三股を通る佐世保行きの終バスは六時十五分だからね。それに乗り遅れるとどうすることもできんよ」

「そいでも、あんたの通うとった鬼池中学校には行くとでしょう」

「それで今、行きよるとじゃないか」

比嘉稲安は邪険な声をだして女の腕を引張った。中原咲子はちょっと訝《いぶか》しげに首をかしげたが、ずり落ちそうになったクリーム色のレインコートを持ち直すと、「少し位なら金は持っとるんよ」と呟くようにいった。

「何のこと、それは」彼は詰問する口調でき返した。

「あんたが金を持っとるか持っとらんか、そんなことは誰もききよらんじゃないか」

「あんたがバスのことをいうたからよ」女はいった。「最後のバスに乗り遅れても泊り代位は持っとるから、それをいおうとしたんよ。どうしても今日中に戻らねばならんわけはないし、あんたさえよければ、旅館に泊ってもかまわんのだから」

「はん」彼は意表を突かれたので、照れ隠しに鼻を鳴らした。「三股みたいな死んどるか生きとるかわからんような町に、旅館なんてあると思うとるのかね。たとえ木賃宿の一軒位あったとしても、そんな恰好して泊りよったら、部屋の周りから一晩中覗かれとるよ」

「あたしの服はそんなにおかしいね」

「服のことじゃない」彼はいった。「おれとあんたと二人して旅館の前に立ったら、人は何と思うか、おれはそれをいうとるんだ」

「そうね」

中原咲子の足が体から少し遅れたのを、彼は握っている掌に感じた。ボタと白い粘土を混ぜ合せたような、靴の裏にねばりつく坂道を下りると、右手に根元だけ一メートルばかり残して裂けた電柱が立っており、刃物で刻み込んで割れ目をつけた局部のまわりに、陰毛でも生やしたつもりか釘で打たれた藁縄がぼろぼろに垂れ下っていた。

「そうね、あんたから見れば、あたしなんかを連れて行くのは、恥ずかしいことだもんね」

「そんなことをいうとるんじゃないよ」

彼が小学校の三年か四年の頃、その辺一帯に新しい炭住が建ち、職員社宅と同じく各戸に便所が備えられているというので、話の種になったことがあった。それまで矢ノ浦にも鬼池にも、個別に便所のついた炭住は一棟もなかったのだ。当然、移住希望者は殺到したが、労務係の行なった抽選には明らかに八百長があった。これという決め手はなかったが、入居できた者の顔ぶれが何よりもそれを証明していた。組合よりも会社側の肩を持ちたがる電気工や測量助手、運炭夫、支繰夫たちの名ばかりが、図々しくも、これみよがしに揃っていたからである。

「あたしは今日、自分で持っとるだけの金を入れて出てきたんよ」中原咲子はいった。「持っとるだけというてもいくらもないけど、それでもあんたとあたしが四日や五日泊り歩きする位はあるでしょう。毎晩、あんたがお酒を飲んでも、それ位は遊べるはずよ」

彼は何もいわずに電柱の側まで行った。そして女の腕を引き寄せると、指先を刃物で抉った陰部の裂目に触らせた。

「何かわかるか」

女は首を振る。

「女のあそこだ。……」離そうとしてもがく指先を電柱に押しあてたまま彼はいった。「あんたのものによう似とるぞ」

「どうして今日は、そんなふうにあたしをいじめるんね」女は顔を伏せた。「あんたがあたしと一緒に歩きとうないという気持はわかるけど、此処は町なかじゃないし、誰も見とる者はおらんのでしょう」

比嘉稲安は女の手を放すと、垂れ下る電柱の陰毛を引きちぎった。矢ノ浦炭鉱に着くまではそうでもなかったのに、なぜ突然女に辛く当りだしたのか。彼はよくわからなかったが、さっき野犬に投げつけたボタのように、女に対する自分の気持が三つにも四つにも分裂しているように思われるのだった。

「持っとる金をみんな使うてしもうたら、後でどうにもならんやろう」彼はいった。

「どうにもならなければ、それでもういいんよ」中原咲子は投げ捨てるような声でいった。「今まで生きてきたようなくらしを、これから先何年もつづけるより、土曜日の晩に食べたみたいなすき焼を、あと二日でも三日でも食べた方が、よっぽど生きとるような気になるからね」

土曜日の晩か、と彼は思った。それから日曜日の朝になって、月曜日の夜が過ぎた。そして火曜日の朝。……

「あのすき焼はうまかったな。糸蒟蒻もぷりぷりしとったし、肉の味がようしみとった。とにかく二人で三百グラムだけんねえ」彼はいった。

「ああ」中原咲子は語尾を上げた。「肉の代をあんたにあげないとね。そう思いながらうっかり忘れとった」

「何をいう」

「すまんことをいうてしもうたよ」女は彼の剣幕に怯えるような声をだした。「そんなつもりでいうたわけじゃないけど、あの晩のすき焼があんまりおいしかったから、忘れきらんような気がしてそういうたんよ。あたしはいつもそれで間違うたんよね。相手の人によろこばれようと考えていうたことを、言葉にだすとまるで正反対みたいなふうにいうてしまうとだから。気をわるうしたらかんにんしなさいね。……」

その時、不意に異様な匂いとからみあった呻きが近づいてくるような気配がしたので、咄嗟に体をひねった瞬間、間近まで躙《にじ》り寄っていた野犬が声もあげず、身を翻すようにして走り去った。あのあばら骨の突きでた貧弱な体つきの野犬がこともあろうにおれ達を、人間を襲撃しようとしたのか。恐怖というより、呆然とした表情で、比嘉稲安が逃げ去った野犬の方向を見ながら突立っていると、「あの犬」と女は口の中でいった。

「おれ達に飛びかかろうとしたんだ。すぐそこまできとった」彼の声の先は少し顫えた。

「今度きよったら叩き殺してやる」

「パン屑だけでは足りなかったのかもしれんね」

「足りんからどうした」比嘉稲安は声を荒げた。「パン屑では腹いっぱいにならんから、それで人間を襲ってもいいんか」

「そいでも、あの犬はただそこにおっただけでしょう。あたしがまだパンを持っとると思うとったんよ。きっと」

「違う」彼はまだ野犬の去った方向を見つめていた。思いもかけなかった衝撃がようやく体のなかにひろがって行き、それを抑えようとして、彼は足元の金石を拾い上げた。「あれはパン屑を貰いにきたんじゃない。正真正銘、人間を狙ったんだ」

「あの犬はきっと、どうしようもない位ひもじかったんよ。あたし達の近くまできとったのはよっぽどのことよね。……あんたの話じゃないけど、こんな町をうろついとれば、それこそ人間につかまってしまうかもしれんのに、自分の方が寄ってきたんだから、ほんとに腹が空いとったんよ」

彼が顔を見直す程、中原咲子は執拗な口調で野犬の飢えに同情した。

「違うというとるやろう」彼は苛だたしそうにいった。衝撃に浸ってしまうと、むなしいような感じが胃袋のあたりで揺れはじめ、ふたたび焦げ臭い匂いを嗅いだような気がして彼はきっと背後を振向いた。

「あの犬はもう後をつけてはこないでしょう。あんたから睨みつけられて、いくらついて行っても、もう見込みはないと、そう考えてね」

中原咲子は手をだしていたが、彼は気づかぬ振りをした。なぜだかわからぬが、そこに置き去りにしようかと思うほど、女の言葉に怒りをおぼえたのだ。

「匂いがする」

「え」

彼はびっくりして辺りを見廻すと、中原咲子はまるでからかうような動作で空気を鼻の中に吸い込みながら、「向うの方で誰か目ざしを焼いとるんよ」といった。

「あんたを此処に、ひとりで置き去りにしたらどうするかね」

比嘉稲安はそういったが、自分でもあまり重みがないように思われた。

「そうしたら本望よ。いちばんうれしい気持の時に死ねるとだから」

「野良犬にしゃぶり殺されてうれしいかね」

「あの犬はきっと、あたしを誰にもみつからんところに連れて行くかもしれんよ」

比嘉稲安は女の差しだす手を取らずに、もう一方の腕から垂れたレインコートの袖を握って歩きだした。布地の感触は意外に生暖かく、見かけよりざらざらしていた。二人はそれからしばらくものをいわず歩いたが、行く先々の叩き折られた電柱には、決って刃物に抉られた陰部が、風雨に晒《さら》された割れ目をのぞかせており、そこから鬼池四区の今は消失した居住区域に入るという、壊れた陸橋の傍の電柱には、赤いマジックさえ塗られていた。彼の胸に突然、自分でもわけのわからぬ優しさがあふれたのはその時である。彼はレインコートの袖を女の腕に返すと、片方の手の中指と薬指を握りしめた。

「目ざしの匂いがするというとったが、誰もおらんよ」

「焼いとるでしょう。ほら、あそこで」

盲目の女が顔を向けた方角には雑草さえ生えておらず、黄疸《おうだん》のように変色してうねりつづく廃鉱の台地に、どう見つめてみても人間の影はなかった。

〔初出：「群像」1969（昭和44）年5月号〕

P+D BOOKS ラインアップ

塵の中　和田芳恵　●女の業を描いた4つの話。直木賞受賞作品集

鉄塔家族（上下）　佐伯一麦　●それぞれの家族が抱える喜びと哀しみの物語

散るを別れと　野口冨士男　●伝記と小説の融合を試みた意欲作3篇収録

白い手袋の秘密　瀬戸内晴美　●「女子大生・曲愛玲」を含むデビュー作品集

ゆきてかえらぬ　瀬戸内晴美　●5人の著名人を描いた珠玉の伝記文学集

愛にはじまる　瀬戸内晴美　●男女の愛欲と旅をテーマにした短篇集

P+D BOOKS ラインアップ

お守り・軍国歌謡集　山川方夫
●「短篇の名手」が都会的作風で描く11篇

演技の果て・その一年　山川方夫
●芥川賞候補作3作品に4篇の秀作短篇を同梱

断作戦　古山高麗雄
●騰越守備隊の生き残りが明かす戦いの真実

龍陵会戦　古山高麗雄
●勇兵団の生き残りに絶望的な戦闘を取材

フーコン戦記　古山高麗雄
●旧ビルマでの戦いから生還した男の怒り

地下室の女神　武田泰淳
●バリエーションに富んだ9作品を収録

P+D BOOKS ラインアップ

裏声で歌へ君が代（上下） 丸谷才一 ● 国旗や国歌について縦横無尽に語る渾身の長篇

手記・空色のアルバム 太田治子 ● “斜陽の子”と呼ばれた著者の青春の記録

銀色の鈴 小沼丹 ● 人気の大寺さんもの2篇を含む秀作短篇集

怒濤逆巻くも（上下） 鳴海風 ● 幕府船初の太平洋往復を成功に導いた男

香具師の旅 田中小実昌 ● 直木賞受賞作「ミミのこと」を含む名短篇集

燃える傾斜 眉村卓 ● 現代社会に警鐘を鳴らす著者初の長篇SF

P+D BOOKS ラインアップ

EXPO'87 眉村 卓 ● EXPO'70の前に書かれた〝予言の書〟的長篇

秘密 平林たい子 ● 人には言えない秘めたる思いを集めた短篇集

フライパンの歌・風部落 水上 勉 ● 貧しい暮らしを明るく笑い飛ばすデビュー作

心映えの記 太田治子 ● 母との軋轢や葛藤を赤裸々につづった名篇

地の群れ 井上光晴 ● 戦中戦後の長崎を舞台にしたディープな作品集

地下水 川崎長太郎 ● 自分の身の上と文学仲間の動静を綴る名篇

（お断り）

本書は1972年に新潮社より発刊された文庫を底本としております。あきらかに間違いと思われるものについては訂正いたしましたが、基本的には底本にしたがっております。また、一部の固有名詞や難読漢字には編集部で振り仮名を振っています。

本文中には満洲、看護婦、農夫、啞、気ちがい、精神薄弱児、部落、孤児、エタ、老婆、乞食、バタ屋、強姦、未亡人、坊主、びっこ、処女作、藪医者、坑夫、妾、土工、飯場、労務者、淫売、浮浪者、白痴、インデアンなどの言葉や人種・身分・職業・身体等に関する表現で、現在からみれば、不当、不適切と思われる箇所がありますが、著者に差別的意図のないこと、時代背景と作品価値とを鑑み、著者が故人でもあるため、原文のままにしております。差別や侮蔑の助長、温存を意図するものでないことをご理解ください。

井上 光晴（いのうえ みつはる）
1926（大正15）年５月15日—1992（平成４）年5月30日、享年66。福岡県出身。炭鉱労働を経て日本共産党に入党。「書かれざる一章」で党の内情を描いたとされ除名処分に。その後上京し、本格的に作家活動に入る。代表作に『小説ガダルカナル戦詩集』『死者の時』『丸山蘭水楼の遊女たち』など。

P+D BOOKS とは

P+D BOOKS（ピー プラス ディー ブックス）とは
P+Dとはペーパーバックとデジタルの略称です。
後世に受け継がれるべき名作でありながら、現在入手困難となっている作品を、
B6判ペーパーバック書籍と電子書籍を、同時かつ同価格で発売・発信する、
小学館のまったく新しいスタイルのブックレーベルです。
ラインナップ等の詳細はwebサイトをご覧ください。

https://pdbooks.jp/

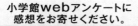

地の群れ

2025年3月18日　初版第1刷発行

著者　井上光晴
発行人　石川和男
発行所　株式会社　小学館
〒101-8001
東京都千代田区一ツ橋2-3-1
電話　編集　03-3230-9355
販売　03-5281-3555
印刷所　大日本印刷株式会社
製本所　大日本印刷株式会社
装丁　おおうちおさむ　山田彩純
（ナノナノグラフィックス）

ISBN978-4-09-352507-7

P+D BOOKS